WILLIAM FAULKNER

DIE UNBESIEGTEN

William Faulkner
Die Unbesiegten

ROMAN

AUS DEM AMERIKANISCHEN
VON ERICH FRANZEN

VERLAG VOLK UND WELT
BERLIN

Anmerkungen am Schluß des Bandes

ISBN 3-353-00572-2

1. Auflage
Lizenzausgabe des Verlages Volk und Welt, Berlin 1989
für die Deutsche Demokratische Republik
L. N. 302, 410/112/89

Originalausgabe: *The Unvanquished*, erschienen bei
Random House, New York 1938
Printed in the German Democratic Republic
Einbandentwurf: Werner Klemke
Satz, Druck und Einband: Karl-Marx-Werk Pößneck V 15/30
LSV 7330
Bestell-Nr. 649 076 2

00880

HINTERHALT

1

In jenem Sommer hatten Ringo und ich hinter dem Räucherhaus eine lebende Landkarte. Vicksburg war zwar nicht mehr als eine Handvoll Späne vom Holzstapel, und der Fluß nur eine Rille, die wir mit der Spitze einer Hacke durch die Erdschollen gezogen hatten, aber es (Fluß, Stadt und Terrain) lebte, und das Gelände bewahrte selbst im verkleinerten Abbild seine deutlich fühlbare, wenn auch passive Widerspenstigkeit, die mehr vermag als Artillerie und der gegenüber der glänzendste Sieg und die tragischste Niederlage nichts sind als das laute Gelärm eines Augenblicks. Für Ringo und mich hatte es Leben, zumindest deshalb, weil der von der Sonne zusammengebackene Boden das Wasser schneller aufsog, als wir es vom Brunnen holen konnten, so daß wir uns schon beim Aufbau der Kampfstätte eine lange Zeit fast ohne Hoffnung damit abquälen mußten, unablässig und atemlos mit dem lecken Eimer zwischen Brunnen und Schlachtfeld hin- und herzurennen, und gezwungen waren, unser beider Kräfte gegen den gemeinsamen Feind, die Zeit, zu vereinen und zu verausgaben, ehe wir im Spiel miteinander den Geist ungestüm erfochtener, in Gesten immer aufs neue heraufbeschworener Siege wachrufen und unversehrt erhalten konnten gleich einem Gewebe, einem Schild zwischen uns und der Wirklichkeit, zwischen uns und dem Geschehen und dem Verhängnis. An diesem Nachmittag schienen wir die Rille nie füllen, nie naß genug machen zu können, da seit drei Wochen nicht einmal Tau gefallen war. Endlich war sie feucht genug, sah wenigstens feucht genug aus, und wir konnten beginnen. Wir waren gerade dabei, anzufangen. Auf einmal stand Loosh vor uns und beobachtete uns. Er war Jobys Sohn und Ringos Onkel; da stand er (wir wußten nicht, wie er dahin gekommen war; wir hatten ihn nicht herantreten, auftauchen sehen) im sengenden, glanzlosen Sonnenlicht des frühen Nachmittags, barhaupt, den Kopf etwas schräg, etwas zur Seite geneigt, aber fest auf den Schultern und nicht schief, gleich einer Kanonenkugel (der er ähnlich sah), die man hastig und sorglos in Zement vergraben hat, die Augen am inneren Winkel etwas gerötet, wie Neger sie bekommen, wenn sie getrunken haben, und auf das gerichtet, was Ringo und ich Vicksburg nannten. Dann sah ich Philadelphy, seine Frau, drüben am Holzstapel, wie sie gebückt und schon mit einem Stoß Holz im gebeugten Arm Loosh von rückwärts beobachtete.

„Was 's das?“ sagte Loosh.

„Vicksburg“, sagte ich.

Loosh lachte auf. Er stand da und lachte, nicht sehr laut, und sah auf die Holzspäne herunter.

„Komm rüber, Loosh“, rief Philadelphy vom Holzstapel her. Ihre Stimme klang auch seltsam dringlich, vielleicht erschrocken. „Wenn du was zu essen wills' heut abend, hilfs' du mir besser Holz tragen.“ Aber ich wußte nicht, was es war, Dringlichkeit oder Schrecken; ich hatte keine Zeit, mich zu fragen oder es mir zu überlegen, weil Loosh sich plötzlich herunterbeugte, bevor Ringo oder ich eine Bewegung machen konnten, und mit einem Schwung seiner Hand die Späne umwarf.

„Da is euer Vicksburg", sagte er.

„Loosh!" sagte Philadelphy. Aber Loosh hockte nieder und sah mich mit so einem Ausdruck im Gesicht an. Ich war damals gerade zwölf; ich wußte nicht, was Triumph war; ich kannte nicht einmal das Wort.

„Und ich sag dir was anders, was du nicht weiß'", sagte er. „Corinth."

„Corinth?" sagte ich. Philadelphy hatte das Holz fallen lassen und kam schnell auf uns zu. „Das liegt auch in Mississippi. Das ist nicht weit weg. Ich war mal da."

„Weit macht nichs", sagte Loosh. Jetzt klang es, als ob er einen Singsang anstimmen wollte; wie er da hockte und die sengende, glanzlose Sonne auf seinen Eisenschädel und seine flach auslaufende Nase schien, sah er weder mich noch Ringo an; es war, als ob seine geröteten Augen sich in seinem Schädel umgedreht hätten und wir die weiße, leblose Rückseite der Augäpfel erblickten. „Weit macht nichs. Wenn's auf dem Weg is!"

„Auf dem Weg? Auf dem Weg wohin?"

„Frag deinen Pappi. Frag Marster John."

„Er ist in Tennessee, im Krieg. Ich kann ihn nicht fragen."

„Du meins' er in Tennessee? Jetz' nichs für ihn zu tun in Tennessee." Da faßte Philadelphy seinen Arm.

„Halt dein Mund, Nigger!" schrie sie, mit demselben dringenden, verzweifelten Ton in der Stimme. „Komm rüber und hol mir was Holz!"

Dann waren sie weg. Ringo und ich hatten sie nicht weggehen sehen. Wir standen da neben unserem kaputten Vicksburg, neben unserer mühselig ausgekratzten Rille, die jetzt nicht einmal mehr feucht schimmerte, und sahen einander stumm an. „Was?" sagte Ringo, „was 's das er meint?"

„Nichts“, sagte ich. Ich bückte mich und baute Vicksburg wieder auf. „Da.“

Aber Ringo rührte sich nicht, er sah mich nur an. „Loosh hat gelacht. Auch Corinth, sagt er. Hat auch über Corinth gelacht. Was meins’ du er weiß un wir nicht?“

„Nichts!“ sagte ich. „Denkst du, Loosh weiß etwas, was Vater nicht weiß?“

„Marster John in Tennessee. Kann sein, er weiß auch nicht.“

„Denkst du, er würde weit weg in Tennessee sein, wenn Yankees in Corinth wären? Denkst du, wenn Yankees in Corinth wären, daß Vater und General Van Dorn und General Pemberton nicht auch alle drei da sein würden?“ Aber auch ich redete nur daher, ich fühlte es genau, denn Neger wissen Bescheid, sie wissen um die Dinge; nur etwas, das lauter, viel lauter sprach als Worte, konnte hier helfen. Darum bückte ich mich, füllte beide Hände mit staubiger Erde und richtete mich auf; und Ringo stand noch immer unbeweglich und sah mich nur an, auch als ich den Erdstaub umherschleuderte. „Ich bin General Pemberton“, schrie ich. „Ho! Hei!“, und ich bückte mich wieder und las noch mehr Staub auf und schleuderte ihn umher. Noch immer rührte Ringo sich nicht. „Also schön!“ rief ich; „ich bin Grant diesmal. Du kannst General Pemberton sein.“ So dringlich war es, denn Neger wissen Bescheid. Wir hatten ausgemacht, daß ich zweimal hintereinander General Pemberton und Ringo zweimal Grant sein sollte, dann mußte ich Grant sein, damit Ringo General Pemberton sein konnte, sonst wollte er nicht weiterspielen. Aber jetzt war es so dringlich, obgleich Ringo auch zu den Negern gehörte, weil Ringo und ich im gleichen Monat zur Welt gekommen waren und an der gleichen Brust getrunken und so lange Zeit zusammen geschlafen und gegessen hatten, daß Ringo Großmutter Oma nannte, genau wie ich, bis er vielleicht gar kein Neger oder ich kein weißer Junge mehr war, keiner von uns beiden eins oder das andere, nicht einmal mehr richtige Menschen: die beiden glorreichen Unbesiegten – wie zwei Motten, zwei Federn, die hoch über dem Sturmwind dahintrieben. Nun waren wir also mittendrin; Louvinia, die Frau Jobys und Ringos Großmutter, bemerkten wir überhaupt nicht. Wir standen uns auf kaum Armeslänge gegenüber, unsichtbar für einander im dichten Wirbel des Staubs, mit dem wir uns bewarfen, und riefen gellend „Tod den Saukerlen! Mach sie nieder! Mach sie nieder!“, als ihre Stimme sich auf uns herabzulassen schien wie eine riesige Hand, die den aufgeworfenen Staub niederdrückte, so daß wir uns auf einmal sehen konnten, bis auf die Augen ganz mit Staub bedeckt und immer noch nicht fertig mit Werfen:

„He, Bayard! He, Ringo!“ Sie war etwa zehn Schritte von uns entfernt und schrie noch aus vollem Mund. Ich sah, daß sie diesmal Vaters alten Hut nicht aufhatte, den sie über ihrem Kopftuch zu tragen pflegte, selbst wenn sie nur aus der Küche ging, um Holz zu holen. „Was für ’n Wort war das?“ sagte sie. „Was hab ich da gehört?“ Doch sie wartete gar nicht auf Antwort, und ich merkte, daß sie gelaufen war. „Seht, wer die Straße raufkommt!“ sagte sie.

Mitten aus unserer Erstarrung herausgerissen, rannten wir – Ringo und ich –, als ob wir nur ein Mensch wären, quer über den Hinterhof und um das Haus herum, wo Großmutter auf der obersten Stufe der Vordertreppe stand und wo Loosh, der auf der anderen Seite um das Haus gelaufen war, gerade anhielt und auf das Tor am Ende des Fahrwegs blickte. Das vorige Mal, als Vater im Frühling nach Hause gekommen war, waren Ringo und ich ihm auf dem Fahrweg entgegengerannt und mit ihm heraufgekommen; ich hatte mich auf einen Steigbügel gestellt, Vater hatte seinen Arm um mich gelegt, und Ringo, der sich an den anderen Steigbügel geklammert hatte, war neben dem Pferd hergelaufen. Das taten wir diesmal nicht. Ich stieg die Treppe hinauf und stellte mich neben Großmutter, während Ringo und Loosh unten blieben, unter der Galerie, und wir sahen den braungelben Hengst durch das Tor, das jetzt nie verschlossen war, auf den Fahrweg traben. Wir beobachteten sie – das hochgebaute, magere Pferd, dessen fast rauchfarbenes Fell heller aussah als die Schlammkruste, die sich beim Überqueren der drei Meilen entfernten Furt auf ihm angesetzt hatte, wie es in einer stetigen Gangart, nicht Schritt und nicht Trab, auf dem Fahrweg näher kam, als ob es die ganze Strecke von Tennessee im gleichen Gang zurückgelegt hätte, weil die Notwendigkeit, den Weg hinter sich zu bringen, weder Schlaf noch Ausruhen duldete und etwas so Gewöhnliches wie Galoppieren in ein Märchenreich dauernder, zwecklos zugebrachter Festtage verwies; und Vater, auch er noch naß vom Übergang über die Furt, die Schuhe dunkel und ebenfalls von trockenem Schlamm überzogen, die Schöße seines abgetragenen grauen Rocks um einige Grade dunkler als Brust und Rükken und Ärmel, auf denen die trüb angelaufenen Knöpfe und die ausgefransten Offizierslitzen matt schimmerten, den Säbel an der Seite, wo er lose und zugleich steif herunterhing, als ob auch er durch sein Gewicht niedergehalten würde oder vielleicht mit dem Schenkel des Mannes verbunden wäre und die Bewegungen des Pferdes nicht stärker mitmachte als der Reiter selbst. Er hielt an; er blickte auf Großmutter und mich auf der Terrasse und auf Ringo und Loosh, die unten standen.

„Nun, Miss Rosa“, sagte er. „Nun, Jungens.“

„Nun, John“, sagte Großmutter. Loosh trat vor und hielt Jupiters Kopf fest; mit steifen Gliedern stieg Vater ab, und der Säbel schlug dumpf und schwer gegen sein Bein und den nassen Stiefel.

„Striegele ihn“, sagte Vater. „Gib ihm gut zu fressen, aber schick ihn nicht auf die Weide. Halt ihn in der Umzäunung . . . Geh mit Loosh“, sagte er zu Jupiter wie zu einem Kind und klopfte ihn auf den Hals, als Loosh ihn wegführte. Dann konnten wir ihn richtig betrachten, Vater meine ich. Er war nicht groß; was ihn in unseren Augen groß erscheinen ließ, waren die Dinge, die er tat, von denen wir wußten, daß er sie tat, in Vicksburg und Tennessee getan hatte. Es gab andere außer ihm, die Taten vollbrachten, die gleichen Taten; aber vielleicht lag es bei uns daran, daß er der einzige war, den wir kannten, den wir jemals im nachtstillen Haus hatten schnarchen hören, hatten essen sehen, hatten sprechen hören, von dem wir wußten, wie er zu schlafen, was er zu essen und worüber er sich zu unterhalten liebte. Er war nicht groß gewachsen, aber auf dem Pferd sah er irgendwie kleiner aus, als wenn er abgestiegen war, denn Jupiter war groß, und wenn man an Vater dachte, stellte man sich ihn auch groß vor, und darum, wenn man an Vater auf Jupiters Rücken dachte, war es so, als ob man sich sagte: ‚Zusammen werden sie zu groß sein, größer, als man es für möglich halten kann.' Daher hielt man es nicht für möglich, und daher war's nicht so. Er ging auf die Treppe zu und begann hinaufzusteigen, mit dem schweren, flachen Säbel an seiner Seite. Dann roch ich es wieder, wie jedesmal, wenn er heimkam, wie damals im Frühling, als wir den Fahrweg hinaufritten und ich im Steigbügel stand – es war die Ausströmung seiner Kleider, seines Bartes und selbst seines Fleisches, die ich für den Geruch von Pulverdampf und Ruhm hielt und den auserwählten Siegern zuschrieb, aber jetzt besser beurteilen kann, da ich jetzt weiß, daß sie nichts waren als der Wille, durchzuhalten, ein sardonischer und sogar launiger Verzicht auf jede Selbsttäuschung, nicht einmal von ferne verwandt mit jenem Optimismus, der meint, was uns zuzustoßen drohe, könne das Schlimmste sein, was wir zu erleiden hätten. Er stieg vier Stufen hinauf, und der Säbel schlug gegen jede Stufe (daran erkannte man das wirkliche Körpermaß); dann blieb er stehen und nahm den Hut ab. Und das ist's, was ich meine, wenn ich sage, die Dinge, die er tat, waren größer als er. Er hätte gleich hoch stehen können wie Großmutter und den Kopf nur ein wenig zu senken brauchen, um ihren Kuß zu empfangen. Aber er tat es nicht. Er blieb zwei Stufen unter ihr stehen, entblößte den Kopf und hielt ihr die Stirn hin, die sie mit ihren Lippen berühren konnte, und wenn Großmutter sich jetzt auch etwas hinunterneigen mußte, so nahm ihm das nichts von der Größe und dem hohen Wuchs, den er wenigstens in unseren Augen hatte.

„Ich habe dich erwartet“, sagte Großmutter.

„Ah“, sagte Vater. Dann blickte er auf mich, der ihn immer noch anstarrte, genau wie Ringo unten am Fuße der Treppe.

„Du bist schnell heraufgeritten von Tennessee“, sagte ich.

„Ah“, sagte Vater wieder.

„Tennessee hat euch ganz gewiß mager gemach'“, sagte Ringo. „Was essen sie da, Marster John? Selbe Sachen wie andre essen?“

Dann sagte ich und sah ihm dabei in die Augen wie er mir: „Loosh sagt, du seist gar nicht in Tennessee gewesen.“

„Loosh?“ sagte Vater. „Loosh?“

„Komm ins Haus“, sagte Großmutter. „Louvinia bringt gerade dein Essen. Du wirst eben noch Zeit haben, dich zu waschen.“

2

An diesem Nachmittag bauten wir den Pferch für das Vieh. Wir legten ihn ganz unten in der Bachniederung an, wo niemand, der nicht Bescheid wußte, ihn finden konnte und wo man ihn erst sah, wenn man auf die neuen, Saft schwitzenden, mit der Axt zugespitzten Pfähle stieß, die den Dschungel durchzogen und zu ihm zu gehören schienen. Wir waren alle zur Stelle – Vater und Joby und Ringo und Loosh und ich –, Vater noch immer in seinen hohen Stiefeln, aber ohne den Uniformrock, und wir bemerkten zum ersten Mal, daß er nicht die Hose der Konföderierten, sondern eine Yankee-Hose, die sie (er und seine Leute) erobert hatten, trug, auch der Säbel fehlte. Wir arbeiteten schnell, wir fällten die Bäumchen – Weiden, dünne

Eichen, Sumpfahorn und Zwergkastanien –, wir nahmen uns kaum Zeit, die Äste abzuschneiden, und schleppten sie selbst oder mit Hilfe der Maultiere durch den Schlamm und das Gestrüpp zu der Stelle, wo Vater wartete. Und wieder spürte man es: Vater war überall, mit einem Bäumchen unter jedem Arm ging er fast schneller als die Maultiere durch das Gestrüpp und die Dornbüsche und rammte die Pfähle ein, während Joby und Loosh noch darüber stritten, welches Ende in den Boden gehöre. Das war es: nicht daß Vater schneller und härter arbeitete als irgendein anderer, selbst angenommen, daß jemand, der dasteht und „Tu dies oder das“ zu denen sagt, die etwas tun, größer erscheint (wenigstens Zwölfjährigen, wenigstens mir und Ringo mit zwölf Jahren); es war die Art, wie er es tat. Als er im Eßzimmer am Tisch an seinem alten Platz saß, Louvinias Gerichte, die Fleischbeilage und das Gemüse und das Maisbrot und die Milch verzehrt hatte (während wir zusahen und warteten, während wenigstens Ringo und ich auf den Abend, das Gespräch, das Erzählen warteten) und sich den Bart abwischte und sagte: „Jetzt wollen wir einen neuen Pferch bauen. Auch das Holz für die Pfähle muß geschnitten werden“ – als er das sagte, malten Ringo und ich uns im Geist wahrscheinlich die gleiche Szene aus:

Alle von uns würden dabei sein – Joby und Loosh und Ringo und ich würden am Ende der Senke eine Art Formation bilden – nicht eine, die Gier und Verlangen nach Angriff, nicht einmal nach Sieg ausdrückte, sondern nur eine passive und doch lebendige Bereitschaft zur Bekräftigung, wie Napoleons Gruppen sie empfunden haben müssen – und uns gegenüber, zwischen uns und dem Bachgrund, zwischen uns und den Saft schwitzenden Baumstämmen, die auf uns warteten und die wir bald in tote Holzpfähle verwandeln würden, Vater. Er ritt jetzt auf Jupiter; er trug den grauen, mit Schnüren besetzten Offiziersrock; und während wir die Augen auf ihn richteten, zog er den Säbel, warf uns einen letzten, inhaltvollen Blick zu und wendete Jupiter schon kurz herum; unter der Krempe des schief aufgesetzten Huts wehte und wallte das Haar, der Säbel blitzte und schimmerte; dann rief er, nicht laut, aber durchdringend: „Trab! Galopp! Zum Angriff – los!" Ohne uns bewegen zu müssen, konnten wir ihm gleichzeitig nachsehen und ihm folgen: der kleine Mann (der, mit dem Pferd zusammen betrachtet, genau die richtige Größe zu haben schien, denn das war so groß, wie es ihm anstand, und – in den Augen eines Zwölfjährigen – größer, als die meisten Leute je hoffen durften auszusehen) stand aufgerichtet in den Steigbügeln, unter ihm das rauchfarbene, blitzgeschwinde Pferd, das in der Ferne verschwand, über ihm wie ein Lichtbogen das tausendfältige Glitzern des Säbels, unter dessen Hieben die ausgewählten Bäumchen, über dem Boden abgeschnitten, gestutzt und von ihren Ästen befreit, in sauber angeordnete, fertig bereitete kleine Gräben fielen und nur noch fortgetragen und in den Boden gesteckt zu werden brauchten, um ein Gatter zu werden.

Das Sonnenlicht drang nicht mehr in die Niederung, als wir mit dem Pferch fertig waren, das heißt, als wir Joby und Loosh mit den letzten drei aufzurichtenden Pflöcken allein ließen, aber es lag noch auf dem Hang des Weidegrunds, über den wir ritten, ich hinter Vater auf dem einen Maultier und Ringo auf dem anderen. Doch auch von da war es verschwunden, als ich mich vor dem Haus von Vater trennte und nach hinten zum Stall ritt, wo Ringo der Kuh schon ein Leitseil angelegt hatte. Dann ging's zurück zum neuen Pferch; das Kalb lief hinter der Kuh her und rieb seine Nase an ihr oder stieß sie an, sobald sie stehenblieb, um etwas Gras auszureißen; die Sau trabte voraus. Sie (die Sau) bewegte sich am langsamsten voran, langsamer als die Kuh, sogar wenn die Kuh stehenblieb und Ringo, vornübergeneigt, weil das angespannte Seil an ihm zerrte, die Kuh anbrüllte; und so war es natürlich schon dunkel, als wir bei dem neuen Pferch ankamen. Aber es gab noch eine reichlich weite Öffnung, durch die wir das Vieh hineintreiben konnten. Darüber hatten wir uns allerdings auch keine Sorgen gemacht.

Wir trieben sie hinein – die beiden Maultiere, die Kuh samt dem Kalb und die Sau –, richteten mit tastenden Händen den letzten Pflock auf und gingen zum Haus zurück. Jetzt war es auch auf der Weide dunkel, wir konnten die Lampe in der Küche brennen und einen Schatten sich hinter dem Fenster hin und her bewegen sehen. Als Ringo und ich eintraten, beschäftigte Louvinia sich gerade damit, einen der großen Koffer, die sonst auf dem Speicher standen, zuzuschließen; das letztemal war er vor vier Jahren zur Weihnachtszeit, die wir in Hawkhurst verbracht hatten, unten gewesen; damals hatte es noch keinen Krieg gegeben, und Onkel Dennison war noch am Leben.

Der Koffer nahm viel Raum ein und wog schwer, auch ohne Inhalt; er hatte nicht in der Küche gestanden, als wir weggingen, um den Pferch zu bauen, mußte also während des Nachmittags heruntergeholt worden sein, und zu der Zeit waren Joby und Loosh noch in der Niederung und nur Großmutter und Louvinia zu Hause, um ihn zu tragen, später auch, nach unserem Heimritt auf dem Maultier, Vater; dies gehörte also zu dem Bild von Not und Dringlichkeit, und vielleicht hatte Vater auch den Koffer vom Speicher heruntergeschafft. Und als ich zum Abendessen ins Zimmer ging, lagen Küchenmesser und -gabeln anstelle der silbernen auf dem Tisch, und das Büfett (auf dem sich das Silberservice, solange ich mich zurückerinnern konnte, immer befunden hatte – außer jeden Dienstagnachmittag, wenn Großmutter und Louvinia und Philadelphy es zu putzen pflegten, warum, wußte niemand, ausgenommen vielleicht Großmutter, denn benutzt wurde es nie) war leer.

Mit dem Essen waren wir schnell fertig. Vater hatte am frühen Nachmittag schon einmal gegessen, und zudem warteten Ringo und ich darauf: auf die Stunde nach dem Abendessen, wenn die Muskeln entspannt und der Magen voll ist, auf das Erzählen. Damals, als er im Frühling heimkam, waren wir genauso erwartungsvoll wie jetzt, bis er sich in seinen altgewohnten Stuhl gesetzt hatte und die Scheite aus Hickory-Holz im Kamin krachten und platzten, während Ringo an der einen und ich an der anderen Seite der Feuerstelle unter dem Vorbau hockten, auf dem die erbeutete, vor zwei Jahren von Vater aus Virginia mitgebrachte Muskete geölt und schußbereit geladen auf zwei Untersätzen ruhte. Dann lauschten wir. Wir hörten: Namen – Forrest und Morgan und Barksdale und Van Dorn; Worte wie Gap und Run, die wir in Mississippi nicht kannten, obwohl Barksdale einer von uns war; und wie Van Dorn eines Tages von einem eifersüchtigen Ehemann getötet wurde, und wie General Forrest die South Street in Oxford hinunterritt und ein junges Mädchen auf die Fensterscheibe, durch die sie ihn sah, mit einem Diamantring ihren Namen ritzte: Celia Cook.

Aber wir waren eben zwölf Jahre alt geworden; auf solche Geschichten hörten wir nicht. Was Ringo und mir in die Ohren klang, waren die Kanonenschüsse und das Fahnengeflatter und das Kampfgeschrei. Das wollten wir auch heute abend hören. Ringo wartete im Vorflur auf mich; dort lauerten wir darauf, daß Vater sich in seinen Stuhl setzen würde, drinnen im Zimmer, das er und die Neger sein Kontor nannten – Vater, weil hier sein Schreibtisch stand, in dem er den Baumwoll- und Maissamen verwahrte, und weil er in diesem Zimmer seine Schuhe auszuziehen und in bloßen Strümpfen dazusitzen pflegte, während die Schuhe am Feuerplatz trockneten; hier durften auch die Hunde ungestraft hinein- und hinauslaufen und sich auf den Teppich vor dem Kamin legen und in kalten Nächten sogar dort schlafen – ob Mutter, die bei meiner Geburt gestorben war, Vater vor ihrem Tode dies Zugeständnis gemacht und Großmutter sich später daran gehalten oder ob Großmutter selbst es wegen Mutters Tod gemacht hatte, weiß ich nicht; und die Neger nannten es das Kontor, weil man sie in dieses Zimmer rief, wenn sie dem Gendarm gegenübergestellt wurden (der auf einem der einfachen, harten Stühle saß, eine von Vaters Zigarren rauchte, aber den Hut abgenommen hatte) und schwuren, daß sie unmöglich der und der Mann an dem und dem Ort gewesen sein könnten, wie der Gendarm behauptete; – und Großmutter nannte es die Bibliothek, denn es gab ein Büchergestell darin, und darauf standen Cokes Kommentar zu Littleton, ein Josephus, ein Koran, ein Band der Mississippi-Berichte von 1848, ein Jeremy Taylor, ein Band Napoleons Maximen, ein Handbuch der Astrologie, eintausendundachtundneunzig Seiten lang, eine Geschichte der Werwölfe in England, Irland und Schottland, einschließlich Wales, von Hochwürden Ptolemy Thorndyke, M. A. (Edinburgh), F. R. S. S., ein vollständiger Walter Scott, ein vollständiger Fenimore Cooper, ein papiergebundener Dumas, ebenfalls vollständig bis auf den Band, den Vater bei Manassas (auf dem Rückzug, wie er sagte) aus seiner Tasche verloren hatte.

So hockten wir also wieder nieder, Ringo und ich, und warteten brav und still, während Großmutter nahe bei der Tischlampe nähte und Vater am alten Platz in seinem alten Stuhl saß, die schlammbedeckten Stiefel an seinen übereinandergelegten Füßen in die alten Aushöhlungen neben der kalten, leeren Feuerstelle legte und den Tabak kaute, den Joby ihm geliehen hatte. Joby war ein gut Teil älter als Vater. Er war zu alt, um sich ohne Tabak von einem Krieg überraschen zu lassen. Er war mit Vater von Carolina nach Mississippi gekommen und die ganze Zeit über Vaters persönlicher Diener gewesen, und zugleich hatte er Simon, Ringos Vater, aufgezogen und geschult, damit dieser, wenn er (Joby) zu alt sein würde, was ohne den Krieg noch einige Jahre gedauert hätte, seinen Platz einnehmen könne. Also war Simon mit Vater losgezogen; er stand noch in Tennessee bei der Armee. Wir warteten darauf, daß Vater anfangen würde; wir warteten so lange, bis wir aus gewissen Geräuschen erkennen konnten, daß Louvinia mit der Küchenarbeit beinahe fertig war: dann nahm ich an, Vater warte eben, bis Louvinia Schluß gemacht habe und hereinkäme, um auch zuzuhören, und dann sagte ich: „Wie kann man in den Bergen kämpfen, Vater?“

Darauf hatte er gewartet, aber nicht in dem Sinn, wie Ringo und ich glaubten, denn er sagte: „Man kann's nicht. Man muß eben. Nun, Jungs, marsch ins Bett."

Wir gingen die Treppe hinauf. Aber nicht ganz; wir hielten auf der obersten Stufe an und setzten uns dahin, wo der Lichtschein von der Diele gerade nicht mehr auf uns fiel, und blickten auf die Tür des Kontors und lauschten; nach einer Weile ging Louvinia, ohne nach oben zu schauen, über die Diele ins Kontor; wir konnten Vater und sie reden hören:

„Ist der Koffer gepackt?"

„Ja, Sir, is gepack'."

„Dann sag Loosh, daß er die Laterne und die Schaufeln holen soll und daß er in der Küche auf mich wartet."

„Ja, Sir", sagte Louvinia. Sie kam aus dem Zimmer und ging wieder über die Diele, ohne an der Treppe nach oben zu schauen, sie, die uns auf dem Fuß zu folgen und in der Tür des Schlafzimmers zu stehen und uns zu schelten pflegte, bis wir im Bett lagen – ich im richtigen Bett und Ringo auf der Strohmatratze daneben. Diesmal aber kümmerte sie sich nicht darum, wo wir waren, noch dachte sie auch nur daran, wo wir vielleicht nicht waren.

„Ich weiß, was im Koffer is", sagte Ringo. „Is 's Silber. Was meins' du – –"

„Sch, sch", sagte ich. Wir konnten Vaters Stimme hören; er sprach mit Großmutter. Nach einer Weile kam Louvinia zurück und ging wieder über die Diele. Wir saßen auf der obersten Treppenstufe und lauschten auf Vaters Stimme, als er mit Großmutter und Louvinia redete.

„Vicksburg?" flüsterte Ringo. Es war dunkel, und ich sah nichts als seine Augäpfel. „Vicksburg is gefallen? Meint er is in'n Fluß gefallen? Un mit Genral Pemberton drin?"

„Schhhh!" sagte ich. Wir saßen dicht nebeneinander im Dunkeln und lauschten auf Vaters Worte. Vielleicht lag es an der Dunkelheit, oder vielleicht waren wir wieder die zwei Motten, die zwei Federn, oder vielleicht beginnt Leichtgläubigkeit von einem bestimmten Punkt an still und unwiederbringlich mehr und mehr dahinzuschwinden – denn plötzlich war Louvinia da, beugte sich über uns und schüttelte uns wach. Sie schalt uns nicht einmal aus. Sie folgte uns nach oben und blieb in der Tür zum Schlafzimmer stehen und zündete nicht einmal die Lampe an; sie hätte nicht sagen können, ob wir uns ausgezogen hatten oder nicht, selbst wenn sie genügend darauf geachtet hätte, um zu bemerken, daß wir noch angekleidet waren. Mag sein, daß sie genau wie Ringo und ich auf das lauschte, was wir zu hören meinten, aber ich wußte besser Bescheid, gerade so, wie ich wußte, daß wir seit einiger Zeit auf der Treppe geschlafen hatten; ich dachte bei mir: ‚Sie haben ihn schon herausgeschafft, jetzt sind sie im Garten und graben.' Weil es eben diesen Punkt gibt, von dem an Leichtgläubigkeit allmählich schwindet; irgendwann zwischen Wachen und Schlafen glaubte oder träumte ich, die Laterne im Garten unter dem Apfelbaum gesehen zu haben. Aber ich wußte nicht, ob ich sie gesehen hatte oder nicht, denn jetzt war es schon Morgen, und es regnete, und Vater war fort.

3

Er mußte im Regen weggeritten sein; beim Frühstück und später beim Essen regnete es immer noch, und es schien, daß wir nicht aus dem Haus zu gehen haben würden, und schließlich legte Großmutter ihr Nähzeug weg und sagte: „Also gut. Hol das Kochbuch, Marengo." Ringo holte das Kochbuch aus der Küche, und er und ich legten uns auf den Bauch auf den Fußboden, während Großmutter das Buch aufschlug. „Worüber sollen wir heute etwas lesen?" sagte sie.

„Lies etwas über Kuchen", sagte ich.

„Also gut. Was für einen Kuchen?" Aber das brauchte sie

gar nicht zu fragen, denn Ringo antwortete schon, bevor sie ausgesprochen hatte:

„Kokosnußkuchen, Oma." Er sagte immer Kokosnußkuchen, weil es uns nie gelungen war, herauszufinden, ob Ringo jemals Kokosnußkuchen geschmeckt hatte oder nicht. An jenem Weihnachten vor dem Krieg hatten wir ein paar Stücke von diesem Kuchen auf unserem Tisch gehabt, und Ringo suchte sich zu erinnern, ob sie auch in der Küche etwas davon bekommen hätten, aber vergeblich. Manchmal versuchte ich ihm dabei zu helfen und ihn so weit zu bekommen, daß er mir sagte, wie der Kuchen geschmeckt und wie er ausgesehen habe, und manchmal wollte er sich gerade getrauen und hielt es dann doch für besser, es nicht zu tun. Denn, sagte er, er würde lieber vielleicht doch ein Stückchen Kokosnußkuchen probiert haben, ohne sich daran zu erinnern, als bestimmt wissen, daß er es nicht getan habe; und wenn er den Kuchen nicht richtig beschriebe, würde er in seinem ganzen Leben keinen Kokosnußkuchen anrühren.

„Ich denke, etwas mehr darüber wird uns nichts schaden", sagte Großmutter.

Um die Mitte des Nachmittags hörte es auf zu regnen; die Sonne schien, als ich auf die rückwärtige Galerie hinaustrat, und schon hörte ich Ringo hinter mir sagen: „Wo gehn wir hin?", und als wir beim Räucherhaus, von wo ich den Stall und die Negerhütten sehen konnte, vorbeikamen, sagte er immer noch: „Wo gehn wir jetz' hin?" Bevor wir zum Stall kamen, tauchten Joby und Loosh mit den Maultieren, die sie aus dem neuen Pferch geholt hatten, jenseits des Weidengatters auf. „Was wer'n wir jetz' tun?" sagte Ringo.

„Acht auf ihn", sagte ich.

„Acht auf ihn? Acht auf wen?" Ich sah Ringo an. Er starrte mich mit seinen unbewegten, weißen Augäpfeln an, wie gestern nacht. „Du meins' Loosh. Wer sagt acht auf ihn?"

„Niemand. Ich hab nur das Gefühl."

„Bayard, has' du's geträumt?“

„Ja. Diese Nacht. Vater sprach mit Louvinia. Vater sagte, acht auf Loosh; denn Vater weiß Bescheid.“

„Weiß?“ sagte Ringo. „Weiß was?“ Aber das brauchte er auch nicht zu fragen; im gleichen Augenblick gab er selbst die Antwort, während er mich mit einem Blinzeln in seinen runden, ruhigen Augen anstarrte: „Gestern. Vicksburg. Wie er's umwarf. Da wußt' er's schon. Grad wie er gesag' hat, kein Marster John nicht in Tennessee, und stimmt, war kein Marster John da. Was hat der Traum dir noch gesag'?“

„Das war alles. Auf ihn zu achten. Daß er vor uns Bescheid wissen würde. Louvinia müsse auch auf ihn achten, sagt Vater, und selbst wenn er ihr Sohn sei, müsse sie's noch eine Weile mit den Weißen halten. Denn, wenn wir beobachteten, was er tue, könnten wir herausfinden, wann es losgehen wird.“

„Wann was losgehn wird?“

„Ich weiß nicht.“

Ringo holte einmal tief Atem.

„Dann stimm's“, sagte er. „Wenn einer 's dir gesag' hätt, könnt's 'ne Lüge sein. Aber wenn du's geträumt has', kann's nich gelogen sein, weil niemand 's dir gesag' hat. Also müss'n wir acht' auf ihn.“

Als sie die Maultiere an den Wagen spannten und zu der Stelle fuhren, wo sie das Holz gehackt hatten, folgten wir ihnen. Zwei Tage lang beobachteten wir sie insgeheim. Dabei wurde uns klar, wie scharf Louvinia uns immer im Auge behalten hatte. Manchmal hörten wir sie nach uns rufen, wenn wir uns versteckt hielten, um Loosh und Joby beim Laden des Wagens zu beobachten, und wir mußten uns erst wegschleichen und dann fortlaufen und von der anderen Seite auf Louvinia zukommen. Manchmal fand sie uns, bevor wir den ganzen Kreis gemacht hatten, und Ringo verbarg sich hinter meinem Rücken, wenn sie auf uns losschimpfte: „Was für'n höllischen Unfug habt's ihr jetz' vor? Ihr habt's was vor. Was is's?“ Aber wir sagten es ihr nicht und folgten ihr zurück in die Küche, während sie über ihre Schulter weg weiter auf uns schimpfte, und sobald sie im Haus verschwunden war, schlichen wir uns langsam weg, bis wir wieder außer Sicht waren, und rannten dann zu unserem Versteck und beobachteten Loosh.

In der Nacht, als er aus seiner und Philadelphys Hütte kam, lagen wir davor auf der Lauer. Wir folgten ihm zum neuen Pferch und hörten, wie er ein Maultier einfing und fortritt. Wir rannten ihm nach, aber als wir die Straße erreichten, hörten wir nur noch den langsamen Trab des Maultiers in der Ferne verklingen. Aber wir waren ziemlich weit gelaufen, denn Louvinias Rufe klangen nur schwach und dünn an unser Ohr. Im Sternenlicht blickten wir auf der Straße dem Maultier nach. „In der Richtung liegt Corinth“, sagte ich.

Er kam erst am nächsten Tag zurück, als es schon dunkel war. Den ganzen Tag hielten wir uns nahe beim Haus auf und beobachteten die Straße, wobei wir uns abwechselten, um Louvinia keinen Anlaß zur Aufregung zu geben, im Falle er erst spät zurückkäme. Es wurde spät; sie hatte uns nach oben begleitet, als wir zu Bett gingen, und dann waren wir wieder hinausgeschlüpft; gerade als wir an Jobys Hütte vorbeischlichen, wurde die Tür geöffnet, und gleich neben uns wuchs Loosh sozusagen aus dem Dunkel hervor. Er war so nahe, daß ich ihn fast hätte berühren können, aber er sah uns überhaupt nicht; ganz plötzlich schien er in der erleuchteten Tür zu hängen wie die Blechfigur eines laufenden Mannes, und noch ehe wir recht wußten, was wir gesehen hatten, war er in der Hütte verschwunden, und die Tür war zu und alles dunkel. Und durch das Fenster sahen wir ihn jetzt vor dem Feuerplatz stehen, mit zerrissenen und schmutzigen Kleidern, weil er sich in Sümpfen und Niederungen vor den Gendarmen versteckt hatte, und wieder mit einem Ausdruck in den Augen, der an Betrunkenheit denken ließ, aber nichts damit zu tun hatte, so, als ob er lange nicht geschlafen hätte und jetzt nicht schlafen wollte; und Joby und Philadelphy beugten ihre Köpfe in den Feuerschein und blickten auf Loosh, und Philadelphys Mund stand offen, und in ihren Augen war derselbe Ausdruck. Dann sah ich Louvinia in der Tür stehen. Wir hatten sie nicht kommen hören, aber da war sie, eine Hand gegen den Türpfosten gestützt, die Augen auf Loosh gerichtet, und wieder hatte sie Vaters alten Hut nicht auf.

„Du meins', sie woll'n uns alle freilassen?" sagte Philadelphy.

„Ja", sagte Loosh ganz laut; dabei warf er seinen Kopf zurück, und er sah Joby nicht einmal an, als Joby sagte: „Still, Loosh!"

„Ja!" sagte Loosh. „General Sherman kommt die Welt reinfegen und wird schwarze Rasse befrei'n!"

Dann tat Louvinia zwei Schritte quer durchs Zimmer und versetzte Loosh mit der flachen Hand zwei feste Hiebe auf den Schädel. „Du dummer Nigger", sagte sie. „Meins' du, 's sin' genug Yankees in der Welt, um die Weißen zu besiegen?"

Wir rannten nach Hause, wir warteten nicht auf Louvinia, und wieder wußten wir nicht, daß sie hinter uns herkam. Wir liefen in das Zimmer, wo Großmutter mit der offenen Bibel auf ihrem Schoß neben der Lampe saß; sie beugte den Kopf, um uns über die Brille weg anzusehen. „Sie kommen!" sagte ich. „Sie kommen, um uns zu befreien!"

„Was?" sagte sie.

„Loosh hat sie gesehen! Hinten auf der Landstraße. Es ist General Sherman, und er wird uns alle befreien!" Und wir standen da und blickten auf sie und warteten darauf zu hören, wen sie rufen würde, um die Muskete herunterzuholen – ob es Joby sein würde, weil er der Älteste war, oder Loosh, weil er sie gesehen hatte und wußte, worauf er schießen müsse. Dann schrie auch sie, und ihre Stimme war so stark und so laut wie Louvinias:

„Bayard Sartoris! Bist du noch nicht im Bett? ... Louvinia!“ rief sie. Louvinia kam herein. „Sorg, daß diese Kinder ins Bett kommen, und wenn du heute nacht noch einen Laut von ihnen hörst, erlaube ich dir, und ich bestehe sogar darauf, daß du ihnen Schläge gibst, allen beiden.“

Wir brauchten nicht lange, bis wir im Bett waren. Aber wir konnten nicht sprechen, weil Louvinia sich auf das kleine Bettgestell in der Diele gelegt hatte. Und da Ringo zu bange war, um in mein Bett zu steigen, ließ ich mich auf seine Strohmatratze hinuntergleiten. „Wir müssen Wacht halten auf der Landstraße“, sagte ich. Ringo wimmerte.

„Schein's wir sin's die's tun müssen“, sagte er.

„Hast du Angst?“

„Nich so furchbar. Möcht nur Marster John wär hier.“

„Er ist aber nicht hier“, sagte ich. „Also müssen wir's tun.“

Zwei Tage lang hielten wir zwischen den Zedernbüschen Wacht auf der Landstraße. Von Zeit zu Zeit hörten wir Louvinia laut nach uns rufen, aber wir sagten ihr, wo wir wären und daß wir eine neue Landkarte bauten, und außerdem konnte sie das Zederngebüsch vom Küchenfenster aus sehen. Es war kühl und schattig dort und auch still, und Ringo schlief fast die ganze Zeit, und ich schlief auch etwas. Ich träumte – im Traum sah ich unsere Farm, und plötzlich war alles, Haus, Stall, Hütten und Bäume, verschwunden, und ich sah auf eine Fläche, die so leer war wie das Büfett, und es wurde dunkler und dunkler, und auf einmal sah ich nicht mehr hin, ich war selbst dort – wie eine verängstigte Herde bewegten sich einige ganz kleine Wesen hin und her. Vater und Großmutter und Joby und Louvinia und Loosh und Philadelphy und Ringo und ich – und dann gab Ringo einen halb erstickten Laut von sich, und ich blickte auf die Landstraße, und mitten auf ihr sah ich ein fuchsbraunes Pferd und darauf saß, den Feldstecher auf unser Haus gerichtet, ein Yankee.

Lange Zeit lagen wir nur ruhig da und betrachteten ihn. Ich weiß nicht, was wir zu sehen erwartet hatten, aber es war uns sofort klar, wofür wir ihn zu halten hatten; ich erinnere mich, daß ich dachte, ‚Er sieht ganz wie andere Menschen aus', und dann wechselten Ringo und ich einen Blick und krochen auf der Rückseite des Hügels hinunter, ohne sagen zu können, wann wir angefangen hatten zu kriechen, und dann rannten wir über die Weide auf das Haus zu, und wieder wußten wir nicht, wann wir uns aufgerichtet hatten. Es kam uns vor, als ob wir eine Ewigkeit lang liefen, mit zurückgeworfenen Köpfen und geballten Fäusten, bevor wir an das Gatter kamen und darüber purzelten und ins Haus rannten. Großmutters Stuhl neben dem Tisch mit ihrem Nähzeug darauf war leer.

„Schnell!" sagte ich. „Schieb den Stuhl hier herauf!" Aber Ringo rührte sich nicht, seine Augen sahen aus wie Messingkugeln, während ich den Stuhl heraufzog und darauf stieg und die Muskete anzuheben versuchte. Sie wog ungefähr fünfzehn Pfund, aber es war nicht so sehr ihr Gewicht, sondern ihre Länge. Als ich sie endlich frei bekam, fiel sie und mit ihr der Stuhl und alles krachend herunter. Wir hörten, wie Großmutter sich in ihrem Bett aufrichtete, und dann hörten wir ihre Stimme: „Wer ist da?"

„Schnell!" sagte ich. „Beeil dich!"

„Ich hab Angst", sagte Ringo.

„Bayard!" rief Großmutter ... „Louvinia!"

Das Gewehr lag in unseren Händen wie ein Holzklotz. „Willst du frei werden?" sagte ich. „Willst du frei werden?"

Wie einen Holzklotz trugen wir es auch beim Laufen zwischen uns, einer an jedem Ende. Wir liefen durch das Gehölz auf die Straße zu und duckten uns hinter dem Jelängerjelieber, als das Pferd gerade in der Kurve auftauchte. Wir hörten nichts anderes, vielleicht weil unser Atem so laut ging oder weil wir nichts anderes zu hören erwarteten. Wir sahen auch nicht wieder hin; wir waren ganz davon in Anspruch genommen, den Hahn der Muskete zu spannen. Das hatten wir schon ein oder zwei Mal geübt, als Großmutter nicht zu Hause war und Joby das Gewehr untersucht und das Zündhütchen auf dem Stift erneuert hatte.

Ringo hielt es senkrecht hoch, ich ergriff den Lauf an seinem oberen Ende mit beiden Händen, zog mich daran herauf, schloß meine Beine darum und ließ mich über den Hammer hinuntergleiten, bis er zurückschnappte. Damit waren wir gerade beschäftigt, und es nahm uns so in Anspruch, daß wir nicht wieder hinblickten; Ringo bückte sich schon, stützte die Hände auf die Knie und keuchte, während ich die Muskete über seinen Rücken schob: „Schieß ihn tot, den Saukerl! Schieß ihn tot!", und dann war die Muskete gerichtet, und noch während ich meine Augen schloß, sah ich, wie der Mann und das fuchsbraune Pferd hinter einer Rauchwolke verschwanden. Es klang wie ein Donnerschlag und rauchte so stark wie ein brennendes Gebüsch, und ich hörte das Stöhnen des Pferdes, aber ich sah nichts anderes; Ringo war es, der jammernd sagte: „Großer Gott, Bayard! 's is die ganze Armee!"

4

Das Haus schien ewig in der gleichen Entfernung zu bleiben; es hing und schwebte da vor uns in der Luft und wurde langsam größer wie ein Traumgebilde, und hinter mir hörte ich Ringos Ächzen und weiter weg noch immer das laute Stöhnen und die Hufschläge. Trotzdem erreichten wir endlich das Haus; Louvinia stand mit offenem Mund und mit Vaters altem Hut über ihrem Kopftuch in der Tür, aber wir hielten nicht an. Wir rannten ins Zimmer, wo Großmutter neben dem wieder auf die Beine gestellten Stuhl stand und ihre Hand auf die Brust gelegt hielt.

„Wir haben ihn totgeschossen, Großmama!" rief ich. „Wir haben den Saukerl totgeschossen!"

„Was?" Sie blickte mich an, und ihr Gesicht hatte fast die gleiche Farbe wie ihr Haar; und auf dem Haar glänzte ihre Brille, die sie über die Stirn hinaufgeschoben hatte. „Bayard Sartoris, was hast du da gesagt?"

„Wir haben ihn totgeschossen, Großmama! An der Einfahrt! Aber es war noch die ganze Armee dabei, und wir haben sie nicht gesehen, und jetzt kommen sie."

Sie setzte sich; die Hand auf ihre Brust gelegt, fiel sie schwer in den Stuhl. Aber ihre Stimme klang stark wie immer:

„Was ist das? Du, Marengo, was habt ihr getan?"

„Wir haben den Saukerl totschossen, Oma!" sagte Ringo.

Dann stand auch Louvinia da, ihr Mund war immer noch offen, und ihr Gesicht sah aus, als ob man sie mit Asche beworfen hätte. Aber wir brauchten gar nicht auf ihr Gesicht zu schauen, wir vernahmen die kurzen Stöße und das Gleiten der Hufe auf dem ungepflasterten Weg und hörten einen von ihnen laut rufen: „Ein paar von euch um das Haus herum, nach hinten!", und wir blickten auf und sahen sie am Fenster vorbeireiten – die blauen Uniformen und die Gewehre. Dann hörten wir Sporenklirren und den Tritt schwerer Stiefel auf der Veranda.

„Großmama!" sagte ich. „Großmama!" Aber keiner von uns schien sich rühren zu können; wir standen wie angenagelt und sahen auf Großmutter; ihre Hand lag noch auf ihrer Brust und sie sah aus, als ob sie gestorben wäre, und auch ihre Stimme klang wie aus dem Grab.

„Louvinia! Was ist das? Was soll das bedeuten, was sie mir da sagen?" So war's – nachdem die Muskete sich einmal dazu gebracht hatte, loszugehen, schien alles, was danach geschah, gleichsam in einer einzigen Bewegung in den Knall des Schusses hineingezogen zu werden. Ich konnte ihn noch immer hören, ich hatte ihn immer noch im Ohr, und Großmutters und Ringos und meine eigenen Worte klangen wie von weit her. Dann sagte sie: „Schnell! Hierher!", und dann kauerten Ringo und ich mit dem Kinn auf den Knien, unsere Rücken fest gegen die harten Kufen des Schaukelstuhls gepreßt, rechts und links dicht neben ihren Beinen, und ihr Rock war wie ein Zelt über uns gebreitet, und die schweren Schritte kamen ins Zimmer, und – das hat Louvinia uns nachher erzählt – der Yankee-Wachtmeister fuchtelte mit seinem Gewehr vor Großmutter herum und sagte:

„Heraus damit, Großmutter! Wo sind sie geblieben? Wir haben gesehen, wie sie hier ins Haus hereingelaufen sind!"

Wir konnten nichts sehen; wir kauerten nur da in einer Art von schwachem, grauem Licht, und es roch, wie Großmutters Kleider und Bett und Zimmer alle rochen, und Ringos Augen sahen aus wie zwei Teller Schokoladenpudding, und vielleicht dachten wir beide daran, daß Großmutter uns nie wegen etwas geschlagen hatte, außer wenn sie uns auf einer Lüge ertappte, aber daß sie uns dann, selbst wenn es keine Lüge in Worten, sondern nur ein Verschweigen war, zuerst durchprügelte und dann hinknien ließ und selbst neben uns kniete, um Gott zu bitten, uns zu vergeben.

„Sie irren sich", sagte sie. „In diesem Haus und auf dieser Farm gibt es keine Kinder. Hier ist niemand, niemand außer meiner Magd und mir selbst und den Leuten in ihren Hütten."

„Jawohl." So ruhig sagte sie es; sie bewegte sich überhaupt nicht, sondern saß starr aufgerichtet ganz vorn auf dem Stuhl, um uns mit ihrem Rock zu bedecken. „Wenn Sie mir nicht glauben, können Sie ja das Haus untersuchen."

„Seien Sie unbesorgt, das werde ich tun ... Schickt ein paar Leute nach oben", sagte er. „Wenn ihr eine Tür verschlossen findet, wißt ihr, was ihr zu tun habt. Und sagt den Leuten hinter dem Haus, sie sollen die Scheune und auch die Hütten gründlich durchsuchen."

„Sie werden keine verschlossenen Türen finden", sagte Großmutter. „Darf ich Sie wenigstens fragen –"

„Es gibt nichts zu fragen, Großmutter. Halten Sie sich schön still. Es wäre besser für Sie gewesen, wenn Sie ein paar Fragen gestellt hätten, bevor Sie die kleinen Teufel mit diesem Gewehr herausschickten."

„War da –" Wir hörten ihre Stimme versagen und dann

wieder laut werden, als ob Großmutter mit einer Gerte hinter ihr gestanden hätte, um sie zum Sprechen zu bringen. „Ist er – es – ich meine den, der –“

„Tot? Und ob! Brach sich das Genick und mußte erschossen werden!“

„Mußte – Sie mußten – erschießen –“ Entsetztes Staunen kannte ich auch noch nicht, aber es hatte uns alle drei gepackt, Ringo und Großmutter und mich.

„Weiß Gott, ja, wir mußten es erschießen! Das beste Pferd in der gesamten Armee! Das ganze Regiment hatte für nächsten Sonntag darauf gewettet –“ Er sprach noch weiter, aber wir hörten nicht hin. Wir atmeten nicht einmal, wir sahen einander nur an im halbdunklen Licht, und beinahe hätte ich laut geschrien, aber da sagte Großmutter schon:

„Also nicht – sie haben ihn nicht – oh, Gott sei Dank! Gott sei Dank!“

„Wir haben ihn nicht –“, sagte Ringo.

„Schhhh!“ sagte ich. Weil wir nichts hatten zu sagen brauchen, hatten wir gleichsam unseren Atem lange anhalten müssen, ohne es zu merken, und konnten jetzt wieder frei Luft schöpfen. Vielleicht hörten wir deswegen den zweiten Mann überhaupt nicht eintreten; aber Louvinia sah ihn – es war ein Oberst mit einem hellen, kurzen Bart und kalten, hellgrauen Augen, der, als er Großmutter mit der Hand auf der Brust im Stuhl sitzen sah, seinen Hut abnahm. Aber er wandte sich an den Wachtmeister.

„Was gibt's?“ sagte er. „Was geht hier vor, Harrison?“

„Hier sind sie hingerannt“, sagte der Wachtmeister. „Ich bin dabei, das Haus zu untersuchen.“

„So“, sagte der Oberst. Es klang gar nicht, als ob er böse sei. Es klang kühl, kurz angebunden und nicht unangenehm. „Mit wessen Ermächtigung?“

„Jemand in diesem Haus hat auf Truppen der Vereinigten Staaten geschossen. Ich nehme an, das ist genügend Ermächtigung.“ Wir konnten nur das Geräusch hören; Louvinia erzählte uns später, wie er die Muskete geschüttelt und mit dem Schaft auf den Boden gestoßen hatte.

„Und hat ein Pferd getötet“, sagte der Oberst.

„Es war ein Pferd der Armee. Ich selbst habe den General sagen hören, wenn er genug Pferde habe, würde es ihm nicht immer etwas ausmachen, ob Leute da wären, um sie zu reiten, oder nicht. Und nun kommen wir hierher und reiten friedlich die Landstraße entlang, ohne bis jetzt irgendeinen Menschen zu belästigen, und da erscheinen diese beiden kleinen Teufel – das beste Pferd in der Armee; das ganze Regiment hat gewettet –“

„So“, sagte der Oberst. „Ich verstehe. Nun? Haben Sie sie gefunden?“

„Noch nicht. Aber diese Aufrührer sind wie Ratten, wenn es darum geht, sich zu verstecken. Die da sagt, es gebe überhaupt keine Kinder in diesem Haus.“

„So“, sagte der Oberst. Wie Louvinia uns erzählte, sah er Großmutter jetzt zum erstenmal an. Sie bemerkte, sagte sie, wie sein Blick von Großmutters Gesicht abwärts auf ihren ausgebreiteten Rock glitt, eine ganze Minute lang auf dem Rock ruhte und sich dann wieder auf ihr Gesicht richtete. Und wie auch Großmutter ihn voll ansah, als sie log. „Habe ich richtig verstanden, Madam, daß es in diesem Haus oder in der Nähe keine Kinder gibt?“

„Es gibt hier keine, Sir“, sagte Großmutter.

Louvinia erzählte, daß er sich dem Wachtmeister zuwandte. „Es sind keine Kinder hier, Wachtmeister. Offenbar ist der Schuß anderswoher gekommen. Sie können die Leute zusammenrufen und aufsitzen lassen.“

„Aber wir sahen die beiden Kinder doch hier hereinlaufen, Oberst! Wir alle haben sie gesehen!“

„Haben Sie nicht gerade von dieser Dame gehört, daß es hier keine Kinder gibt? Wo haben Sie Ihre Ohren, Wachtmeister? Oder möchten Sie wirklich, daß wir uns hier, fünf Meilen vor einer Flußniederung, die wir kreuzen müssen, von der Artillerie überholen lassen?“

„Nun, Sir, Sie sind der Oberst. Aber wenn ich Oberst wäre –“
„Dann wäre ich gewiß Wachtmeister Harrison. In dem Fall, denke ich, würde ich mir mehr Sorgen darüber machen, auf welches andere Pferd ich am nächsten Sonntag günstig wetten könnte, als über eine enkellose alte Dame“ – Louvinia sagte, in diesem Augenblick hätten seine Augen ganz kurz auf Großmutter geruht und sich schnell wieder abgewandt – „über eine einsame alte Dame in einem Haus, das ich sehr wahrscheinlich – und, wie ich zu ihrer Freude und Befriedigung beschämt hinzusetzen muß: hoffentlich – nie wieder sehen werde. Lassen Sie Ihre Leute aufsitzen und machen Sie sich auf den Weg.“

Wir hockten da, hielten den Atem an und hörten sie das Haus verlassen; wir hörten, wie der Wachtmeister seine Leute von der Scheune zurückrief und wie sie wegritten. Aber wir rührten uns noch nicht, denn Großmutters Körperhaltung blieb genauso steif wie vorher, und daher wußten wir, daß der Oberst noch da war, sogar bevor er anfing zu sprechen – knapp, lebendig und bestimmt, mit einer Art von hintergründigem Lachen in der Stimme: „Sie haben also keine Enkel. Wie bedauerlich in einer solchen Umgebung, an der zwei Jungen ihre helle Freude haben würden – mit Gelegenheit zu spielen, zu fischen und auf Wild zu schießen, vielleicht auf das alleraufregendste Wild, selbst wenn es selten so dicht an das Haus herankommt. Und mit einem Gewehr – einer sehr verläßlichen Waffe, wie ich sehe.“ Der Wachtmeister hatte, wie Louvinia sagte, die Muskete in eine Ecke gestellt, und der Oberst richtete jetzt seinen Blick auf sie. Wir wagten nicht zu atmen. „Man sagt mir allerdings, daß diese Waffe Ihnen nicht gehört. Um so besser. Denn wenn die Muskete Ihre Waffe wäre – was sie nicht ist – und wenn Sie zwei Enkel hätten oder etwa einen Enkel mitsamt einem schwarzen Spielkameraden – die Sie nicht haben – und wenn dies das erstemal wäre – was es nicht ist – könnte das nächstemal jemand schwer verletzt werden. Aber was tue ich da? Ich stelle Ihre Geduld auf die Probe, indem ich Sie zwinge, in dem unbequemen Stuhl sitzen zu bleiben, während ich meine Zeit mit einer Predigt verschwende, die eigentlich nur bei einer Dame mit Enkelkindern Sinn hat – oder mit einem Enkelkind und dessen Negerfreund." Jetzt war auch er im Begriff wegzugehen; wir merkten es selbst in unserem Versteck unter dem Rock; nun sprach Großmutter selbst:

„Ich habe kaum etwas da, was ich Ihnen als Erfrischung anbieten kann, Sir. Aber wenn ein Glas kalter Milch nach Ihrem Ritt –"

Doch eine Zeitlang gab er überhaupt keine Antwort; Louvinia erzählte, wie er Großmutter mit einem Schweigen, hinter dem sich ein unterdrücktes Lachen verbarg, aus seinen metallisch glänzenden Augen ansah. „Nein, nein", sagte er. „Danke sehr. Sie muten sich mehr zu als eine bloße Höflichkeit; das ist ja schon heldenhaft."

„Louvinia", sagte Großmutter, „führe den Herrn ins Eßzimmer und tisch ihm auf, was da ist."

Jetzt hatte er das Zimmer verlassen, denn nun begann Großmutter zu zittern; sie zitterte und zitterte, aber noch änderte sie ihre angespannte Haltung nicht, wir konnten hören, wie sie schwer atmete. Und wir selbst atmeten jetzt wieder und sahen einander an. „Wir haben ihn gar nicht getötet!" flüsterte ich. „Wir haben niemanden getötet!" Dann war es wieder Großmutters Körper, der es uns mitteilte, aber diesmal konnte ich beinahe fühlen, wie er auf Großmutters Rock, unter dem wir hockten, hinstarrte, als er ihr für die Milch dankte und ihr seinen Namen und sein Regiment nannte.

„Vielleicht ist es gut, daß Sie keine Enkel haben", sagte er. „Denn gewiß möchten Sie in Ruhe und Frieden leben. Sehen Sie, ich habe selbst drei Söhne. Und ich habe noch nicht einmal Zeit gehabt, Großvater zu werden." Und jetzt war kein Lachen mehr in seiner Stimme, und Louvinia erzählte, wie er mit den bronzenen Abzeichen, die auf dem dunklen Blau glänzten, und mit seinem Hut in der Hand und mit seinem hellen Bart und Haar in der Tür stand und Großmutter ansah, aber jetzt ohne Lachen: „Ich will keine Entschuldigungen machen; Narren verlieren leicht den Kopf. Aber erlauben Sie mir zu sagen und zu hoffen, daß Sie sich niemals aus einem schlimmeren Anlaß als diesem an eine Begegnung mit uns erinnern mögen." Dann war er fort. Wir hörten seine Sporen auf dem Vorplatz und der Terrasse klirren, dann die schwächer werdenden und schließlich ersterbenden Hufschläge, und dann hielt sich Großmutter nicht mehr. Sie sank in den Stuhl zurück, mit ihrer Hand auf der Brust, ihre Augen waren geschlossen, und der Schweiß stand in dicken Tropfen auf ihrem Gesicht; plötzlich fing ich an zu brüllen: „Louvinia! Louvinia!" Aber da schlug sie die Augen auf und blickte mich an; die Augen waren auf mich gerichtet, als sie sich öffneten. Dann blickte sie eine Sekunde auf Ringo, aber dann, schwer atmend, wieder auf mich.

„Bayard", sagte sie, „was für ein Wort hast du gebraucht?"

„Ein Wort?" sagte ich. „Wann, Großmutter?" Dann fiel es mir ein; ich sah sie nicht an, und sie lag da tief im Stuhl zurückgelehnt und blickte auf mich und atmete schwer.

„Wiederhole es nicht. Du hast geflucht. Du hast etwas gesagt, was man nicht sagen darf, Bayard."

Ich sah sie nicht an. Mein Blick fiel auf Ringos Füße. „Ringo hat es auch in den Mund genommen", sagte ich. Sie antwortete nicht, aber ich konnte fühlen, wie ihr Blick auf mir ruhte, und plötzlich stieß ich hervor: „Und du hast gelogen. Du hast gesagt, wir seien nicht hier."

„Ich weiß es", sagte sie. Sie machte eine Bewegung. „Helft mir aufstehen." Sie stützte sich auf uns und erhob sich. Wir konnten uns nicht denken, was sie vorhatte. Wir standen nur da, während sie sich auf uns und den Stuhl stützte und neben ihm in die Knie sank. Wir beide, zuerst Ringo, dann ich, knieten auch nieder, als sie Gott um Verzeihung für ihre Lüge anflehte. Dann stand sie auf; sie ließ uns nicht einmal Zeit, ihr dabei zu helfen. „Geht in die Küche und holt eine Schüssel Wasser und ein Stück Seife“, sagte sie. „Nehmt die neue Seife.“

5

Es war spät, die Zeit schien an uns vorübergeglitten zu sein, während der Knall der Muskete uns noch unentrinnbar in Bann hielt und wir zu beschäftigt waren, um es zu merken; die Sonne fiel fast waagrecht auf uns, als wir uns hinten in der Ecke über die Galerie beugten und den Mund mit Seifenwasser spülten, das wir, uns ständig umdrehend, aus dem Kürbislöffel schlürften und wieder ausspuckten, der Sonne geradewegs ins Gesicht. Eine Zeitlang konnten wir einfach durch Ausatmen Seifenblasen machen, aber bald blieb uns nur der Seifengeschmack beim Ausspucken, und dann verschwand auch der Geschmack, wenn auch nicht die Lust am Spucken; jetzt sahen wir weiter nördlich die Wolkenbank; der untere Teil verschwamm undeutlich in der blauen Ferne, aber auf dem oberen Rand spielte das kupferrote Sonnenlicht. Als Vater im Frühjahr nach Hause gekommen war, hatten wir wissen wollen, was Berge waren. Schließlich hatte er auf eine Wolkenbank gezeigt, um uns klarzumachen, wie Berge aussähen. Seitdem glaubten Ringo und ich, die Wolkenbank sei Tennessee.

„Drüben sie“, sagte er spuckend. „Drüben es. Tennessee. Wo Marster John immer mit sie gekämpf' hat. Ganz furch'bar weit komm's mir vor.“

„Zu weit zu gehen, nur um mit Yankees zu kämpfen“, sagte ich und spuckte ebenfalls. Aber jetzt war es vorbei – vorbei mit dem Seifenwasser und den glasigen, gewichtlosen, schillernden Seifenblasen; sogar ihr Geschmack war vergangen.

RÜCKZUG

1

Am Nachmittag fuhr Loosh den großen Wagen bis dicht an die rückwärtige Terrasse heran und schirrte die Maultiere aus; als es Zeit für das Abendessen war, hatten wir alles in den Wagen eingeladen bis auf das Bettzeug, unter dem wir in dieser Nacht schlafen würden. Dann ging Großmutter nach oben, und als sie wieder herunterkam, hatte sie ihr seidenes Sonntagskleid an und ihren Hut auf, und ihr Gesicht war gerötet, und ihre Augen glänzten.

„Wer'n wir heut abend fahren?“ fragte Ringo. „Hab gedach' nich vor morgen früh.“

„Nicht heute abend“, sagte Großmutter. „Aber seit drei Jahren bin ich nirgendwo hingefahren; ich denke, Gott wird mir verzeihen, wenn ich mich einen Tag zu früh fertigmache.“ Sie wandte sich zu Louvinia. „Sag Joby und

Loosh, daß sie gleich nach dem Essen mit der Laterne und mit Schaufeln bereitstehen sollen."

Louvinia hatte das Maisbrot auf den Tisch gestellt und wollte gerade hinausgehen. Sie blieb stehen und sah Großmutter an. „Ihr meint doch nich, Ihr wollt den schweren Koffer den ganzen Weg bis nach Memphis mitnehm'? Wollt 'n ausgraben, wo er seit letzt'n Sommer schön versteck' is und mitnehm' den ganzen Weg bis Memphis?"

„Ja", sagte Großmutter. „Ich folge den Anordnungen von Oberst Sartoris, wie er sie, glaube ich, gemeint hat." Sie ließ sich beim Essen nicht stören und sah Louvinia nicht einmal an; Louvinia stand in der Tür zum Vorraum und blickte von hinten auf Großmutters Kopf.

„Warum tut Ihr'n nich lassen wo er gut versteck' is und ich kann drauf aufpassen? Wer kann 'n finden, sogar wenn sie wieder herkomm'? Marster John is, für den sie Belohnung geben, er's kein Koffer voll von –"

„Ich habe meine Gründe", sagte Großmutter. „Tu, was ich dir gesagt habe."

„Ich tu's. Aber zu was wollt Ihr'n heut nacht ausgraben, wenn Ihr nich vor morgen ab –"

„Tu, was ich dir befohlen habe", sagte Großmutter.

„Jawohl", sagte Louvinia. Sie ging hinaus. Ich sah auf Großmutter, die mit ganz gerade aufgesetztem Hut weiteraß und Ringo blickte mich hinter ihrem Stuhl an und rollte dabei ein wenig mit den Augen.

„Warum sollen wir ihn nicht in seinem Versteck lassen?" sagte ich. „Er wird die Last auf dem Wagen nur um so schwerer machen. Joby meint, der Koffer wiegt tausend Pfund."

„Tausend Narrheiten!" sagte Großmutter. „Von mir aus kann er zehntausend Pfund wiegen –" Louvinia trat ins Zimmer.

„Sie wer'n kommen", sagte sie. „Ich wünscht' Ihr sagt' mir, zu was Ihr'n heut nacht ausgraben wollt."

Großmutter sah sie an. „Ich habe gestern nacht davon geträumt."

„Oh", sagte Louvinia. Sie hatte den gleichen Ausdruck im Gesicht wie Ringo, aber sie rollte ihre Augen weniger als er.

„Im Traum sah ich aus dem Fenster, und da war ein Mann, der in den Garten ging, gerade auf die Stelle zu, wo der Koffer vergraben ist, und da blieb er stehen und zeigte mit dem Finger darauf", sagte Großmutter. Sie sah Louvinia an. „Ein Schwarzer."

„Ein Nigger?" sagte Louvinia.

„Ja."

Louvinia schwieg eine ganze Weile. Dann sagte sie: „Kennt Ihr ihn?"

„Ja", sagte Großmutter.

„Werd' Ihr sagen, wer's war?"

„Nein", sagte Großmutter.

Louvinia drehte sich Ringo zu. „Geh sag dei'm Pappi un Loosh, sie soll'n die Latern' un Schaufel holen un kommen."

Joby und Loosh waren in der Küche. Joby saß mit einem Teller auf seinen Knien neben dem Ofen und aß. Loosh saß mit zwei Schaufeln zwischen seinen Knien noch auf der Kiste, aber ich sah ihn zuerst nicht, weil Ringos Schatten auf ihn fiel. Die Lampe stand auf dem Tisch, und ich konnte den Schatten von Ringos vorgeneigtem Kopf und von seinen sich hin und her bewegenden Armen sehen, und zwischen uns und der Lampe stand Louvinia, die Hände in die Hüfte gestemmt, mit gespreizten Ellbogen, und ihr Schatten füllte das Zimmer. „Mach den Kamin gut sauber", sagte sie.

Joby trug die Laterne, Großmutter folgte ihm, dann kam Loosh; ich konnte ihren Hut und Looshs Kopf und die beiden Blätter der Schaufel über seiner Schulter sehen. Hinter mir hörte ich Ringo atmen. „Von wem hat sie geträumt, meins' du?" sagte er.

„Warum fragst du sie nicht?“ sagte ich. Wir waren jetzt im Obstgarten angekommen.

„Huh“, sagte Ringo, „Ich sie fragen? Ich wett drauf, wenn sie hier blieb, würd kein Yankee und nich's an'n Koffer gehn und Marster John auch nich, wenn er's wüßt'.“

Dann blieben sie stehen, Joby und Großmutter, und während Großmutter mit ausgestrecktem Arm die Laterne hielt, gruben Joby und Loosh den Koffer an der Stelle aus, wo sie ihn im letzten Sommer nachts versteckt hatten, als Vater zu Hause war und Louvinia in der Tür zum Schlafzimmer stand und Ringo und ich im Dunkeln zu Bett gehen mußten und ich später aus dem Fenster sah (oder träumte, daß ich heraussah), und die Laterne erblickte (oder davon träumte). Dann ging's wieder zurück auf das Haus zu, Großmutter schritt mit der Laterne voran, und wir halfen tragen. Bevor wir das Haus erreichten, begann Joby auf den mit Gepäck beladenen Wagen zuzusteuern.

„Tragt ihn hinein ins Haus“, sagte Großmutter.

„Wir woll'n ihn nur aufladen, dann brauchen wir'n morgen früh nich aufzuladen“, sagte Joby. „Faß an, Nigger“, sagte er zu Loosh.

„Tragt ihn ins Haus“, sagte Großmutter. Nach einer Weile schlug Joby den Weg auf das Haus zu ein. Er atmete jetzt hörbar und sagte bei jedem zweiten Schritt „Haah!“. Drinnen in der Küche ließ er sein Kofferende hart auf den Boden fallen.

„Haah!“ sagte er. „Das wär geschafft, Gott sei Dank.“

„Tragt ihn nach oben“, sagte Großmutter.

Joby drehte sich um und sah sie an. Er hatte sich noch nicht ganz aufgerichtet; halb gebückt wandte er sich um und sah sie an. „Wie's das?“ sagte er.

„Tragt ihn nach oben“, sagte Großmutter. „Ich will ihn in mein Zimmer gebracht haben.“

„Wollt Ihr sagen, Ihr werd't das Ding die ganzen Treppen hinaufschaff'n un morgen den ganzen Weg zurück?“

„Jemand wird's tun", sagte Großmutter. „Hilfst du mit, oder sollen Bayard und ich es allein tun?"

In diesem Augenblick kam Louvinia herein. Sie war schon ausgezogen. In ihrem Nachthemd sah sie lang aus wie ein Geist, lang in einer Richtung ausgestreckt wie ein Kopfrollenbezug, ja länger; stumm wie ein Geist und mit bloßen Füßen, deren Hautfarbe sich von dem Schatten, in dem sie stand, nicht abhob, so daß es schien, als ob sie gar keine Füße hätte und die beiden Reihen ihrer Fußnägel leicht, stofflos und unbeweglich wie zwei Reihen etwas angestaubter Federn auf dem Boden lägen, fast einen Fuß unterhalb des Saums ihres Nachthemdes, als ob sie ihr nicht gehörten. Sie trat herein und schob Joby zur Seite und bückte sich, um den Koffer anzuheben. „Weg da, Nigger", sagte sie. Joby stöhnte, dann schob er Louvinia weg.

„Weg da, Frau", sagte er. Er hob sein Ende des Koffers hoch und drehte sich dann nach Loosh um, der das seine überhaupt nicht losgelassen hatte. „Wenn du drauf reiten wills', heb die Füße hoch", sagte er. Wir trugen den Koffer in Großmutters Zimmer, und Joby wollte ihn schon wieder hinsetzen, als Großmutter ihm und Loosh befahl, das Bett von der Wand abzurücken und den Koffer hinter das Bett zu stellen; Ringo und ich halfen ihnen wieder. Ich glaube nicht, daß er viel weniger wog als tausend Pfund.

„Jetzt möchte ich, daß ihr alle sofort zu Bett geht, damit wir morgen in der Frühe fahren können", sagte Großmutter.

„Das is Eure Art", sagte Joby. „Jeder muß aufstehen, wenn's kaum Tag is, un's wird Mittag, bevor wir fahren."

„Halt dich damit nich auf", sagte Louvinia. „Tu, was Miss Rosa gesag' hat!"

Wir gingen aus dem Zimmer; Großmutter blieb neben ihrem Bett stehen, das jetzt weit von der Wand abgerückt war, aber so ungeschickt, daß jeder sofort merken mußte, hier sei etwas versteckt – selbst wenn man den Koffer, der, wie Ringo und ich und auch Joby jetzt glaubten, wenigstens tausend Pfund wog, ganz hätte verbergen können. So wie es dastand, machte das Bett alles nur auffallender. Dann schloß Großmutter die Tür hinter uns ab, und Ringo und ich blieben draußen plötzlich stehen und sahen einander an. Solange ich denken konnte, hatte es auf der Farm weder für Tür noch Tor je einen Schlüssel gegeben. Trotzdem hatten wir gehört, wie ein Schlüssel umgedreht wurde.

„Ich hab nich gewußt, daß es überhaup' 'n Schlüssel gib', der paßt“, sagte Ringo, „un ers' recht zuschließt.“

„Un das is noch so'ne Sach für dich und Joby“, sagte Louvinia. Sie war nicht stehengeblieben, sie lag schon auf ihrem Bettgestell ausgestreckt, und als wir nach ihr hinsahen, zog sie schon die Decke über ihren Kopf und sagte: „Macht's voran, daß ihr ins Bett kommt.“

Wir gingen in unser Zimmer und begannen uns auszuziehen. Die Lampe war angezündet, und auf zwei Stühlen lagen schon unsere Sonntagskleider, die wir morgen für die Fahrt nach Memphis anziehen sollten. „Von wem hat sie geträumt, meins' du?“ sagte Ringo. Aber darauf gab ich keine Antwort. Ringo wußte so gut wie ich, daß keine Antwort nötig war.

2

Bei Lampenlicht zogen wir die Sonntagskleider an, frühstückten bei Lampenlicht und hörten, wie Louvinia oben von Großmutters und unseren Betten die Leintücher, auf denen wir geschlafen hatten, abzog und Ringos Strohsack zusammenrollte und alles nach unten brachte; bei Tagesanbruch gingen wir nach draußen, wo Loosh und Joby die Maultiere schon vor den Wagen gespannt hatten und wo Joby wartete, angetan mit Vaters altem Gehrock und haarloser Bibermütze – seinem Sonntagsanzug, wie er ihn nannte. Als Großmutter aus dem Haus kam (sie hatte noch das gleiche Schwarzseidene an und das Hütchen auf dem Kopf, als ob sie so geschlafen und die Nacht stehend in kerzengerader Haltung zugebracht hätte, ihre Hand auf dem Schlüssel, den sie Gott weiß woher hervorgezaubert und mit dem sie zum erstenmal, seit Ringo und ich uns erinnern konnten, ihre Tür abgeschlossen hatte), trug sie ihr Tuch über den Schultern und ihren Sonnenschirm und die Muskete, die sie von dem Untersatz auf dem Kamin heruntergeholt hatte. Sie hielt Joby die Muskete hin. „Hier", sagte sie. Joby blickte auf die Muskete.

„Die wer'n wir nich brauchen", sagte er.

„Tu sie in den Wagen", sagte Großmutter.

„Nein, M'm. So was wer'n wir nich brauchen. Wir wer'n so schnell in Memphis sein, wird niemand nich Zeit hab'n, uns fahren hören. Ich glaub, Marster John hat überhaup' alle Yankees ausgefeg' zwischen hier un Memphis."

Diesmal sagte Großmutter kein Wort. Sie stand nur da und hielt Joby die Muskete hin, bis er sie nach einer Weile nahm und in den Wagen legte. „Jetzt geh den Koffer holen", sagte Großmutter. Joby war noch dabei, die Muskete im Wagen zu verstauen; er hielt ein und wandte seinen Kopf ein wenig.

„Wie's das?" sagte er. Er drehte sich etwas mehr herum, aber noch immer sah er Großmutter, die auf der Treppe stand und ihren Blick auf ihn gerichtet hielt, nicht an; er sah niemanden von uns an und sprach auch zu keinem einzelnen von uns. „Hab ich's Euch nich vorhergesag'?"

„Wenn dir jemals etwas eingefallen ist, was du nicht in den nächsten zehn Minuten jemandem mitgeteilt hast, dann weiß ich's nicht", sagte Großmutter. „Aber wovon sprichst du jetzt eigentlich?"

„Is gleich", sagte Joby. „Komm, Loosh. Nimm den Jung'n mit." Sie gingen an Großmutter vorbei ins Haus. Großmutter sah nicht nach ihnen hin; es war, als ob sie ihr nicht nur aus den Augen gekommen, sondern aus den Gedanken entschwunden wären. Offensichtlich nahm Joby das an. Er und Großmutter standen so miteinander; sie glichen einem Mann und einer Stute, einer reinrassigen Stute, die sich nur bis zu einem ganz bestimmten Punkt etwas gefallen läßt, und der Mann weiß, daß sie sich nur gerade soviel gefallen läßt, und er weiß auch, was passiert, wenn der Punkt erreicht ist. Und dann passiert es: die Stute schlägt nach ihm aus, nicht bösartig, aber gerade kräftig genug, und der Mann hat gewußt, daß es passieren würde, und darum ist er jetzt froh, denn es ist überstanden, oder er meint, es sei überstanden; also setzt oder legt er sich auf den Boden und flucht ein bißchen auf die Stute, weil er meint, es sei überstanden und vorbei, und dann dreht die Stute sich um und beißt ihn. So war's zwischen Joby und Großmutter, und Großmutter gab es ihm jedesmal, nicht tüchtig – es genügte gerade, wie jetzt; als er und Loosh zur Haustür gekommen waren und Großmutter ihnen nicht einmal nachsah, sagte Joby: „Ich hab's ihnen gesagt. Un nich mal du kanns' das bestreiten, denk ich.“ Worauf Großmutter, unbeweglich bis auf ihre Lippen, den Blick über den wartenden Wagen weg weit in die Ferne gerichtet, als ob von einer Reise gar nicht die Rede wäre und Joby nicht einmal existierte, sagte:

„Und rück das Bett wieder an die Wand.“ Diesmal gab Joby keine Antwort. Er blieb stehen und rührte sich nicht, drehte sich nicht einmal nach Großmutter um, bis Loosh ruhig sagte:

„Geh, Pappi. Komm, los.“ Sie gingen hinauf; Großmutter und ich standen am Ende der Veranda und hörten, wie sie den Koffer herausschleppten und das Bett wieder dahin rückten, wo es gestern gestanden hatte; wir hörten sie den Koffer auf den Treppenstufen schwer und langsam niedersetzen wie einen Sarg. Dann kamen sie heraus auf die Veranda.

„Geht hin und helft“, sagte Großmutter, ohne sich umzublicken. „Denkt daran, daß Joby alt wird.“ Wir schafften den Koffer in den Wagen, zu der Muskete, dem Eßkorb und dem Bettzeug, und stiegen selbst hinein – Großmutter auf den Sitz neben Joby; ihr Hut saß genau in der Mitte des

Kopfes, und den Schirm hatte sie geöffnet, noch bevor der Tau zu fallen begann – und dann fuhren wir ab. Loosh hatte sich schon davongemacht, aber Louvinia, mit Vaters altem Hut über ihrem Kopftuch, stand noch am Ende der Veranda. Dann hörte ich auf, mich umzublicken, aber ich merkte, daß Ringo, der neben mir auf dem Koffer saß, sich alle paar Meter umdrehte, selbst als wir die Einfahrt schon hinter uns hatten und auf der Straße zur Stadt waren. Dann kamen wir an die Kurve, wo im Sommer der Yankee-Wachtmeister auf seinem fuchsfarbenen Pferd vor uns aufgetaucht war.

„Jetz' is es weg", sagte Ringo. „Leb wohl, Sartoris; hallo, Memphis!"

Die Sonne ging eben auf, als Jefferson in Sicht kam; wir fuhren an einer Kompanie Soldaten vorbei, die auf einer Wiese neben der Straße ihr Lager aufgeschlagen hatten und gerade frühstückten. Ihre Uniformen waren jetzt nicht mehr grau, sie hatten fast die Farbe von toten Blättern; einige Leute besaßen nicht einmal mehr Uniformen, und ein Mann, der uns mit einer Bratpfanne zuwinkte, trug ein Paar blauer Yankee-Hosen mit gelben Kavalleriestreifen, wie Vater letzten Sommer zu Hause eine angehabt hatte. „He, Miss-ippi!" rief er. „Hoch Arkansaw!"

Vor Mrs. Compsons Haus stieg Großmutter aus, um Mrs. Compson adieu zu sagen und sie zu bitten, gelegentlich zu uns hinauszufahren und nach den Blumen zu sehen. Ringo und ich fuhren unterdes mit dem Wagen zum Laden, und gerade als wir mit einem Sack Salz wieder aus der Tür traten, kam Onkel Buck McCaslin über den Platz dahergehumpelt, winkte mit seinem Stock und rief uns an; hinter ihm ging der Hauptmann der Kompanie, an der wir vorbeigefahren waren, als die Leute auf der Wiese frühstückten. Es gab zwei – ich meine, es gab zwei McCaslins, die Zwillinge Amodeus und Theophilus, aber jeder, außer ihnen selbst, nannte sie Buck und Buddy. Sie waren Junggesellen und besaßen eine ausgedehnte Pflanzung im Talgrund etwa fünfzehn Meilen außerhalb der Stadt. Darauf stand ein großes Haus im Kolonialstil, das ihr Vater gebaut hatte; wie die Leute sagten, war es eines der schönsten Häuser im Land, als sie es erbten. Das war es jetzt nicht mehr, denn Onkel Buck und Onkel Buddy bewohnten es nicht. Nach dem Tod ihres Vaters hatten sie nie darin gewohnt. Sie lebten mit ungefähr einem Dutzend Hunden in einem zweizimmerigen Blockhaus und benutzten das Herrenhaus als Quartier für ihre Neger. Kein Fenster im Herrenhaus war mehr ganz, und ein Kind hätte alle Türen darin mit einer Haarnadel öffnen können, aber jeden Abend, wenn die Neger vom Feld zurückkamen, trieben Onkel Buck oder Onkel Buddy sie in das große Haus und verschlossen die Vordertür mit einem Schlüssel von der Größe einer Reiterpistole; wahrscheinlich waren sie noch mit Abschließen beschäftigt, nachdem der letzte Neger sich längst durch die Hintertür wieder davongemacht hatte. Wie die Leute sagten, wußten Onkel Buck und Onkel Buddy das ganz genau, und auch die Neger wußten, daß die beiden es wußten; es war eine Art von Spiel mit bestimmten Regeln: Onkel Buck oder Onkel Buddy durften nicht um die Hausecke schielen, während der eine von ihnen die Tür verschloß, und kein Neger durfte so entweichen, daß er – selbst im Fall eines zufälligen Mißgeschicks – gesehen werden konnte, noch durfte jemand zu einer anderen Zeit verschwinden; es hieß sogar, daß jeder, dem es nicht gelang, aus dem Haus herauszukommen, während die Tür abgeschlossen wurde, es sich freiwillig bis zum nächsten Abend versagte. Darauf pflegten die beiden den Schlüssel an einen Nagel neben der Tür zu hängen und zu ihrem eigenen kleinen Haus mit all den Hunden darin zurückzugehen, dort zu Abend zu essen und dann 2-Mann-Poker zu spielen; und die Leute sagten, daß niemand im ganzen Staat und nicht einmal ein Flußschiffer es gewagt haben würde, mit den beiden zu spielen, auch wenn sie einmal nicht mogelten, ja, daß der Herrgott selbst in dem Poker, wie die zwei es miteinander spielten und wobei eine einzelne Karte über Neger und Wagenladungen von Baumwolle entschied, vielleicht einem von ihnen hätte standhalten können, aber daß sogar er im Spiel gegen beide den letzten Pfennig verloren haben würde.

Aber es steckte mehr hinter Onkel Buck und Onkel Buddy als das. Vater sagte, sie seien ihrer Zeit weit voraus; er sagte, daß sie Ideen über eine soziale Ordnung nicht nur in ihrem Kopf hätten, sondern auch in die Tat umsetzten, Ideen, für die man vielleicht erst fünfzig Jahre nach ihrem Tode einen Namen finden würde. Diese Ideen bezogen sich auf Landbesitz. Nach Ansicht der beiden gehörte das Land nicht den Menschen, sondern die Menschen gehörten dem Land; sie glaubten, daß die Erde den Menschen erlauben würde, auf ihr und von ihr zu leben und nur so lange Nutzen aus ihr zu ziehen, als sie sich ihrer würdig zeigten, aber sie abschütteln würde wie ein Hund seine Flöhe, wenn sie sich nicht richtig verhielten. Sie hatten eine Art von Buchführung erfunden, die sogar noch verwickelter gewesen sein muß als ihre Abrechnung beim Kartenspiel und die darauf hinauslief, daß alle ihre Neger die Freiheit erhalten sollten, nicht als Geschenk, sondern als Lohn, und nicht als etwas, das sie für Geld vom Onkel Buck und Onkel Buddy kaufen konnten, sondern das ihnen als Ertrag ihrer Arbeit auf der Pflanzung zufiel. Nun gab es noch andere Menschen außer den Negern, und das war der Grund, warum Onkel Buck über den Platz auf mich zuhumpelte, mit seinem Stock vor meiner Nase herumfuchtelte und schrie; oder wenigstens, warum gerade Onkel Buck humpelnd daherkam und schrie und mit dem Stock fuchtelte. Vater erzählte einmal, wie sie plötzlich auf den Gedanken gekommen seien, daß, wenn die Bevölkerung des Landkreises jemals in kleine Gruppen zerfiele, die einander durch Wahlstimmen oder mit den Waffen bekämpften, keine Familie es mit den McCaslins aufnehmen könnte, weil alle anderen Familien nur von ihren Vettern und Verwandten

Hilfe bekämen, während Onkel Buck und Onkel Buddy eine fertige Armee zur Verfügung stände. Diese Armee bestand aus den armen Farmern, die von den Negern ‚Weißer Unrat' genannt wurden – Leute, die nie Sklaven besessen hatten und von denen einige in tieferem Elend lebten als die Sklaven auf den großen Pflanzungen. Auf sie bezog sich ein anderer Teil von Onkel Bucks und Onkel Buddys Theorien über die Menschen und das Land, für die man bis jetzt, wie Vater sagte, noch keinen Namen wußte und mit deren Hilfe Onkel Buck und Onkel Buddy die armen Weißen überredet hatten, ihre kleinen Streifen schlechten, hügeligen Landes in eine Gesamtwirtschaft mit den Negern und der McCaslinschen Pflanzung einzubringen, wobei sie ihnen als Gegenleistung etwas versprachen, von dem niemand genau wußte, was es war – nur, daß ihre Frauen und Kinder jetzt tatsächlich Schuhe besaßen, auch die, die früher keine gehabt hatten, und daß eine ganze Reihe von ihnen jetzt sogar zur Schule ging. Jedenfalls waren Onkel Buck und Onkel Buddy für die armen Weißen beinahe Gottheiten, und als Vater anfing, sein erstes Regiment, das er nach Virginia führen wollte, zusammenzustellen und Onkel Buck und Onkel Buddy in die Stadt kamen, um sich eintragen zu lassen und von den anderen hören mußten, sie seien zu alt (sie waren über siebzig), sah es eine Zeitlang so aus, als ob Vaters Regiment sein erstes Gefecht auf unserem eigenen Weideplatz austragen müsse. Anfangs sagten Onkel Buck und Onkel Buddy, daß sie selbst aus ihren Leuten eine Kompanie auf die Beine bringen würden, Vater zum Trotz. Dann sahen sie ein, daß Vater sich dadurch nicht abschrecken lassen würde, und nun legten sie Vater tatsächlich Daumenschrauben an. Sie sagten ihm, wenn er sie nicht ins Feld ziehen ließe, würde der von ihnen kontrollierte einheitliche Stimmblock der gemeinen Soldaten, die zu den armen Weißen gehörten, nicht nur Vater zwingen, eine besondere Offiziersauswahl zu veranstalten, bevor das Regiment sein Lager auf dem Weideplatz verließe, sondern ihn selbst vom Rang eines Obersten zu dem eines Majors oder vielleicht sogar eines Kompanieführers degradieren. Vater scherte sich nicht darum, was für einen Titel man ihm gab; ob Oberst oder Unteroffizier, das war ihm ganz gleich, solange er ihnen sagen durfte, was sie tun sollten, und wahrscheinlich hätte es ihm nichts ausgemacht, wenn er von Gott selbst zum gemeinen Soldaten degradiert worden wäre; nicht gleichgültig aber war ihm der Gedanke, daß die Truppen, die er anführte, die versteckte Befugnis, ja sogar den verborgenen Wunsch haben könnten, ihn so zu beleidigen. Darum kam es zu einem Kompromiß; sie einigten sich schließlich darauf, daß einer der beiden McCaslins ins Feld ziehen dürfe. Vater und Onkel Buck und Onkel Buddy gaben sich die Hand darauf und hielten sich daran; im folgenden Sommer, als die Soldaten nach der zweiten Schlacht bei Manassas Vater wirklich degradierten, waren es die McCaslin-Leute, die ihm treu blieben, zusammen mit ihm aus der Armee ausschieden und nach Mississippi zurückkehrten, wo sie seine irreguläre Kavallerie bildeten. Einer der beiden sollte also ins Feld ziehen, und sie selbst entschieden darüber, wer es sein würde; sie wählten dafür den einzig möglichen Weg, bei dem der Sieger sich sagen konnte, daß er verdient gewonnen habe, und der Verlierer, daß er einem besseren Mann unterlegen sei; Onkel Buddy sah Onkel Buck an und sagte: „Also, Philus, du alter Hurensohn mit deinen Butterfingern – geh, hol die Karten."

Vater sagte, daß es großartig war, daß es Leute gab, die nie in ihrem Leben etwas Ähnliches gesehen hatten wie diesen Beweis einer eiskalten, grausamen Kunstfertigkeit. Sie spielten drei Runden Poker, bei den ersten beiden Runden teilten sie abwechselnd aus, der Gewinner der zweiten Runde gab bei der dritten; da saßen sie einander gegenüber (jemand hatte ein Tuch ausgebreitet, und das ganze Regiment schaute zu) mit ihren alten Gesichtern, die sich zwar nicht vollkommen glichen, aber beide genau wie etwas aussahen, das man nach einer Weile in der Erinnerung wiederfand: das Portrait eines längst verstorbenen Menschen, aus dessen Aussehen man sofort erkannte, daß er vor hundert Jahren ein Prediger in Massachusetts oder einer ähnlichen Gegend gewesen war; da saßen sie und sagten die mit dem Bild nach unten liegenden Karten richtig an, ohne auch nur auf die Rückseite zu sehen, wie es schien, so daß manchmal acht- oder zehnmal ausgeteilt werden mußte, bevor die Schiedsrichter sicher sein konnten, daß keiner von beiden genau wußte, was der andere in der Hand hielt. Und Onkel Buck verlor: so kam es, daß Onkel Buddy jetzt ein Sergeant in Tennants Brigade in Virginia war und Onkel Buck über den Platz humpelte, mit seinem Stock vor mir herumfuchtelte und rief:

„Beim Allmächtigen, da ist er! Da ist der Junge von John Sartoris!"

Der Hauptmann trat herbei und sah mich an. „Ich habe von deinem Vater gehört", sagte er.

„Von ihm gehört?" schrie Onkel Buck. Inzwischen fingen die Leute schon an, auf der Straße stehenzubleiben, um sich ihn anzuhören, was sie immer taten, und bemühten sich dabei, ihr Lächeln vor ihm zu verbergen. „Wer hat in diesem Land nicht von ihm gehört? Laßt die Yankees euch einmal von ihm erzählen. Beim Allmächtigen, er stellte mit seinem eigenen Geld das erste verflixte Regiment in Mississippi auf die Beine und zog damit nach Virginny und verhaute die Yankees, daß ihnen Hören und Sehen verging, bis er herausfand, daß die Leute, für die er sein Geld ausgegeben hatte, kein Regiment Soldaten, sondern eine Bande von Politikern und Narren waren. Narren, sag ich!" schrie er und fuchtelte mit dem Stock und schoß Blitze aus seinen wässerigen, wilden Augen, die wie die Augen eines alten Geiers aussahen, während die Leute auf der Straße ihm zuhörten und lächelten, wenn er nicht hinsah, und der unbekannte Hauptmann ihm einen etwas befremdeten Blick zuwarf, denn er hatte Onkel Buck noch nie loslegen sehen;

aber ich dachte die ganze Zeit über an Louvinia, wie sie mit Vaters altem Hut auf dem Kopf auf der Veranda gestanden hatte, und ich wünschte, Onkel Buck wäre schon fertig oder hielte den Mund, damit wir weiterfahren könnten.

„Narren, sag ich!“ schrie er. „Es ist mir ganz gleich, ob einige von euch Leuten hier euch immer noch mit Männern verwandt fühlt, die ihn zum Oberst wählten und mit ihm und Stonewall Jackson bis auf eine Nasenlänge an Washington heranrückten, fast ohne einen Mann zu verlieren, und die ein Jahr später ihre Meinung änderten und ihn zum Major degradierten und an seine Stelle einen Kerl setzten, der nicht mal wußte, aus welchem Ende des Gewehrs der Schuß herauskommt, bis John Sartoris es ihm zeigte.“ Mit genausowenig Anstrengung, wie er ins Schreien geraten war, hörte er damit auf, aber das Schreien war in ihm und lauerte darauf, wieder auszubrechen, sobald er etwas anderes gefunden haben würde, worüber er ein Geschrei machen konnte. „Ich will nicht sagen, mein Junge, Gott schütze dich und deine Großmutter auf der Landstraße, denn beim Allmächtigen, ihr habt weder Gott noch sonst jemanden nötig, um euch zu helfen; du brauchst nur zu sagen: ‚Ich bin der Junge von John Sartoris, ihr Hasenfüße, nun sucht schleunigst ein Versteck‘ – und dann sollst du mal sehen, wie die blauen Schweinehunde auseinanderfliegen.“

„Brecht ihr auf von hier, geht ihr fort?“ sagte der Hauptmann.

Da fing Onkel Buck wieder an zu schreien; er geriet ins Schreien, ohne sich anstrengen oder auch nur Atem holen zu müssen: „Fortgehen? Wer, in Teufels Namen, soll hier für sie sorgen? John Sartoris ist ein verflixter Narr; sie waren freundlich genug, ihn aus seinem eigenen privaten Regiment zu entfernen, damit er nach Hause gehen und sich um seine Familie kümmern könnte, denn wenn er es nicht täte, würde wahrscheinlich niemand hier herum es tun. Aber das paßt John Sartoris nicht, weil John Sartoris ein verfluchter, verdammter selbstsüchtiger Feigling ist, der sich davor fürchtet, zu Hause zu bleiben, wo die Yankees ihn finden könnten. Jawohl, Sir. Der sich so fürchtet, daß er jedesmal, wenn er einer Yankee-Brigade auf hundert Fuß nahe kommt, eine neue Schutzwache für sich selbst zusammenbringen muß. Da streift er im ganzen Land umher und stößt auf genug Yankees, denen er ausweichen kann; aber wenn ich an seiner Stelle gewesen wäre, wäre ich wieder nach Virginny gezogen und hätte dem neuen Oberst gezeigt, wie man kämpft. Aber John Sartoris denkt nicht daran. Ein Feigling und ein Narr, das ist er. Ausweichen und vor den Yankees davonlaufen, mehr kann er nicht, bis sie schließlich einen Preis auf seinen Kopf setzen müssen; und jetzt bleibt ihm nichts übrig, als seine Familie aus dem Land zu schaffen, nach Memphis, wo vielleicht die Armee der Union für sie sorgen wird, denn seine eigene Regierung und seine Mitbürger tun's nicht, wie es scheint." Der Atem oder jedenfalls die Worte gingen ihm aus, zitternd stand er da mit seinem tabakbeschmutzten Bart, in den aus seinem Mund noch mehr Tabak floß, und drohte mir mit seinem Stock. Ich hob die Zügel; aber der Hauptmann fing an zu sprechen; er behielt mich noch immer im Auge.

„Wieviel Mann hat dein Vater in seinem Regiment?" sagte er.

„Es ist kein Regiment, Sir", sagte ich. „Ich denke, er hat etwa fünfzig."

„Fünfzig?" sagte der Hauptmann. „Fünfzig? Vorige Woche sagte uns ein Gefangener, er habe mehr als tausend. Er sagte, Oberst Sartoris kämpfe nicht; er sei ein Pferdedieb, nicht mehr."

Onkel Buck hatte immerhin noch Atem genug, um lachen zu können. Sein Lachen klang wie das Gackern einer Henne, und er klopfte sich dabei aufs Bein und hielt sich am Wagenrad fest, als ob er im Begriff sei, umzufallen. „Das ist's! Das ist John Sartoris! Er fängt die Pferde – jeder Esel kann hingehen und Yankees fangen. Hier diese beiden verflixten Jungen haben es im vergangenen Sommer getan – sind ein bißchen auf die Straße gegangen und mit einem ganzen Regiment zurückgekommen, und dabei sind sie gerade – wie alt seid ihr, Jungs?"

„Vierzehn", sagte ich.

„Noch nich vierzehn", sagte Ringo, „Aber September wer'n wir's, wenn wir's erleben und nich's passiert ... Schein's, Großmama wart' auf uns, Bayard."

Onkel Buck hörte auf zu lachen. Er trat einen Schritt zurück. „Fahrt los", sagte er. „Ihr habt einen weiten Weg." Ich schwenkte den Wagen herum. „Gib auf deine Großmutter acht, Junge, sonst zieht dir John Sartoris das Fell über die Ohren. Und wenn er's nicht tut, tu ich es!" Als der Wagen wieder geradeaus fuhr, fing er an, neben uns herzuhumpeln. „Und wenn du ihn siehst, bestell ihm von mir, er soll die Pferde eine Zeitlang in Ruhe lassen und die blauen Schweinehunde zur Hölle schicken. Zur Hölle schicken!"

„Jawohl, Sir", sagte ich. Wir fuhren weiter.

„Glück für sein' Mund, daß Großmama nicht hier is", sagte Ringo. Sie und Joby warteten schon an Compsons Tor auf uns. Joby trug einen zweiten Korb mit einer Serviette darüber, aus dem ein Flaschenhals und ein paar Rosensetzlinge hervorsahen. Bald darauf saßen Ringo und ich wieder hinten im Wagen, und Ringo drehte sich alle Augenblicke um, blickte zurück und sagte: „Adschö, Jefferson – hallo, Memphis!" Und auf der ersten Hügelspitze, die wir erreichten, blickte er sich wieder um, diesmal schweigend; dann sagte er: „Wenn sie nun nie nich fertig wer'n mit Kämpfen?"

„Gut, gut", sagte ich. „Nimm's an!" Ich blickte mich nicht um.

Mittags hielten wir bei einer Quelle, Großmutter öffnete den Korb, nahm die Rosensetzlinge heraus und gab sie Ringo.

„Tauch die Wurzeln in die Quelle, nachdem du getrunken hast", sagte sie. Die Wurzeln steckten in einem Säckchen

Erde; als Ringo sich zum Wasser hinunterbückte, beobachtete ich, wie er etwas Erde herausnahm und in seine Tasche stecken wollte. Dann sah er auf und bemerkte, daß ich ihn beobachtete, und tat so, als ob er die Erde fortwerfe. Aber er warf sie nicht fort.

„Ich denk, ich darf Erde verwahr'n, wenn ich will", sagte er.

„Es ist aber keine Sartoris-Erde", sagte ich.

„Ich weiß. Is aber näher dran als Memphis-Erde. Näher dran als was du has'."

„Wetten?" sagte ich. Er sah mich an. „Was hast du zu tauschen?" sagte ich. Er sah mich an.

„Was has' du zu tauschen?" sagte er.

„Du weißt's", sagte ich. Er griff in seine Tasche und holte die Schnalle heraus, die wir im vorigen Sommer vom Sattel des Yankee-Pferdes abgeschossen hatten. „Gib's mir jetz'", sagte er. Ich nahm die Schnupfdose aus meiner Tasche und schüttelte die Hälfte der Erde (es war nicht allein Sartoris-Erde; auch unser Vicksburg war dabei: das Kampfgeschrei war darin, das Schlachtgewohnte, das Eisenfeste, das glorreich Unbesiegbare) in seine Hand. „Ich weiß, was 's is. Kommt von hinter dem Räucherhaus. Du has' viel davon gebrach'."

„Ja", sagte ich. „Genug für eine lange Zeit."

Wir wässerten die Rosensetzlinge jedes Mal, wenn wir anhielten und etwas aus dem Korb nahmen, und noch am vierten Tag war etwas von den Eßwaren übrig, weil wir jeden Tag wenigstens einmal in ein Haus an der Straße gingen und mit den Leuten darin aßen und einmal, am dritten Tag, frühstückten wir im gleichen Haus, in dem wir am Abend vorher gegessen hatten. Aber selbst in dieser Nacht wollte Großmutter nicht drinnen schlafen. Sie bereitete sich ihr Bett dicht bei dem Koffer im Wagen, und Joby schlief mit dem Gewehr neben sich unter dem Wagen, ganz wie er es zu tun pflegte, wenn wir auf der Straße übernachteten. Freilich blieben wir nie wirklich auf der Straße, sondern etwas davon entfernt im Wald; in der dritten Nacht, als Großmutter im Wagen schlief und Joby und Ringo und ich unter dem Wagen lagen, tauchte ein Trupp Kavallerie auf, und Großmutter rief: „Joby! Das Gewehr!“, und einer stieg ab und nahm Joby das Gewehr weg, und sie zündeten einen Kiefernzweig an, und wir sahen die grauen Uniformen.

„Memphis?“ sagte der Offizier. „Nach Memphis kommen Sie nicht durch. Bei Cockrum ist gestern gekämpft worden, und auf den Straßen sind überall Yankee-Patrouillen. Wie beim Teufel – entschuldigen Sie, Madam (hinter mir sagte Ringo: „Hol' die Seife“) – Sie jemals bis hierhin gekommen sind, verstehe ich nicht. Wenn ich an Ihrer Stelle wäre, würde ich nicht einmal versuchen umzukehren, ich würde beim ersten Haus, das ich sähe, haltmachen und da bleiben.“

„Ich denke, wir werden weiterfahren“, sagte Großmutter, „wie John – Oberst Sartoris uns gesagt hat. Meine Schwester wohnt in Memphis; wir gehen zu ihr.“

„Oberst Sartoris?“ sagte der Offizier. „Oberst Sartoris hat es Ihnen gesagt?“

„Ich bin seine Schwiegermutter“, sagte Großmutter. „Der Junge hier ist sein Sohn.“

„Großer Gott, Madam! Sie dürfen nicht einen Schritt weiterfahren. Wissen Sie nicht, daß sie ihn beinahe zwingen könnten, sich ihnen zu stellen und sich zu ergeben, wenn Sie und dieser Junge in ihre Hände fallen würden?“

Großmutter blickte ihn an; sie hatte sich im Wagen zurechtgesetzt, ihren Hut auf dem Kopf. „Ich habe mit Yankees offenbar andere Erfahrungen gemacht als Sie. Für mich besteht kein Grund anzunehmen, daß ihre Offiziere – ich vermute, es gibt noch Offiziere darunter – eine Frau und zwei Kinder belästigen werden. Ich danke Ihnen aufs beste, aber mein Schwiegersohn hat uns angewiesen, uns nach Memphis zu begeben. Falls Sie Informationen über die Lage auf der Landstraße besitzen, von denen mein Fahrer Kenntnis haben sollte, wäre ich Ihnen sehr verpflichtet, wenn Sie ihn davon unterrichteten."

„Dann lassen Sie mich Ihnen eine Begleitmannschaft mitgeben. Oder, was noch besser wäre, Sie kehren zu dem Haus zurück, das etwa eine Meile hinter Ihnen liegt, und warten da. Oberst Sartoris war gestern bei Cockrum auch dabei; bis morgen abend kann ich ihn finden, glaube ich, und zu Ihnen senden."

„Danke", sagte Großmutter. „Oberst Sartoris, wo immer er sein mag, ist bestimmt mit seinen eigenen Angelegenheiten beschäftigt. Ich denke, wir werden nach Memphis weiterfahren, wie er uns angewiesen hat."

Darauf ritten sie weg, und Joby kroch wieder unter den Wagen und legte das Gewehr zwischen uns; aber da ich jedesmal, wenn ich mich umdrehte, darüber wegrollte, nahm er es fort und wollte es in den Wagen neben Großmutter legen, was sie nicht zuließ; daher lehnte er es an einen Baum, und wir schliefen alle und frühstückten und fuhren weiter, und Ringo und Joby blickten hinter jeden Baum, an dem wir vorbeikamen. „Ihr werdet keinen hinter Bäumen entdecken, an denen wir schon vorbeigefahren sind", sagte ich. Wir fanden auch keine. Wir kamen an einem ausgebrannten Haus vorüber und trafen gerade auf ein anderes, aus dessen rückwärts gelegenem Stall ein altes, weißes Pferd den Kopf herausstreckte, und auf einmal sah ich, wie sechs Männer in das nächste Feld liefen, und dann sahen wir auf dem Pfad, der die Straße kreuzte, eine Staubwolke, die schnell näher kam.

Joby sagte: „Die Leute schein's möchten, daß die Yankees ihr Vieh kriegen, wie sie's so am hellen Tag auf der Landstraß' hin un her treiben."

Sie schossen aus der Staubwolke hervor, ohne uns überhaupt zu sehen, quer über die Straße, und schon waren die ersten zehn oder zwölf mit erhobenen Pistolen über den Graben gesetzt, ganz wie man läuft, wenn man dabei ein Scheit Ofenholz auf der Hand balanciert; und neben den letzten, die aus der Staubwolke herauskamen, liefen fünf, die sich an den Steigbügeln festhielten, und wir saßen da im Wagen, und Joby hielt die Maultiere so fest am Zügel, daß sie auf dem Querscheit zu sitzen schienen, sein Mund stand offen, und seine Augen waren so groß wie Eier, und ich hatte vergessen, wie blaue Uniformröcke aussahen.

So schnell ging das alles – schwitzende Pferde mit wilden Augen und Männer mit wilden, durch Schreie verzerrten Gesichtern, und dann stand Großmutter aufrecht im Wagen und schlug mit ihrem Schirm auf die Köpfe und Schultern der Männer ein, die mit Taschenmessern die Stränge und das Geschirr der Maultiere durchschnitten. Sie sagten kein Wort; sie sahen nicht einmal nach Großmutter hin, während sie auf sie einhieb; sie spannten nur die Maultiere aus, und dann verschwanden die zwei Maultiere und die fünf Männer zusammen in einer zweiten Staubwolke, und als die Maultiere wie Habichte wieder daraus hervorschossen, saßen zwei Männer auf ihnen, und zwei andere purzelten gerade über die Schwänze der Tiere rückwärts herunter, und der fünfte rannte schon wieder, und die beiden, die mit dem Rücken auf der Straße lagen, standen auf, und kleine Stücke von dem durchgeschnittenen Leder klebten an ihnen wie dunkle Späne am Boden einer Sägemühle. Die drei liefen quer übers Feld hinter den Maultieren her, und dann hörten wir weiter weg die Pistolen knallen, wie wenn man ein Dutzend Streichhölzer auf einmal anzündet; und Joby saß noch immer mit offenem Mund auf dem Bock, mit den Enden der durchgeschnittenen Zügel in der Hand, und Großmutter stand noch immer im Wagen, hatte den verbogenen Regenschirm erhoben und schrie auf Ringo und mich ein, als wir aus dem Wagen sprangen und auf die andere Seite der Straße liefen.

„Zum Stall", sagte ich. „Zum Stall!" Während wir den Hügel hinauf zu dem Haus rannten, konnten wir unsere Maultiere noch über das Feld galoppieren und die drei Männer hinter ihnen herlaufen sehen. Und als wir um das Haus herum rannten, sahen wir auch den Wagen auf der Straße stehen; Joby saß auf dem Bock und seine Zunge hing heraus, und Großmutter stand aufrecht und drohte uns mit ihrem Schirm, und auch wenn ich sie nicht hören konnte, wußte ich doch, daß sie noch immer schrie. Unsere Maultiere waren schon im Wald verschwunden, aber die drei Männer liefen noch über das Feld, und das alte weiße Pferd beobachtete sie auch durch das offene Tor der Scheune; es bemerkte uns überhaupt nicht, bis es auf einmal schnaubte und zurückfuhr und etwas umwarf, das hinter ihm lag. Es war eine selbst angefertigte Kiste mit Werkzeug zum Beschlagen, und das Pferd war mit einem Halfter an die Leiter angebunden, die auf den Scheunenboden führte, und auf dem Boden lag noch eine brennende Pfeife.

Wir kletterten auf die Leiter und von da auf den Rücken des Pferdes, und als wir aus der Scheune herausritten, konnten wir die drei Männer noch immer sehen; aber wir mußten anhalten, denn Ringo mußte absteigen und das Tor der Umfriedung öffnen und wieder aufsteigen, und inzwischen waren auch die drei Männer verschwunden. Als wir den Wald erreichten, war keine Spur von ihnen zu erblikken, und hören konnten wir auch nichts außer einem Gerumpel im Innern des alten Pferdes. Von da an ritten wir langsamer, schon weil das alte Pferd einfach nicht schneller laufen wollte, und nun versuchten wir zu lauschen, und schließlich, als wir wieder auf eine Straße kamen, war die Sonne beinahe untergegangen.

„Hier is, wo sie hinführ'n", sagte Ringo. Damit meinte er die Maultierspuren. „Spur von Tinney und Old Hundred, alle beide", sagte Ringo. „Kenn' sie genau. Hab'n die Yankees runtergeworfen un laufen nach Haus."

„Bist du sicher?" sagte ich.

„Ich sicher? Meins' du, ich bin nicht immer un immer hinter den Maultier'n her gerannt und kenn nich ihre Spur, wenn ich's seh? . . . Geh weiter, Pferd!"

Wir ritten weiter, aber das alte Pferd war nicht imstande,

sehr schnell zu laufen. Nach einiger Zeit ging der Mond auf, und Ringo sagte immer noch, er könne die Spuren von unseren Maultieren sehen. Wir zogen also voran, aber das alte Pferd bewegte sich jetzt noch langsamer, weil ich Ringo gerade auffangen und festhalten mußte, als er vom Pferd herabglitt, und etwas später mußte Ringo mich auffangen und vor dem Fallen bewahren, bevor ich merkte, daß ich eingeschlafen war. Wir wußten nicht, wie spät es war; es kümmerte uns nicht; nach einer Weile hörten wir dann den hohlen, verklingenden Widerhall von Holz unter den Hufen des Pferdes und ritten von der Straße herunter und befestigten die Zügel an einem Bäumchen; wahrscheinlich schliefen wir schon, als wir unter die Brücke krochen, und sicher krochen wir schlafend noch weiter. Denn wenn wir uns nicht bewegt hätten, würden sie uns nicht gefunden haben. Beim Aufwachen glaubte ich immer noch vom Donner zu träumen. Es war hell; selbst dicht unterhalb der von Unkraut überwucherten Brücke konnten Ringo und ich merken, daß die Sonne schien, allerdings nicht sofort; zuerst saßen wir nur da, mit dem lauten Getrommel über unseren Köpfen, und die losen Bretter der Brücke klapperten und tanzten unter den Hufschlägen; für einen Augenblick starrten wir einander in dem gelblichweißen Licht an, fast noch schlafend. Vielleicht war es wirklich so, vielleicht schliefen wir noch, waren so plötzlich im Schlaf überrascht worden, daß wir keine Zeit hatten, an Yankees oder sonst etwas zu denken; wir waren schon unter der Brücke hervorgekrochen und liefen schon, bevor wir es selbst merkten; einmal blickte ich mich um, und (die Brükkenstraße lag fünf oder sechs Fuß höher als der Grund, auf dem wir liefen) es sah aus, als ob der ganze Himmelsrand voll von galoppierenden Pferden sei. Dann floß wieder alles zusammen, wie gestern auch; ohne daß unsere Beine aufhörten zu rennen, warfen wir uns wie zwei Hasen in ein Dorngestrüpp – die Dornen spürten wir nicht – und lagen mit unseren Gesichtern nach unten darin; ringsum hörten wir lautes Geschrei von Männern und das Geräusch von Pferden, und dann wurden wir kratzend und tretend und halb blind von harten Händen aus dem Dickicht herausgezogen und auf die Beine gestellt. Dann kehrte die Sehkraft zurück – ein Augenblick der Leere, des wunderbaren, nach Tau duftenden Friedens und der Stille, während Ringo und ich mitten in einem Kreis berittener oder abgestiegener Männer und ihrer Pferde standen. Dann erkannte ich Jupiter, groß, bewegungslos und in der Dämmerung farblos wie eine magnetische Flamme, und dann spürte ich, wie Vater mich schüttelte, und hörte ihn rufen: „Wo ist deine Großmutter? Wo ist Miss Rosa?“ und hörte, wie Ringo völlig verdutzt sagte: „Wir hab'n Großmama vergessen!“

„Vergessen?“ schrie Vater. „Willst du mir erzählen, daß ihr fortgelaufen seid und sie mitten auf der Straße im Wagen zurückgelassen habt?“

„Großer Gott, Marster John“, sagte Ringo. „Is doch sicher, daß kein Yankee sie belästigen tut, wenn er schlau is.“

Vater fluchte. „Wie weit hinten habt ihr sie zurückgelassen?“

„Es war um drei Uhr gestern“, sagte ich. „Nachts sind wir ein Stück geritten.“

Vater wandte sich den anderen zu. „Sie sollen bei zwei von euch Leuten hinten aufsitzen; das Pferd da führen wir mit.“ Darauf drehte er sich nach uns um. „Habt ihr was zu essen gehabt?“

„Essen?“ sagte Ringo. „Mein Bauch denk', mein Hals is durchgeschnitten.“

Vater nahm ein Stück Maisbrot aus der Satteltasche, brach es entzwei und gab es uns. „Wo habt ihr das Pferd her?“ sagte er.

Nach einer Pause sagte ich: „Wir haben es ausgeborgt.“

„Von wem?“ sagte Vater.

Nach einer Pause sagte Ringo: „Wir wiss'ns nich. Der Mann war nich da.“ Einer der Leute lachte auf. Vater warf ihm einen schnellen Blick zu; das ließ ihn verstummen.

Doch nur für einen Augenblick, denn auf einmal brachen sie alle in unbändiges Gelächter aus, und Vater sah einen nach dem anderen an, und sein Gesicht wurde röter und röter.

„Sagen Sie nichts, Oberst", meinte einer von ihnen. „Ein Hurra für Sartoris!"

Wir galoppierten zurück; es war nicht weit; wir kamen an das Feld, über das die Männer gerannt waren, und an das Haus mit der Scheune, und auf der Landstraße lagen die Lederfetzen noch an der Stelle, wo sie das Geschirr durchgeschnitten hatten. Vater selbst führte das alte Pferd zum Haus zurück und klopfte mit seiner Pistole auf den Boden der Veranda; die Haustür stand immer noch offen, aber niemand zeigte sich. Wir brachten das alte Pferd in die Scheune zurück; die Pfeife lag noch neben der umgefallenen Kiste mit Beschlagzeug auf der Erde. Als wir wieder auf die Straße kamen, hielt Vater auf Jupiter mitten in dem Haufen von Lederfetzen.

„Ihr verfluchten Bengels", sagte er. „Ihr verfluchten Bengels."

Dann zogen wir weiter, aber langsamer; drei Mann ritten uns so weit voraus, daß wir sie nicht mehr sehen konnten. Am Nachmittag kam einer von ihnen im Galopp zurück, und Vater ließ Ringo und mich mit drei anderen allein und ritt mit den übrigen Leuten davon; bei Sonnenuntergang erschienen sie wieder auf ihren leicht schwitzenden Pferden und führten zwei neue Pferde mit sich, die blaue Satteldecken trugen und das Brennzeichen U. S. auf den Hüften hatten.

„Hab ich nich gesag', daß kein Yankee Großmama nich aufhalten kann", sagte Ringo. „Ich wett, sie 's schon in Memphis."

„Das hoffe ich, um euretwillen", sagte Vater. Er wies mit einer Handbewegung auf die neuen Pferde. „Steigt auf, du und Bayard." Ringo näherte sich einem der neuen Pferde. „Halt", sagte Vater; „das andere ist deins."

„Sie meinen, 's gehört mir?“ sagte Ringo.

„Nein“, sagte Vater. „Du hast es geborgt.“

Dann blieben wir alle stehen und sahen zu, wie Ringo sein Pferd von der linken Seite zu besteigen versuchte. Das Tier stand vollkommen ruhig, bis es Ringos Gewicht auf dem Steigbügel spürte, dann wirbelte es jedesmal ganz herum, so daß es Ringo die andere Seite zukehrte; das erstemal fand Ringo sich mit dem Rücken auf der Straße liegen.

„Besteig es von dieser Seite“, sagte Vater lachend.

Ringo blickte auf das Pferd und dann auf Vater. „Auf der falschen Seit' raufsteigen?“ sagte er. „Hab gewuß', daß Yankees nich Leute sin', aber ich wuß' nich, daß ihre Pferde nich Pferde sin'.“

„Steig auf“, sagte Vater. „Es ist auf dem linken Auge blind.“

Es wurde dunkel, aber wir ritten immer noch weiter, und nach einer Weile wachte ich auf, und jemand hielt mich im Sattel, und dann machten wir in einer Baumgruppe halt, und ein Feuer brannte, doch Ringo und ich blieben nicht einmal wach, um zu essen, und dann war es wieder Morgen, und alle bis auf Vater und elf andere waren verschwunden, aber auch jetzt brachen wir nicht auf; den ganzen Tag blieben wir in der Baumgruppe. „Was werden wir tun?“ sagte ich.

„Ich will euch zwei verfluchte Bengels nach Hause bringen, und dann muß ich nach Memphis und eure Großmutter finden“, sagte Vater.

Kurz vor Dunkelheit ritten wir los; eine Zeitlang sahen wir Ringo zu, der von der linken Seite auf sein Pferd zu steigen versuchte, und dann machten wir uns auf den Weg. Wir hielten erst an, als es dämmerte. Diesmal zündeten wir kein Feuer an; wir schnallten nicht einmal sogleich die Sättel ab; wir lagen im Wald versteckt, und dann schüttelte Vater mich wach. Die Sonne stand schon am Himmel; wir lagen still und lauschten, als eine Kolonne von Yankee-Infanterie auf der Landstraße vorbeimarschierte; später schlief ich wieder ein. Als ich aufwachte, war es Mittag. Ein Feuer war angezündet, über dem ein junges Ferkel briet, und dann wurde gegessen. „Wir sind zu Hause, wenn es Mitternacht wird", sagte Vater.

Jupiter war ausgeruht. Erst muckte er eine Zeitlang, als ihm das Zaumzeug angelegt wurde, und dann wollte er Vater nicht aufsteigen lassen, und selbst, als wir uns schon in Bewegung gesetzt hatten, wollte er noch ausbrechen; Vater mußte ihn zügeln und zwischen Ringo und mir gehen lassen. Ringo ritt rechts von ihm. „Du und Bayard tauscht besser die Seiten", sagte Vater zu Ringo, „damit dein Pferd sehen kann, was neben ihm ist."

„Mein's is ganz brav", sagte Ringo. „Es mag's so, wie's is. Vielleich' riecht's, daß Jupiter auch ein Pferd is und nich daran denkt, raufzusteigen un zu reiten."

„Meinetwegen", sagte Vater. „Aber sei vorsichtig mit ihm." Wir ritten weiter. Ringos und mein Pferd konnten auch ganz nett laufen; als ich mich umsah, waren die anderen ein gutes Stück zurück, hinter der Staubwolke, die wir machten. Die Sonne mußte bald untergehen.

„Wenn ich nur wüßte, daß eurer Großmutter nichts passiert ist", sagte Vater.

„Großer Gott, Marster John", sagte Ringo, „sin Sie noch besorg' wegen Großmama? Ich hab sie mein Leben lang gekannt; ich bin nich besorg' wegen ihr."

Es war eine Freude, Jupiter zu beobachten – wie er den Kopf hoch hielt, Ringos und mein Pferd nicht aus den Augen ließ und etwas nach vorne drängte und auszugreifen begann. „Ich werde ihm jetzt die Zügel ein bißchen freigeben", sagte Vater. „Gebt acht, du und Ringo." Auf einmal schien Jupiter zu verschwinden. Er streckte sich etwas und schoß vor wie eine Rakete. Freilich hätte ich merken müssen, daß Vater ihn noch in der Gewalt hatte, weil ich hätte sehen sollen, daß Jupiter immer noch voran drängte, aber an der Straße entlang zog sich ein zickzackförmiger Zaun, der plötzlich vor meinen Augen verschwamm, und da wurde mir klar, daß Vater und Jupiter uns gar nicht voraus waren, sondern daß alle drei Pferde in gestrecktem Galopp auf den Kamm des Hügels zu liefen, wo die Straße steil herunterging, und ich dachte: ‚Wir halten Jupiter zwischen uns. Wir halten ihn zwischen uns', als Vater sich umdrehte, und ich sah seine Augen und seine hinter dem Bart zusammengebissenen Zähne, und nun wußte ich, daß er Jupiter noch im Zaum hielt.

Er sagte: „Gebt acht – jetzt!", und im gleichen Augenblick flog Jupiter zwischen uns heraus, genau wie ein Habicht, den ich einmal aus dem Gestrüpp habe hervorbrechen und über einen Zaun sich erheben sehen.

Als sie den Kamm des Hügels erreicht hatten, konnte ich den Himmel unter ihnen und die Baumkronen vor ihnen erblicken; sie schienen zu fliegen, in die Luft zu segeln, um hinter dem Hügel herunterzuschießen wie jener Habicht; aber sie taten es nicht. Auf der Spitze des Hügels hielt Vater Jupiter gleichsam mitten in der Luft an; ich konnte sehen, wie er sich in den Steigbügeln aufrichtete und den Hut in seiner ausgestreckten Hand hielt, und dann waren Ringo und ich auf gleicher Höhe mit ihnen, bevor wir auch nur daran denken konnten, die Zügel zu straffen, und Jupiter war auf die Hinterhand zurückgerissen, und dann schlug Vater Ringos Pferd mit seinem Hut über das blinde Auge, und ich sah Ringos Pferd zur Seite und über die Schwellen des Zauns springen, und ich hörte Ringo laut rufen, als ich über den Kamm hinausritt, und Vater war gleich hinter mir, schoß seine Pistole ab und schrie: „Umzingelt sie, Jungs! Laßt keinen entkommen!"

Es gibt eine Grenze für das, was ein Kind in sich aufnehmen und verarbeiten kann; nicht für das, was es zu glauben vermag, denn ein Kind kann alles glauben, wenn man ihm Zeit läßt, sondern für das, was es während eines Zeitraums hinnehmen kann – des gleichen Zeitraums, in dem der Glaube an das Unglaubliche wächst. Und ich war noch ein

Kind in jenem Augenblick, als Vaters Pferd und mein eigenes über den Hügelkamm gingen und scheinbar, anstatt zu galoppieren, in der Luft schwebten, oder besser: unbeweglich in einem zeitlosen Raum hingen, während Vater mit einer Hand mein Pferd am Zügel zurückhielt und ich Ringos halbblindes Tier zwischen den Bäumen zu unserer Rechten durchbrechen und umhertappen und Ringo laut rufen hörte und stumm auf die Szene vor uns oder eher unter uns blickte – auf das im Dämmerlicht lodernde Feuer, auf den Bach, der still und friedlich unter einer Brücke dahinfloß, auf die sorgfältig und genau zusammengesetzten Gewehre, bei denen im Umkreis von fünfzig Fuß niemand zu sehen war; und auf die Männer, die Gesichter, die blauen Röcke, die Hosen und Stiefel der Yankees, die mit Bechern in ihren Händen um das Feuer herumsaßen und jetzt ihre Augen mit einem so ruhigen Ausdruck in ihren Gesichtern auf den Kamm des Hügels gerichtet hielten, als seien sie alle Puppen.

Vater hatte sich den Hut wieder auf den Kopf gedrückt, man konnte seine Zähne sehen, und seine Augen leuchteten wie die einer Katze.

„Leutnant“, sagte er laut und riß dabei mein Pferd herum, „reiten Sie zurück über den Hügel und greifen Sie mit Ihren Truppen die rechte Flanke an. – Los!“ flüsterte er mir zu; gleichzeitig gab er mit der Hand meinem Pferd einen Schlag aufs Kreuz. „Mach Lärm! Mach Geschrei! Versuch's Ringo gleichzutun ... Leute“, sagte er – sie sahen noch immer zu ihm herauf und hatten nicht einmal die Becher niedergesetzt –, „Leute, ich bin John Sartoris, und ich glaube, ich hab euch im Sack.“

Ringo war der einzige, der schwer heranzuholen war. Vaters übrige Leute kamen einer nach dem anderen über den Hügel und rissen ihre Pferde zurück, und ihre Gesichter, glaube ich, hatten eine Minute lang fast den gleichen Ausdruck wie die Yankee-Gesichter. Hie und da ließ ich für einen Augenblick davon ab, auf die Büsche loszuschlagen, und konnte Ringo von drüben rufen und jammern und wieder rufen hören: „Marster John! Ihr, Marster John! Kommt schnell her!“, und dann rief er nach mir, schrie abwechselnd Bayard und Oberst und Marster John und Großmama, so daß es sich zumindest nach einer ganzen Kompanie anhörte, und dann brüllte er sein Pferd an, das hin und her rannte. Sicher erinnerte er sich nicht mehr und versuchte, auf der falschen Seite aufzusteigen. Schließlich sagte Vater: „Also, Jungs. Es kann losgehen.“

Es war schon beinahe dunkel. Sie fachten das Feuer wieder an, um das die Yankees noch immer im Kreis herum saßen, und Vater und die anderen hielten die Yankees mit ihren Pistolen in Schach, während zwei unserer Leute ihnen die Hosen und Stiefel auszogen. Ringo hatte drüben zwischen den Bäumen mit seinem Geschrei nicht aufgehört. „Ich denke, es ist besser, wenn du hingehst und Leutnant Marengo heraushilfst“, sagte Vater. Aber fast im gleichen Augenblick brach Ringos Pferd aus dem Gebüsch; sein blindes Auge war so groß wie ein Teller, und das Tier lief immer noch wie wild im Kreis umher; und dann erschien Ringo. Er sah noch wilder aus als sein Pferd; er hatte die Sprache schon wiedergefunden und sagte: „Ich wer's Großmama erzähl'n, wie Ihr mein Pferd gejag' –“, als er die Yankees erblickte. Er hatte den Mund schon offen; jetzt duckte er sich und sah sie an. Dann schrie er: „Paßt auf! Fangt sie! Fangt sie, Marster John! Die sin's, die Old Hundred und Tinney gestohlen hab'n!“

Wir aßen zusammen zu Abend – Vater und wir und die Yankees in ihrem Unterzeug.

Ihr Offizier redete mit Vater. Er sagte: „Oberst, mir scheint, Sie haben uns angeführt. Ich glaube, Sie haben nicht einen einzigen Mann außer denen, die ich hier sehe.“

„Vielleicht könnten Sie versuchen, sich zu entfernen, und den Beweis liefern“, sagte Vater.

„Uns entfernen? Wie wir aussehen? Damit jeder Schwarze und jedes alte Weib von hier bis Memphis uns für Geister hält und auf uns schießt? – Ich nehme an, wir dürfen unsere Decken behalten, um darunter zu schlafen, nicht wahr?"

„Gewiß, Hauptmann", sagte Vater. „Und mit Ihrer Erlaubnis werde ich mich jetzt zurückziehen und Sie allein lassen, damit Sie diese Absicht ausführen können."

Wir zogen uns in die Dunkelheit zurück. Wir konnten sie beobachten, wie sie rings um das Feuer ihre Decken auf dem Boden ausbreiteten. „Was in drei Teufels Namen wollen Sie mit sechzig Gefangenen, John?" fragte einer von Vaters Leuten.

„Nichts will ich damit", sagte Vater. Er sah mich und Ringo an. „Ihr Jungs habt sie gefangengenommen. Was wollt ihr mit ihnen anfangen?"

„Totschieß'n", sagte Ringo. „Is nich das erst' Mal, daß Bayard und ich Yankees totschieß'n tun."

„Nein", sagte Vater. „Ich weiß einen besseren Plan. Einen, für den Joe Johnston uns dankbar sein wird." Er wandte sich zu den anderen Leuten, die hinter ihm standen. „Habt ihr die Gewehre und die Munition?"

„Jawohl, Oberst", sagte einer.

„Futter, Stiefel, Kleider?"

„Alles bis auf die Decken, Oberst."

„Die holen wir uns morgen früh", sagte Vater. „Jetzt gebt acht."

Wir saßen da in der Dunkelheit. Die Yankees fingen an, sich niederzulegen. Einer von ihnen ging zum Feuer und zog ein Holzstück heraus. Dann hielt er ein. Er drehte den Kopf nicht um, und wir hörten und sahen niemanden sich bewegen. Der Mann warf das Stück Holz auf den Boden und ging wieder zu seiner Decke. „Paßt auf", flüsterte Vater. Bald war das Feuer niedergebrannt. „Jetzt gebt acht", flüsterte Vater. Wir saßen im Dunkeln und hörten, wie die Yankees in ihrem Unterzeug in die Büsche krochen. Einmal hörten wir ein klatschendes Geräusch und einen Fluch und dann einen Laut, als ob jemand sich mit der Hand den

Mund zuhielte. Vater lachte nicht laut heraus; es schüttelte ihn nur, wie er dasaß.

„Vorsicht vor Mokassin-Schlangen“, flüsterte einer unserer Leute.

Es muß ungefähr zwei Stunden gedauert haben, bevor sie alle in die Büsche fortgekrochen waren. Dann sagte Vater: „Holt euch alle eine Decke, und dann wollen wir schlafen.“

Die Sonne stand hoch am Himmel, als er uns weckte. „Nach Hause, zum Essen“, sagte er. So kamen wir nach einer Weile an das Flüßchen und an die Stelle, wo Ringo und ich schwimmen gelernt hatten, und dann ging's über die Felder und an dem Platz vorbei, wo Ringo und ich uns im vorigen Sommer versteckt und unseren ersten Yankee erblickt hatten, und dann konnten wir auch das Haus sehen, und Ringo sagte: „Sartoris, hier sin' wir; wer Memphis hab'n will, soll's sich nehmen un behalten.“ Denn wir starrten auf das Haus; es war wie an dem Tag, als wir über die Weide rannten und das Haus gar nicht näher zu kommen schien. Den Wagen sahen wir überhaupt nicht; nur Vater sah ihn; er kam die Straße von Jefferson herauf, und Großmutter saß dünn und gerade aufgerichtet auf dem Bock und hielt Mrs. Compsons in neues Papier gewickelte Rosensetzlinge in der Hand, und Joby schlug mit lautem Geschrei auf die fremden Pferde ein, und Vater ließ uns am Tor haltmachen und zog seinen Hut, während der Wagen vor uns einfuhr. Großmutter sagte kein Wort. Sie sah Ringo und mich nur an und fuhr weiter, mit uns hinterdrein, und sie hielt vor dem Haus nicht an. Der Wagen fuhr weiter in den Obstgarten bis zu dem Loch, wo wir den Koffer ausgegraben hatten, und noch immer sagte Großmutter kein Wort; doch Vater stieg ab und kletterte in den Wagen und hob ein Ende des Koffers an und sagte über seine Schulter weg:

„Kommt hier herauf, Jungs.“

Wir vergruben den Koffer wieder und gingen hinter dem

Wagen her zum Haus. Im hinteren Zimmer legte Vater die Muskete auf den Holzständer oberhalb des Kamins, und Großmutter legte die Rosensetzlinge hin, nahm ihren Hut ab und sah Ringo und mich an.

„Holt die Seife", sagte sie.

„Wir haben nicht geflucht", sagte ich. „Frag Vater."

„Sie haben sich anständig benommen, Miss Rosa", sagte Vater.

Großmutter betrachtete uns. Sie trat auf uns zu und legte ihre Hand erst auf mich und dann auf Ringo. „Geht nach oben –", sagte sie.

„Wie habt ihr, du und Joby, es fertiggebracht, die Pferde zu bekommen?" sagte Vater.

Großmutter sah uns immer noch an. „Ich habe sie ausgeborgt", sagte sie. „ – nach oben und zieht die –"

„Von wem?" sagte Vater.

Großmutter warf Vater einen Blick zu, dann richtete sie die Augen wieder auf uns. „Ich weiß es nicht. Es war niemand zu Hause. – Und zieht eure Sonntagskleider aus", sagte sie.

Am Tag darauf war es sehr heiß, daher arbeiteten wir nur bis mittags an dem neuen Pferch und gingen dann nach Hause. Ringo und ich ritten nicht einmal unsere Pferde, so stark brannte die Sonne. Selbst um sechs Uhr war die Hitze noch so groß, daß die Stufen der Fronttreppe Harz ausschwitzten. Vater saß in Hemdsärmeln und Strümpfen auf der Veranda und hatte die Füße auf das Geländer gelegt, und Ringo und ich kauerten auf den Treppenstufen und warteten darauf, daß es kühl genug würde, um reiten zu können, als wir sie durchs Eingangstor kommen sahen – ungefähr fünfzig von ihnen; sie näherten sich schnell, und ich erinnere mich, daß es schien, als ob die blauen Röcke alle Hitze in sich angesammelt hätten. „Vater", sagte ich. „Vater!"

„Nicht laufen", sagte Vater. „Ringo, geh ums Haus und fang Jupiter ein. Bayard, du gehst durch das Haus und bestellst Louvinia, sie soll meine Stiefel und Pistolen zur Hintertür bringen; danach hilfst du Ringo. Lauf nicht, geh!“

Louvinia schälte Erbsen in der Küche. Als sie aufstand, fiel die Schüssel auf den Boden und zerbrach. „Großer Gott“, sagte sie. „Großer Gott! Noch einmal?“

Dann rannte ich. Ringo kam gerade um die Hausecke; wir rannten beide. Jupiter war in seinem Stall und fraß; er schlug nach uns aus, zweimal knallten seine Hufe wie Pistolenschüsse dicht neben meinem Kopf gegen die Wand, bevor Ringo ihm von der Heuraufe herunter auf den Hals sprang. Das Zaumzeug konnten wir ihm anlegen, aber gegen den Sattel wehrte er sich. „Hol dein Pferd und stell es mit der Seite, auf der es blind ist, hierher!“ schrie ich Ringo zu, als Vater mit den Stiefeln in der Hand hereingerannt kam; wir blickten die Anhöhe hinauf und sahen einen von ihnen mit einem kurzen Karabiner, den er wie eine Lampe in der Hand trug, um die Ecke reiten.

„Aus dem Weg“, sagte Vater. Leicht wie ein Vogel schwang er sich auf Jupiters Rücken, hielt das Pferd noch einen Augenblick zurück und sah von oben auf uns herunter. Seine Stimme klang keineswegs laut, nicht einmal hastig. „Sorgt für Großmutter“, sagte er. „Nun, Jup, los!“

Jupiter stand mit dem Kopf in der Richtung der halbhohen Brettertüren am Ende des Stallweges; er schoß wieder vor, mitten zwischen Ringo und mir heraus, genau wie gestern, und Vater zwang ihn schon hoch, und ich dachte: ‚Durch das kleine Loch da kann er nicht springen.‘ Er nahm die Türen auf seine Brust, aber sie schienen zu bersten, bevor er sie auch nur berührt hatte, und auch diesmal kam es mir vor, als ob er und Vater durch die Luft flögen und in einem Wirbeltanz zerbrochener Bretter verschwänden. Gleich darauf ritt der Yankee in die Scheune, und sobald er uns bemerkte, senkte er blitzschnell den Karabiner und schoß, als ob er eine Pistole hätte, mit einer Hand und ohne erst lange zu zielen auf uns und sagte: „Wo ist er hin, der verdammte Rebell?“

Louvinia versuchte immer aufs neue, uns alles zu erzählen, während wir wegrannten und uns nach dem Rauch umsahen, der aus den unteren Fenstern zu kommen begann: „Marster John sitz' auf der Veranda, un Yankee-Kerls reiten übers Blumenbeet und sprechen: ‚Freund, sag uns, wo Rebell John Sartoris wohnt', un Marster John spricht ‚He?' mit sein' Hand an sei'm Ohr, un sieht aus wie nich richtig hier oben, wie Onk'l Few Mitchell, un Yankee sagt: ‚Sartoris, John Sartoris', un Marster John sagt: ‚Was's das? Sag, was's das?', bis er weiß, daß Yankee nich mehr Geduld hat, un dann sagt Marster John: 'Oh, John Sartoris; warum habt's Ihr nich gleich gesagt', und Yankee schimpft ihn Narr un verrück', un Marster John sagt: ‚He? Was's das?', und Yankee sagt: ‚Nichts, nichts! Zeig, wo John Sartoris is, sons' tu ich dir auch 'nen Strick um'n Hals!', und Marster John sagt: ‚Laß mich mein' Schuhe suchen, und ich zeig euch' un hinkt ins Haus un rennt über'n Vorplatz zu mir un sagt: ‚Stiefel, Pistolen, Louvinia. Sorg für Miss Rosa und Kinders', un ich geh zur Tür, aber ich bin nur 'n Nigger. Yankee sagt: ‚Die Frau tut lügen. Ich mein', der Mann war John Sartoris selbs'. Geh schnell in die Scheun' und seh, ob's graue Pferd noch da is.'" – bis Großmutter stehenblieb und anfing, Louvinia am Arm zu schütteln.

„Still!" sagte Großmutter. „Still! Verstehst du nicht, daß Loosh ihnen gezeigt hat, wo das Silber vergraben ist? Ruf Joby. Mach schnell." Sie drehte Louvinia in der Richtung der Hütten und gab ihr einen Klaps, genau wie Vater mein Pferd gewendet und auf die Kruppe geschlagen hatte, als wir den Hügel hinunter und auf die Yankees zu ritten, und dann machte Großmutter kehrt und wollte zum Haus zurücklaufen, aber jetzt war es Louvinia, die Großmutter festhielt, und Großmutter, die wegzurennen versuchte.

„Geht nich da zurück, Miss Rosa!" sagte Louvinia. „Bayard, halt sie fest, Bayard, hilf mir! Sie wer'n sie totschieß'n!"

„Laß mich los!" sagte Großmutter. „Ruf Joby! Loosh hat ihnen gezeigt, wo das Silber vergraben ist!" Aber wir hielten sie fest; sie war stark und dünn und leicht wie eine Katze, aber wir hielten sie fest. Der Rauch kam jetzt in dikken Schwaden heraus, und wir konnten das Prasseln hören oder die Männer – vielleicht alles zusammen, das Feuer und die Yankees zu einem Laut verschmolzen. Und dann sah ich Loosh. Er kam von seiner Hütte und trug über der Schulter ein Bündel, das er mit einem großen, bunten Taschentuch umwickelt hatte, und Philadelphy ging hinter ihm, und sein Gesicht hatte den Ausdruck wie in jener Nacht im vorigen Sommer, als Ringo und ich ihn nach seiner Begegnung mit den Yankees durchs Fenster beobachteten. Großmutter hörte auf, mit uns zu ringen. Sie sagte: „Loosh."

Er stand still und blickte sie an; er machte den Eindruck, als ob er schliefe, als ob er uns nicht einmal sähe oder etwas sähe, was wir nicht sehen konnten. Aber Philadelphy sah uns, sie verkroch sich hinter ihm und blickte Großmutter an. „Ich hab versucht, ihn zurückzuhalten, Miss Rosa", sagte sie. „Gott weiß, ich hab's."

„Loosh", sagte Großmutter, „willst du's wirklich tun?"

„Ja", sagte Loosh. „Ich will's. Ich bin frei gewor'n. Gott's eigner Engel hat mich frei gemach' un wird mich an'n Fluß Jordan führ'n. Ich gehör nich John Sartoris mehr, ich gehör mir und Gott."

„Aber das Silber gehört John Sartoris", sagte Großmutter. „Wie kommst du dazu, es wegzugeben?"

„Ihr frag' mich das?" sagte Loosh. „Wo's John Sartoris? Warum is er nich hier und frag' mich das? Laß Gott John Sartoris fragen, wie der Name von dem Mann is, der mich ihm geben tut. Laß den Mann, der mich in dunkel Finsternis begraben hat, das den Mann fragen, der mich frei gemach' hat." Er hatte seine Augen nicht auf uns gerichtet; ich glaube nicht, daß er uns überhaupt wahrnehmen konnte. Er setzte seinen Weg fort.

„Gott weiß, Miss Rosa", sagte Philadelphy, „ich hab versucht, ihn zurückzuhalten; ich hab's versucht."

„Geh nicht, Philadelphy“, sagte Großmutter. „Weißt du nicht, daß er dich in Hunger und Elend führen wird?“

Philadelphy begann zu weinen. „Ich weiß’s. Ich weiß, ’s kann nicht wahr sein, was sie’m erzählt hab’n. Aber er’s mein Mann. Ich glaub, ich muß mit ihm gehn.“

Sie zogen weiter. Louvinia war zurückgekommen; sie und Ringo standen hinter uns. Die Rauchschwaden quollen gelb und langsam heraus und färbten sich im Licht der untergehenden Sonne kupferrot wie Staubwolken, die man auf der Landstraße mit den Füßen aufwirbelt, und dann stiegen sie, quirlten sie allmählich höher und hingen in der Luft und warteten darauf, sich aufzulösen.

„Die Saukerle, Großmama!“ sagte ich. „Die Saukerle!“

Und dann sagten wir alle drei – Großmutter und ich und Ringo sagten es zusammen: „Die Saukerle!“ riefen wir, „die Saukerle!“

AUSFALL

1

Großmutter schrieb den Zettel mit Heidelbeersaft. „Bringt dies gleich zu Mrs. Compson und kommt sofort zurück. Haltet euch unterwegs nirgends auf."

„Du meins' wir soll'n zu Fuß gehn?" sagte Ringo. „Du wills' uns vier ganze Meilen nach Jefferson un zurück gehn lassen, un die zwei Pferde stehn da rum und tun nich's?"

„Es sind geborgte Pferde", sagte Großmutter. „Ich werde mich um sie kümmern, bis ich sie zurückgeben kann."

„Ich glaub du nenn's Kümmern, wenn du vorhas' wegzufahren, wohin un wie lang weiß' du selber nich –", sagte Ringo.

„Wills' du verhaun wer'n?" sagte Louvinia.

„Nein, M'm", sagte Ringo.

Wir gingen nach Jefferson und gaben Mrs. Compson den Zettel und bekamen den Hut, den Schirm und den Handspiegel und gingen wieder nach Hause zurück. Am Nachmittag fetteten wir die Wagenachsen, und abends nach dem Essen holte Großmutter wieder den Heidelbeersaft und schrieb auf ein Stück Papier „Oberst Nathaniel G. Dick, -tes Ohio Kavallerie-Regiment“ und faltete es und befestigte es mit einer Nadel auf der Innenseite ihres Kleides. „Jetzt kann ich es nicht vergessen“, sagte sie.

„Wenn Ihr's doch tut, könn'n die Teufelsjungs hier Euch dran erinnern, denk ich“, sagte Louvinia. „Ich denk, sie hab'n nich vergessen. Wie er grad zur Zeit durch die Tür kam, sons' hätten die andren sie Euch unterm Kleid herausgeholt un ans Scheunentor angenagelt wie zwei Bär'nfelle.“

„Ja“, sagte Großmutter. „Jetzt wollen wir zu Bett gehen.“

Wir wohnten damals in Jobys Hütte; eine rote Bettdecke war mit einer Ecke an einem Dachsparren aufgehängt, um das Zimmer in zwei zu teilen. Am Tag darauf wartete Joby mit dem Wagen vor der Tür; Großmutter kam heraus und hatte Mrs. Compsons Hut auf, sie stieg auf den Wagen, befahl Ringo, den Sonnenschirm zu öffnen, und nahm die Zügel. Dann warteten wir einen Augenblick, als wir sahen, wie Joby etwas unter die Decken schob, die auf dem Wagen lagen; es waren der Lauf und ein paar Eisenteile des Gewehrs, die Ringo und ich in der Asche des Hauses gefunden hatten.

„Was ist das?“ sagte Großmutter. Joby sah sie nicht an.

„Wenn sie's Ende davon sehn, denken sie vielleich' es is 's ganze Gewehr“, sagte er.

„Und dann?“ sagte Großmutter. Joby sah jetzt keinen von uns an.

„Ich wollt nur alles tun un helfen, das Silber un die Maultier zurückzukriegen“, sagte er.

Auch Louvinia sah Joby nur an, wie Großmutter, und sagte kein Wort. Nach einer Weile nahm er den Gewehrlauf wieder aus dem Wagen. Großmutter ergriff die Zügel.

„Nehmt 'n mit Euch“, sagte Louvinia. „Er kann doch wenigstens für die Pferde sorgen.“

„Nein“, sagte Großmutter. „Siehst du nicht, daß ich schon genug habe, worum ich mich kümmern muß?“

„Dann bleibt hier un laßt mich gehn“, sagte Louvinia. „Ich bring sie zurück.“

„Nein“, sagte Großmutter. „Ich werd's schon schaffen. Ich werde mich durchfragen, bis ich Oberst Dick finde, und dann werden wir den Koffer auf den Wagen laden, und Loosh kann die Maultiere treiben, und wir fahren wieder nach Hause.“

Da begann Louvinia sich genau so aufzuführen wie Onkel Buck McCaslin an dem Morgen, als wir nach Memphis fuhren. Sie faßte das Wagenrad an und sah unter Vaters altem Hut hervor auf Großmutter und fing an zu schreien: „Verliert keine Zeit nich mit Obersts un nich's“, rief sie. „Sagt den Niggers, sie soll'n Loosh zu Euch schicken und sagt ihm, er soll den Koffer un die Maultier' holen, und dann verhaut ihn tüchtig!“ Der Wagen setzte sich in Bewegung; sie ließ das Rad los und ging nebenher und rief Großmutter zu: „Nehmt den Schirm un schlagt's auf ihm kaputt!“

„Gut“, sagte Großmutter. Der Wagen fuhr weiter, an dem Trümmerhaufen vorbei, aus dem die Schornsteine sich erhoben; Ringo und ich fanden noch die inneren Teile der großen Uhr. Die Sonne ging gerade auf und schien auf die Schornsteine hinter uns; zwischen ihnen durch konnte ich Louvinia vor ihrer Hütte stehen sehen; sie schützte ihre Augen mit der Hand, während sie uns nachblickte. Joby, mit dem Gewehrlauf in der Hand, stand immer noch hinter ihr.

Sie hatten die Pfosten am Eingangstor herausgerissen; jetzt kamen wir auf die Landstraße.

„Willst du mir die Zügel nicht geben?“ sagte ich.

„Ich will sie halten“, sagte Großmutter. „Die Pferde sind nur geborgt.“

„Selbs' 'n Yankee wenn er sie säh würd sagen, sie könn' nich mal mit 'ner Fußarmee Schritt halten“, sagte Ringo. „Un ich möcht jeman' sehn, der die zwei Pferde was antun kann, außer er is zu schwach sie abzuhalten, daß sie sich hinlegen un von ihr'm eignem Wagen überfahren lassen."

Wir fuhren weiter, bis es dunkel wurde, und machten dann ein Lager für die Nacht, und bei Sonnenaufgang waren wir wieder auf der Landstraße. „Laß mich jetzt lieber eine Zeitlang lenken", sagte ich.

„Ich werde lenken", sagte Großmutter. „Ich und niemand anders habe sie ausgeborgt."

„Du kanns' den Schirm halten, wenn du was tun wills'", sagte Ringo. „Un mein' Arm ausruhn helfen wills'." Ich nahm den Schirm, und Ringo legte sich im Wagen hin und zog den Hut über die Augen. „Ruf mich, wenn wir nah bei Hawkhurst sin', damit ich anfangen kann, mich nach der Eisenbahn umsehn, wo du von erzähl's."

So brachte er die nächsten sechs Tage der Reise zu – die halbe Zeit lag er hinten auf dem Boden des Wagens und schlief mit dem Hut über den Augen, und die andere Zeit hielt er den Schirm über Großmutter, wenn die Reihe an ihn kam, und ließ mich nicht schlafen, weil er nicht aufhörte, von der Eisenbahn zu reden, die ich damals, als wir Weihnachten in Hawkhurst waren, gesehen hatte, er aber nicht. So stand es mit Ringo und mir. Wir waren beinahe gleich alt, und Vater pflegte zu sagen, Ringo sei ein bißchen schlauer als ich, aber das zählte für uns ebensowenig wie unsere verschiedene Hautfarbe. Dagegen zählte es, wenn einer von uns etwas getan oder gesehen hatte und der andere nicht, und seit damals Weihnachten war ich Ringo immer ein bißchen voraus, weil ich eine Eisenbahn, eine Lokomotive gesehen hatte. Jetzt weiß ich freilich, daß es für Ringo mehr war als das, obgleich noch einige Zeit vergehen mußte, bis wir den Beweis dafür vor Augen hatten – und selbst dann glaubten wir nicht an den Beweis. Es war, als ob auch Ringo etwas davon spürte und als ob die Eisenbahn, die sausende Lokomotive, die wir zu sehen hofften, ein Sinnbild dafür wäre: für die Bewegung, den Drang zur Bewegung, der, dunkler als sie selbst, die Menschen seiner Farbe schon unwiderstehlich ergriffen hatte und sie, jenseits aller Vernunft, eine Luftspiegelung, einen Traum, eine Lichtgestalt suchen und verfolgen ließ, ohne daß sie wissen konnten, was es war, denn es gab nichts in ihrer Geschichte, nichts, woran selbst die Ältesten unter ihnen sich erinnerten, um es ihnen zu sagen. „Das ist es, was wir finden werden“ – weder er noch die anderen vermochten zu erkennen, was es war, und doch lebte es in ihnen, ein unerklärlicher und zugleich nicht zu bändigender Trieb, wie er von Zeit zu Zeit Volksstämme erfaßt und sie zwingt, aufzubrechen, alles Sichere, die gewohnte Erde und Heimat zu verlassen und sich mit leeren Händen auf den Weg ins Unbekannte zu begeben, vor ihren Augen nichts als eine Hoffnung und ein Verhängnis.

Wir setzten unseren Weg fort. Wir fuhren langsam, oder vielleicht schien es langsam, weil wir in einen Landstrich gekommen waren, der ganz menschenleer aussah; an diesem Tag sahen wir nicht einmal ein Haus. Ich stellte keine Frage, und Großmutter sagte kein Wort; sie saß nur da unter ihrem Schirm, mit Mrs. Compsons Hut auf ihrem Kopf, während die Pferde langsam dahintrotteten und selbst der Staub, den wir machten, uns überholte; nach einer Weile richtete sogar Ringo sich auf und blickte umher.

„Wir sin' auf'm falschen Weg“, sagte er. „Keine Seele scheint's hier zu leben, un vorbeikommen ers' recht nich.“

Bald darauf kamen wir an das Ende der Hügel, und die Straße lief gerade und eben weiter, und plötzlich schrie Ringo: „Gebt acht! Da sin' sie wieder un woll'n uns auch diese hier wegnehmen!“ Dann sahen wir es auch – eine Staubwolke, die sich weit westlich von uns langsam voranwälzte – zu langsam, als daß sie von Reitern herrühren konnte –, und nun bog unser Weg in eine große breite Straße ein, die ohne Krümmungen östlich weiterlief, genau wie die Eisenbahn, die ich bei Hawkhurst gesehen hatte, als Großmutter und ich damals Weihnachten vor dem Kriege dort waren; plötzlich erinnerte ich mich daran.

„Das ist die Straße nach Hawkhurst", sagte ich. Aber Ringo hörte nicht zu; er starrte auf die Staubwolke; und unser Wagen kam jetzt zum Stehen, die Pferde ließen die Köpfe hängen, unser eigener Staub zog wieder an uns vorbei, und die breite Staubwolke im Westen wurde langsam größer.

„Seht ihr sie nich kommen?" rief Ringo. „Macht's, daß wir hier wegkomm'n!"

„Das sind keine Yankees", sagte Großmutter. „Die Yankees sind hier schon durchgekommen."

Jetzt bemerkten wir es auch – ein Haus, abgebrannt wie unser eigenes, mit drei Schornsteinen, die aus einem Aschenhaufen emporragten; und dann erblickten wir eine weiße Frau und ein Kind im Fenster einer Negerhütte. Großmutter betrachtete die Staubwolke und die leere breite Straße, die nach Osten führte. „Hier geht's her", sagte sie.

Wir fuhren weiter. Es schien, als ob wir uns langsamer als je zuvor voranbewegten, hinter uns die Staubwolke und zu beiden Seiten abgebrannte Häuser, Baumwollentkerner und umgeworfene Zäune; und weiße Frauen und Kinder – wir trafen keinen Neger –, die uns von den Negerhütten, in denen sie jetzt wohnten, wie wir zu Hause auch, nachblickten; wir hielten nicht an. „Die armen Leute", sagte Großmutter. „Ich wünschte, wir hätten genug, um mit ihnen teilen zu können."

Bei Sonnenuntergang fuhren wir von der Straße herunter und machten ein Lager; Ringo sah sich oft um. „Mag's sein was's will, wir sin' davon weg un 's is nich mehr da", sagte er. „Ich seh kein' Staub." Diesmal schliefen wir alle drei im Wagen. Ich weiß nicht, wie spät es war, aber plötzlich wachte ich auf. Großmutter hatte sich schon aufgerichtet. Ich konnte vor dem Hintergrund der Baumäste und des Sternenhimmels ihren Kopf sehen. Dann saßen wir auf einmal alle drei aufrecht da und lauschten. Sie zogen die Straße herauf. Dem Geräusch nach mochten es etwa fünfzig Leute sein; wir konnten ihre eiligen Schritte und eine Art Keuchen und Murmeln hören – keinen Gesang, dafür war es zu leise, sondern nur einen Ton, der wie ein Atemholen klang, einen hervorgekeuchten, murmelnden Singsang, und dazu das leise Schlurfen der Füße, die durch den tiefen Staub eilten. Ich konnte auch Frauen darunter hören; und plötzlich roch ich sie.

„Neger“, flüsterte ich. „Schhh“, flüsterte ich.

Wir konnten sie nicht sehen, und sie sahen uns nicht; vielleicht achteten sie auch auf nichts, während sie mit diesem keuchenden, rastlosen Gemurmel geschwind in der Dunkelheit voranschritten. Und dann wurde es Tag, und wir machten uns auch auf den Weg und fuhren zwischen den abgebrannten Häusern, den Baumwollpressen und den umgeworfenen Zäunen auf der großen, breiten, leeren Straße weiter. Vorher hatte das Land so ausgesehen, als ob nie jemand dort gelebt hätte; jetzt schienen wir durch ein Land zu fahren, wo alle im gleichen Augenblick umgekommen waren. In dieser Nacht erwachten wir dreimal und richteten uns im Dunkeln dreimal im Wagen auf und hörten die Negertrupps, die über die Straße zogen. Das letzte Mal – es war schon Morgen und wir hatten die Pferde schon gefüttert – kam ein großer Haufen von ihnen vorbei, und es hörte sich an, als ob sie liefen, laufen müßten, um schneller zu sein als das Tageslicht. Dann waren sie vorübergezogen. Ringo und ich waren dabei, die Pferde anzuschirren, als Großmutter sagte: „Halt. Still.“ Es war eine Frau, nur eine, wir konnten sie keuchen und schluchzen hören, und dann hörten wir ein anderes Geräusch. Großmutter schickte sich an, vom Wagen herabzusteigen. „Sie ist hingefallen“, sagte sie. „Schirrt an und folgt mir.“

Als wir in die Straße einbogen, fanden wir die Frau in kauernder Stellung am Wegrand; sie hielt etwas in ihren Armen, und Großmutter stand neben ihr. Es war ein Säugling, den sie an sich drückte, als ob sie glaubte, daß Großmutter ihn ihr vielleicht wegnehmen wolle. „Ich bin krank gewesen und konnt' nich Schritt halten", sagte sie. „Sie sin' weitergegangen un hab'n mich zurückgelassen."

„Ist dein Mann bei ihnen?" fragte Großmutter.

„Ja, M'm", sagte die Frau. „Sie sin' alle dabei."

„Wem gehörst du?" sagte Großmutter. Die Frau gab keine Antwort. Sie hockte da im Staub und duckte sich über das Baby. „Wenn ich dir etwas zu essen gebe, willst du dann umkehren und nach Hause gehen?" sagte Großmutter. Noch immer antwortete die Frau nicht. Sie hockte nur da. „Du siehst doch, daß du nicht mit ihnen Schritt halten kannst und daß sie nicht auf dich warten werden", sagte Großmutter. „Willst du hier auf der Straße sterben und dich von den Geiern auffressen lassen?" Aber sie sah Großmutter nicht einmal an; sie hockte nur da.

„Zum Fluß Jordan wer'n wir kommen", sagte sie. „Jesus wird mich dahinführ'n."

„Steig auf den Wagen", sagte Großmutter. Sie stieg auf und hockte wieder da, genau wie auf der Straße, mit dem Baby im Arm und ohne jemanden anzublicken – sie kauerte einfach auf ihren Hacken und schwang unter dem Rütteln und Stoßen des Wagens auf ihrem Sitzfleisch hin und her. Die Sonne war aufgegangen; wir fuhren einen breiten Hügelrücken hinunter und kamen an einen Bachgrund, den wir kreuzen wollten.

„Ich will hier aussteigen", sagte sie. Großmutter hielt den Wagen an, und die Frau stieg aus. Ringsum gab es nichts außer dicken Gummibäumen, Zypressen und dichtem, noch lichtlosem Gebüsch.

„Geh nach Hause", sagte Großmutter. Die Frau blieb einfach stehen. „Gebt mir den Korb", sagte Großmutter. Ich gab ihn ihr, und sie öffnete ihn und reichte der Frau etwas Brot und Fleisch. Wir fuhren weiter; es ging auf der anderen Seite einen Hügel hinauf. Als ich zurücksah, stand sie noch immer da, hielt ihr Baby im Arm und das Brot und Fleisch, das Großmutter ihr gegeben hatte, in der Hand. Sie blickte uns nicht nach. „Waren die anderen auch da in dem Bachgrund?“ fragte Großmutter Ringo.

„Ja, M’m“, sagte Ringo. „Hat sie gefunden. Tut sie aber heut nacht wieder verlier’n, denk ich.“

Wir fuhren weiter den Hügel hinauf und erreichten seinen Kamm. Als ich mich noch einmal umblickte, war die Straße leer. Das war am Morgen des sechsten Tages.

2

Spät nachmittags ging es wieder hügelabwärts; wir folgten einer Biegung des Weges, auf dem die langen Abendschatten ruhten, und hinter unserer eigenen unbeweglichen Staubwolke sah ich auf der Kuppe des Hügels den Kirchhof und die Marmorsäule bei Onkel Dennisons Grab; in den Zedern saß eine Taube. Ringo war wieder mit dem Hut über dem Gesicht auf dem Wagenboden eingeschlafen, aber er wachte auf, sobald ich etwas sagte, auch wenn es nicht laut war und sich nicht einmal an ihn richtete. „Da ist Hawkhurst“, sagte ich.

„Hawkhurst?“ sagte er, indem er sich aufrichtete. „Wo’s die Eisenbahn?“ – jetzt war er auf seinen Knien und schaute nach etwas aus, das er finden mußte, um meinen Vorsprung einzuholen, und das er nur nach der Beschreibung, die er darüber gehört hatte, zu erkennen haben würde, wenn er es erblickte: „Wo is sie? Wo?“

„Du mußt noch abwarten“, sagte ich.

„Schein’s daß ich mein ganzes Leben drauf gewartet hab“, sagte er. „Gleich wirs’ du mir erzähl’n, schätz ich, die Yankees hab’n auch das fortgeschlepp’.“

Die Sonne ging gerade unter; auf einmal sah ich nämlich, wie ihr Licht flach über die Stelle fiel, wo das Haus hätte sein müssen, aber es gab kein Haus mehr. Und ich war nicht überrascht, daran erinnere ich mich; nur Ringo tat mir leid, denn (ich war damals kaum vierzehn) wenn das Haus nicht mehr dastand, würden sie die Eisenbahn auch fortgenommen haben, weil doch jeder lieber eine Eisenbahn als ein Haus haben möchte. Wir hielten nicht an; wir blickten nur stumm auf den immer gleichen Aschenhügel, die immer gleichen vier ragenden geschwärzten Schornsteine, auf die das Sonnenlicht fiel und die aussahen wie unsere eigenen Schornsteine zu Hause. Als wir durch das Tor fuhren, kam Vetter Denny uns auf dem Fahrweg entgegengerannt. Er war zehn Jahre alt; er lief mit aufgerissenen Augen an den Wagen heran und hatte den Mund schon zu lautem Rufen geöffnet.

„Denny", sagte Großmutter, „kennst du uns?"

„Gewiß", sagte Vetter Denny. Er sah mich an und rief: „Komm und sieh dir –"

„Wo ist deine Mutter?" sagte Großmutter.

„In Jingus' Hütte", sagte Vetter Denny; er blickte nicht einmal nach Großmutter hin. „Sie haben das Haus angezündet!" schrie er. „Komm, sieh nur, was sie mit der Eisenbahn gemacht haben!"

Wir rannten alle drei los. Großmutter rief irgend etwas, und ich kehrte um und legte den Schirm in den Wagen zurück und rief ihr „Ja, ja" zu und rannte weg und holte Vetter Denny und Ringo auf der Straße ein, und wir rannten weiter über den Hügel, und dann lag sie vor unseren Augen. Als Großmutter und ich das vorige Mal hier waren, hatte Vetter Denny mir die Eisenbahn gezeigt, aber damals war er noch so klein, daß Jingus ihn tragen mußte. So etwas Gerades hatte ich nie gesehen, sie lief gerade und schwerelos und still durch eine lange, klaffende Öffnung, die zwischen den Bäumen und auch auf dem Boden ausgeschnitten war und durch die das Sonnenlicht floß wie Wasser in einem Flußbett, aber sie war gerader als ein Fluß, und die Schwellen waren eben und glatt und sauber gemacht, und die Schienen lagen im Sonnenlicht da wie zwei Spinnfäden und liefen ganz geradeaus weiter – weiter als der Blick reichte. Es sah rein und sauber aus, wie der Hof hinter

Louvinias Hütte, wenn sie ihn samstags morgens gekehrt hatte; und die beiden dünnen Spinnfäden, die zu schwach schienen, um irgend etwas zu tragen, liefen in gerader Linie und schnell und leicht, als ob sie immer geschwinder würden, um schließlich reineweg aus der Welt hinauszurennen.

Jingus wußte, wann der Zug kommen würde; er hielt mich bei der Hand und trug Vetter Denny auf dem Arm, und wir standen zwischen den Schienen, und er zeigte uns, wo der Zug herkommen würde, und dann zeigte er uns, wo er einen Stecken in die Erde getrieben hatte, und wenn der Schatten einer toten Kiefer darauf fiel, würde man die Pfeife hören. Und wir gingen zurück und beobachteten den Schatten, und dann hörten wir es; es pfiff, und das Pfeifen wurde schnell immer lauter, und Jingus ging an die Schienen und nahm seinen Hut ab und hielt ihn mit ausgestrecktem Arm vor sich, während er sich nach uns umdrehte und aus vollem Mund schrie: „Jetz' geb' acht! Geb' acht!", sogar als wir ihn wegen des Zuges gar nicht mehr hören konnten; und dann fuhr der Zug vorbei. Donnernd kam er näher und an uns vorüber; das Flußbett, das zwischen den Bäumen ausgeschnitten war, füllte sich mit Rauch, Lärm, Funken und springendem Metall und leerte sich wieder, und alles, was übrigblieb, war Jingus' alter Hut, der auf dem leeren Schienenstrang hinter dem Zug her rollte und hüpfte, als ob er lebendig sei.

Doch was ich diesmal erblickte, sah aus wie schwarze Strohbündel, die alle paar Meter aufgehäuft waren, und wir liefen in die Lichtung und konnten erkennen, wo sie die Schwellen aus dem Boden gerissen, zusammengelegt und in Brand gesteckt hatten. Aber Vetter Denny rief noch immer: „Kommt her und seht, was sie mit den Schienen gemacht haben!"

Sie standen hinten im Wald; es machte den Eindruck, als ob vier oder fünf Männer jede einzelne Schiene fortgetragen und an einen Baum gebunden hätten, wie man grüne

Getreidehalme an Wagenspeichen befestigt, und auch Ringo fing jetzt an, laut zu rufen.

„Was 's das?" schrie er. „Was 's das?"

„Darauf läuft sie!" schrie Vetter Denny zurück.

„Du meins' sie is hier reingekommen und die Bäume hier hoch un runtergelaufen wie'n Eichhörnchen?" rief Ringo. Dann hörten wir alle zusammen das Pferd; wir hatten gerade Zeit aufzublicken, als Bobolink aus den Bäumen heraus die Straße heraufgaloppierte, über den Schienenstrang setzte und wieder in den Bäumen verschwand wie ein Vogel; Kusine Drusilla saß rittlings darauf wie ein Mann, gerade aufgerichtet und leicht wie ein Weidenzweig im Wind. Die Leute sagten, sie sei die beste Reiterin im Land.

„Da ist Dru!" schrie Vetter Denny. „Kommt! Sie war beim Fluß, um die Neger zu sehen! Kommt!" Wieder rannten er und Ringo fort. Als ich bei den Schornsteinen vorbeikam, liefen sie gerade in den Stall. Kusine Drusilla hatte Bobolink schon abgesattelt und rieb ihn mit Sackleinwand ab, als ich eintrat. Vetter Denny hörte nicht auf zu rufen: „Was hast du gesehen? Was machen sie da?"

„Ich erzähl's gleich drinnen im Haus", sagte Kusine Drusilla. Dann fiel ihr Blick auf mich. Sie war nicht groß; es war ihre Haltung, wenn sie stand und ging. Sie trug Hosen wie ein Mann. Sie war die beste Reiterin im Land. Als Großmutter und ich damals Weihnachten vor dem Kriege hier waren und Gavin Breckbridge ihr gerade Bobolink geschenkt hatte, sahen die beiden gut aus zusammen; Jingus brauchte nicht erst zu sagen, daß sie das schönste Paar in Alabama oder auch in Mississippi waren. Aber Gavin fiel bei Shiloh, und so wurde nichts aus der Heirat. Sie trat heran und legte ihre Hand auf meine Schultern.

„Hallo", sagte sie. „Hallo, John Sartoris." Sie betrachtete Ringo. „Ist das Ringo?" sagte sie.

„Das's was die Leute mir sagen", sagte Ringo. „Was's passiert mit der Eisenbahn?"

„Wie geht es dir?" sagte Kusine Drusilla.

„Ich kann's aushalten", sagte Ringo. „Was's passiert mit der Eisenbahn?"

„Das erzähl ich dir auch heute abend", sagte Drusilla.

„Ich will Bobolink für dich abreiben", sagte ich.

„Willst du das tun?" sagte sie. Sie ging zu dem Kopf des Pferdes. „Willst du für Vetter Bayard stillhalten, Bürschchen?" sagte sie. „Ich treff euch dann alle im Haus", sagte sie. Dann ging sie.

„Ihr müßt aber's Pferd gut versteckt hab'n, wie die Yankees gekommen sin'", sagte Ringo.

„Das Pferd hier?" sagte Vetter Denny. „Kein verfluchter Yankee wird Drus Pferd mehr anrühren." Er schrie jetzt nicht, aber ziemlich bald fing er wieder an: „Als sie kamen, um das Haus anzustecken, nahm Dru schnell die Pistole und lief hierher – sie hatte ihr Sonntagskleid an – und sie alle hinter ihr her. Sie rannte hier in den Stall und sprang auf Bobolinks bloßen Rücken, nicht einmal den Zaum legte sie ihm an, und einer von ihnen stand dort in der Tür und brüllte ‚Halt', und Dru sagte: ‚Aus dem Weg, oder ich reite euch nieder', und er brüllte immerzu ‚Halt! Halt!' und zog sogar die Pistole" – Vetter Denny schrie jetzt ganz schön – „und Dru beugte sich zu Bobolinks Ohr und sagte: ‚Töte ihn, Bob', und der Yankee drückte sich gerade noch rechtzeitig zur Seite. Draußen war auch alles voll von ihnen, und Dru hielt Bobolink an und sprang in ihrem Sonntagskleid herunter und hielt die Pistole an Bobolinks Ohr und sagte: ‚Ich kann euch nicht alle erschießen, weil ich nicht genug Patronen habe, und es würde sowieso nichts nützen; aber für das Pferd brauche ich nur eine Patrone – nun wählt.' Dann steckten sie das Haus an und ritten weg!" Er schrie jetzt ganz kräftig. Ringo glotzte ihn so starr an, daß man seine Augen mit einer Harke von seinem Gesicht hätte wegkehren können. „Kommt!" rief Vetter Denny. „Wir wollen hören, was sie über die Nigger am Fluß erzählt!"

„Über Nigger hab ich mir mein ganz' Leben was anhör'n

müssen", sagte Ringo. „Jetz' is Zeit, daß ich was über die Eisenbahn hören tu."

Als wir ins Haus kamen, hatte Kusine Drusilla schon angefangen zu erzählen; sie sprach hauptsächlich zu Großmutter, aber nicht von der Eisenbahn. Ihr Haar war kurz geschnitten, wie Vaters Haar, wenn er nach Hause kam und Großmutter erzählte, wie er und seine Leute es sich gegenseitig mit dem Bajonett abgeschnitten hätten. Sie sah sonnverbrannt aus, und ihre Hände waren hart und gefurcht wie die eines Arbeitsmannes. Zu Großmutter gewandt, erzählte sie: „Das Haus brannte noch, als die ersten von ihnen drüben auf der Straße vorbeizogen. Wir konnten sie nicht zählen. Männer und Frauen trugen Kinder, die noch nicht imstande waren zu gehen; sie schleppten die Alten mit, die hätten zu Hause bleiben und dort auf ihr letztes Stündlein warten sollen. Sie sangen; singend wanderten sie die Straße entlang und sahen nicht nach rechts oder links. Zwei Tage legte sich der Staub nicht, denn während der ganzen Nacht kamen sie vorbei. Wir blieben auf und lauschten, und am nächsten Morgen fanden wir alle paar Schritte die Alten auf der Straße sitzen und liegen und sogar kriechen, und sie baten die anderen, ihnen zu helfen, aber die anderen – junge, starke – gingen weiter und blickten nicht einmal zu ihnen hin; ich glaube, sie haben sie weder gesehen noch gehört. ‚Zum Jordan gehen wir', sagten sie mir. ‚Über den Jordan.'"

„Das hat Loosh auch gesagt", meinte Großmutter, „daß General Sherman sie alle zum Jordan führen würde."

„Ja", sagte Kusine Drusilla. „Der Fluß. Sie sind davor stehengeblieben; es sah aus, als ob sie selbst ein aufgestauter Fluß seien. Die Yankees haben eine Kavalleriebrigade eingesetzt, um sie zurückzuhalten, und bauen jetzt eine Brücke, damit ihre Infanterie und Artillerie übersetzen kann. Die Neger sind ganz vernünftig, bis sie das Wasser sehen oder riechen; dann geraten sie außer sich. Nicht kampflustig – als ob sie die Pferde, mit denen man sie zurückdrängt, ebensowenig bemerkten wie die Säbelscheiden, mit denen man sie schlägt; als ob sie nicht imstande wären, etwas anderes wahrzunehmen als den Fluß und das andere Ufer. Sie sind nicht wütend, sie kämpfen nicht – sie sind nur ein Haufen von Männern, Weibern und Kindern, die singen und summen und versuchen, an die unfertige Brücke zu gelangen oder sogar hinunter ins Wasser zu steigen, während die Kavallerie sie mit ihren Säbelscheiden zurückschlägt. Niemand weiß, wann sie zuletzt gegessen haben, noch, wie weit einige von ihnen schon gewandert sind. Ohne Proviant, ohne irgend etwas kommen sie hier vorbei, als ob sie mitten in einer Tätigkeit aufgebrochen wären, als der Geist oder die Stimme oder was immer es sein mag ihnen befahl, sich auf den Weg zu machen. Am Tage halten sie an und ruhen sich in den Wäldern aus; nachts wandern sie weiter. Ihr könnt sie nachher hören – ich werde euch aufwecken –, wie sie die Straße entlangziehen, bis die Kavallerie sie aufhält. Ich bin einem Offizier begegnet, einem Major, der schließlich Zeit fand zu bemerken, daß ich nicht zu seinen Leuten gehörte; er sagte: ‚Wissen Sie kein Mittel, um auf sie einzuwirken? Kein Versprechen, das sie veranlassen kann, nach Hause zu gehen?‘ Aber sie schienen mich nicht sehen und nicht hören zu können, als ich sprach; für sie gab es nur den Fluß und das andere Ufer. Aber ihr werdet es ja morgen, wenn wir dort hingehen, selbst sehen."

„Drusilla", sagte Tante Louise, „du wirst weder morgen noch ein andermal wieder da hingehen."

„Die Brücke soll unterminiert und gesprengt werden, sobald die Armee darübergezogen ist", sagte Kusine Drusilla. „Niemand weiß, was sie dann tun werden."

„Aber wir können keine Verantwortung auf uns nehmen", sagte Tante Louise. „Die Yankees haben es selbst verschuldet; mögen sie den Preis dafür zahlen."

„Diese Neger sind keine Yankees, Mutter", sagte Kusine Drusilla. „Wenigstens ein anderer, der auch kein Yankee ist, wird da sein.“ Sie sah Großmutter an. „Vier sogar, wenn man Bayard und Ringo mitrechnet.“

Tante Louise wandte sich Großmutter zu. „Rosa, du darfst nicht da hingehen. Ich verbiete es. John, mein Bruder, wird mir dafür dankbar sein.“

„Ich denke, ich werde doch mitgehen“, sagte Großmutter. „Ich muß ja sowieso das Silber zurückholen.“

„Un die Maultier’“, sagte Ringo; „vergeß die nich. Un macht’s euch nich Sorgen um Großmama. Sie find’ selbs’ heraus, was sie will, un dann kniet sie zehn Sekunden hin un erzählt Gott, was sie will, un dann steht sie auf un tut’s. Un wem’s nich paßt, muß aus’m Weg gehn oder sich überfahren lassen. Aber die Eisenbahn –“

„Und jetzt gehen wir besser zu Bett“, sagte Großmutter. Doch wir gingen danach noch nicht zu Bett. Ich mußte auch etwas über die Eisenbahn erfahren; dahinter steckte vielleicht mehr das Bedürfnis, mit Ringo auf gleicher Höhe zu bleiben (oder meinen Vorsprung zu halten, denn ich hatte die Eisenbahn gesehen, als sie noch eine Eisenbahn war, und er nicht), als die Vorliebe eines Knaben für Rauch und Getöse und Donner und Geschwindigkeit. Wir saßen in der Negerhütte, die mit Hilfe einer aufgehängten Bettdecke in zwei Räume geteilt war, ganz wie Louvinias Hütte bei uns zu Hause; hinter der Decke lagen Tante Louise und Großmutter schon in ihren Betten, und Vetter Denny hätte ohne die besondere Erlaubnis, die er an diesem Abend erhalten hatte, auch dort sein müssen; er hörte mit uns zu, obschon er es gar nicht noch einmal zu hören brauchte, weil er dabeigewesen war und es gesehen hatte, als es passierte – wir saßen da, Ringo und ich, und hörten Kusine Drusilla zu, und in dem Blick, mit dem wir einander anstarrten, lag dieselbe verwunderte und ungläubige Frage: ‚Wo mochten wir in jener Stunde gewesen sein? Womit mochten wir uns beschäftigt haben, daß wir – selbst in einer Entfernung von hundert Meilen – es nicht gespürt und gefühlt, daß wir nicht einmal eingehalten und einander mit bodenlosem Entsetzen angesehen hatten, während es geschah?' Denn für uns war dies das Eigentliche. Ringo und ich hatten Yankees gesehen und auf einen geschossen; wir hatten uns gleich zwei Ratten versteckt und gehört, wie Großmutter, unbewaffnet und sogar ohne von ihrem Stuhl aufzustehen, ein ganzes Regiment von ihnen aus der Bibliothek verjagt hatte. Und wir hatten von Schlachten und Kämpfen gehört und Männer gesehen, die dabeigewesen waren, nicht nur Vater, wenn er ein- oder zweimal im Jahr unvermutet auf seinem starken, knochigen Gaul aus der Gegend hinter der Wolkenbank, wo nach Ringos Ansicht Tennessee lag, aufgetaucht war, sondern auch andere, die wirklich ohne Arme oder Beine zurückgekommen waren. Aber das war es: mancher hatte schon einen Arm oder ein Bein in einer Sägemühle verloren; alte Leute hatten Knaben und jungen Männern von Kriegen und Gefechten erzählt, bevor sie darauf gekommen waren, ihre Erlebnisse niederzuschreiben: und wer wäre so kleinlich-pedantisch gewesen, die Orts- und Zeitangaben zu bekritteln, wem hätte etwas daran gelegen zu fragen: ‚Nun, Alter, heraus mit der Wahrheit: Hast du es wirklich gesehen? Bist du dabeigewesen?' Denn Kriege sind Kriege: der gleiche Pulverdampf, seit es Pulver gibt, das gleiche Aufeinanderprallen von Eisen, bevor es Pulver gab – eine einzige Geschichte, ein einziges Erzählen, genau wie beim letzten oder beim nächsten Mal. Wir wußten also, daß Krieg war, wir mußten daran glauben, ebenso wie wir daran glauben mußten, daß unsere Lebensweise während der letzten drei Jahre den Namen Mühsal und Leiden trug. Trotzdem hatten wir keinen Beweis dafür. In Wahrheit hatten wir sogar weniger als ‚keinen Beweis'; wir mußten es dulden, daß uns das elende, unvermeidliche Gegenteil eines Beweises ins Gesicht geschleudert wurde: der Anblick Vaters und der anderen, als sie zu Fuß wie Vagabunden oder auf Pferden, die Vogelscheuchen glichen, in abgetragenen, geflickten (und manchmal offenbar gestohlenen) Kleidern nach Hause zurückkehrten; keine Fahnen oder Trommeln zogen ihnen voraus, und nicht einmal zwei Mann folgten ihnen, um eine im gleichen Tritt marschierende Gruppe zu bilden; auf ihren Uniformröcken glänzten keine goldenen Schnüre, und in ihren Säbelscheiden steckten keine Säbel; in Wirklichkeit schlichen sie beinahe heimlich nach Hause, um zwei oder drei oder sieben Tage lang Dinge zu verrichten, die nicht nur keinen Ruhm brachten (wie Pflügen, Flicken von Zäunen, Schlachten von Vieh für die Räucherkammer) und in denen sie keine Übung hatten, sondern die überdies gerade wegen jener Tätigkeit in der Ferne, von der die Zurückgekehrten kein Merkmal an sich trugen, notwendig geworden waren. Für uns (Ringo und mich) lag in dem Ungeschick, mit dem diese Dinge ausgeführt wurden, gleichsam eine demütige Bitte um Entschuldigung für Vaters Anwesenheit überhaupt; es war, als ob er damit sagen wollte: ‚Glaubt mir, Jungens, nehmt mein Wort dafür: dies hier ist nicht der ganze Krieg. Ich kann es euch nicht beweisen; es bleibt euch nichts übrig, als mir zu glauben.' Und dann mußten wir erleben, daß es wirklich Gestalt annahm, daß wir hätten dabeisein und es mit ansehen können, aber nicht dabeigewesen waren: und dieses *Es* bestand nicht aus Angriffen und Gegenangriffen nach Schweiß riechender Kavalleristen, wovon alle Kriegserzählungen berichten; nicht aus dem donnernden Galopp von Kanonen, die auffahren, abprotzen und Schuß auf Schuß in die trüben, von Blitzen zerrissenen Rauchschwaden ihres selbstgeschaffenen Infernos senden, in dem alle Teufel sich tummeln, wie selbst ein Kind erkennen kann; nicht aus dem schrillen Geschrei abgezehrter Infanteristen, deren gelichtete Reihen sich unter einer zerfetzten Fahne (die in der Phantasie des gleichen Kindes eine wichtige Rolle spielt) sammeln. Denn das Eigentliche war dies: eine Pause, ein Augenblick der Ruhe für die gleich Kröten geduckten Kanonen, die keuchenden Männer, die zitternden Pferde, die wie in einem Amphitheater das kampfbereite Land umstanden, während die geballten Rauchwolken über ihnen abzogen und das dünne Geschrei in den Lüften erstarb; und da sie innehielten, konnte das traurige Geschehen der letzten drei Jahre im Sinnbild eines Augenblicks für immer eingefangen und gleichsam in einen entscheidenden Zweikampf verwandelt werden – nicht zwischen zwei Regimentern oder zwei Batterien oder gar zwei Generalen, sondern zwischen zwei Lokomotiven.

Kusine Drusilla erzählte uns davon, als wir in der Negerhütte saßen, die nach neuer Tünche und (immer noch) schwach nach Negern roch. Wahrscheinlich erklärte sie uns alle Hintergründe (die ihr gewiß bekannt waren) – die strategischen Gesichtspunkte, das ganze verzweifelte Spiel, bei dem es nicht mehr um Rettung ging, denn die Hoffnung darauf war geschwunden, sondern nur um eine Frist, die auch gewonnen wurde. Aber das alles sagte uns nichts. Wir hörten nicht hin, wir vernahmen es nicht einmal; wir saßen da in der Hütte und warteten und dachten an die Eisenbahn, die es nicht mehr gab, von der nichts übriggeblieben war als ein paar Haufen halbverbrannter, von jungem Gras überwachsener Schwellen und einige verbogene, um Baumstämme gewundene und schon mit der frischen Rinde verschmolzene Stahlgerippe, die der Sumpfwald in sich aufgenommen und mehr und mehr zu einem Teil seiner selbst gemacht hatte; aber in unserer Vorstellung lief sie noch wie früher, unversehrt, gerade und schmal wie der Pfad zum Ruhm, so, wie sie vor den Augen aller, die dabeisein und es mit ansehen konnten, gelaufen war, als Ringo und ich zu Hause saßen. Auch das kam in Drusillas Erzählung vor, und ‚Atlanta' und ‚Chattanooga' – die Namen, der Anfang und das Ende –, aber sie sagten uns nicht mehr als den anderen, die es gesehen hatten – den Negern und den Weißen, den alten Leuten, den Kindern und den Frauen, die monatelang nicht wußten, ob sie Witwen waren oder ihre Söhne verloren hatten oder nicht –, die, durch heimliches Geflüster benachrichtigt, gekommen waren, um das Aufblitzen und Leuchten eines unbezwinglichen Geistes, den drei Jahre der Not von allen Bindungen an niedere Bedürfnisse befreit hatten, für eine Minute miterleben zu können. Sie erzählte die Geschichte (und jetzt nahm für Ringo und mich alles Gestalt an; wir waren selbst dabei) – der Schuppen in Atlanta, wo die Lokomotive wartete – wir waren dort, wir gehörten zu denen, die sich nachts in den Schuppen geschlichen hatten (so mußte es gewesen sein), um die Räder und die Kolben und den eisernen Körper zu liebkosen und dabei Worte zu flüstern, wie ein Liebhaber sie der Geliebten oder ein Reiter sie seinem Pferd zuflüstert, wenn er sie (oder es) durch mitleidloses Schmeicheln zu einer höchsten Anspannung aller Kräfte überreden will, wofür sie (oder es) den Lohn der Vernichtung empfängt (und wer würde diesen Preis nicht zahlen?); wir waren ein Teil der Menge, der alten Männer, der Kinder, der Frauen, hierhergeführt und benachrichtigt durch das getuschelte Wort, mit dem Unterdrückte sich verständigen; nichts war ihnen mehr geblieben als der Wille und die Fähigkeit zu täuschen, während sie den blau uniformierten Feinden, die unter ihnen lebten, ein teilnahmsloses und unerforschlich verschwiegenes Gesicht zeigten. Denn sie wußten, was vor sich gehen würde; auch davon sprach Drusilla: wie sie irgendwie bis auf die Minute genau zu wissen schienen, wann die Lokomotive von Atlanta losfahren würde; es war, als ob die Generale der Grauröcke selbst die Nachricht geschickt und ihnen gesagt hätten: ‚Ihr habt drei Jahre lang gelitten; jetzt wollen wir euch und euren Kindern vor Augen führen, wofür ihr gelitten und worauf ihr vergeblich gehofft habt.' Mehr bedeutete es nicht. Das weiß ich jetzt. Selbst hundert Lokomotiven mit vielen Wagen dahinter hätten durch einen erfolgreichen Durchbruch die Lage und den Ausgang nicht ändern können; und sicherlich nicht zwei einzelne Lokomotiven, die in einem Abstand von hundert Metern hintereinander über eine einsam schlummernde Schienenbahn kreischten, wo man seit über einem

Jahr keinen Rauch gesehen und kein Pfeifen gehört hatte. Ich glaube nicht, daß mit der Fahrt solche Absichten verbunden waren. Es glich einem altertümlichen Kampf zwischen zwei gepanzerten Rittern, nicht um materiellen Gewinn, sondern um Grundsätze – Ehre gegen Ehre, Mut gegen Mut – die Tat um der Tat, nicht um eines Zweckes willen –, eine äußerste Probe, die nichts bewies als die Endgültigkeit des Todes und die Vergeblichkeit jeder Anstrengung. Wir erlebten es mit, wir nahmen daran teil, als ob Drusillas Stimme uns geholfen hätte, im unendlichen Raum den Lichtstrahl zu finden, der immer noch das Bild des wilden Geschehens in sich barg: ein kurzes Stück des Geleises, das nicht weiter reichte, als ein einzelnes Augenpaar blicken konnte, und nur in diesen Augen und nirgendwo sonst existierte; das nirgends herkam und kein Ziel hatte oder brauchte; dann die Lokomotive, nicht in wirklicher Gestalt, sondern wie das menschliche Auge sie festgehalten hatte in ihrem donnernden und doch zugleich traumhaften Vorbeirasen, unversehrt, einsam und verlassen; der kostbare Dampf, der klagend durch ihre Pfeife entwich (was die Sekunden ihres Vorüberfahrens oder die meilenweite Entfernung am Ende ihrer Reise bedeuten konnte und zehnmal die Kosten wert war); der flammensprühende Schornstein, die hin- und herschwingende Glocke; das mit Sternen besetzte Andreaskreuz, das mit Nägeln am Dach des Führerstandes befestigt war; die Räder und die blitzenden Triebstangen, auf denen die Messingbeschläge wie goldene Sporen glänzten – und dann vergangen, entschwunden. Doch nicht vergangen und entschwunden, solange noch einer von den Besiegten oder die Kinder der Besiegten leben würden, um die Geschichte zu erzählen oder ihr zu lauschen.

„Die andere, die Yankee-Lokomotive, fuhr gleich hinter ihr her, konnte sie aber nicht einholen", sagte Drusilla. „Am nächsten Tag erschienen dann die Yankees und rissen die Schienen heraus. Sie zerstörten das Geleise, damit wir keine Möglichkeit hätten, den Streich zu wiederholen; sie konnten die Schienen aufreißen, aber sie konnten die Tatsache nicht aus der Welt schaffen, daß wir es fertiggebracht hatten. Das konnten sie uns nicht nehmen."

Wir – Ringo und ich – wußten, was sie meinte; wir standen draußen gleich vor der Tür beieinander, bevor Ringo zu Miss Lenas Hütte ging, wo er schlafen sollte. „Ich weiß, was du denks'", sagte Ringo. Vater hatte recht: er war schlauer als ich. „Aber ich hab's so gut gehört wie du. Ich hab jedes Wort gehört, was du gehört has'."

„Aber ich habe das Geleise gesehen, bevor sie es zerstörten. Ich habe die Stelle gesehen, wo es später geschehen ist."

„Nur has' du nich gewuß' daß's geschehn wird, wie du 's Geleise gesehn has'. Also das is gleich. Ich hab alles gehört. Un das wer'n sie mir auch nich wegnehmen können, glaub ich."

Er entfernte sich, und ich ging ins Haus zurück, in den Raum hinter der Bettdecke, wo Denny schon auf seiner Pritsche lag und schlief. Drusilla war nicht da, aber ich hatte keine Zeit, mich zu fragen, wo sie sein mochte, weil ich immerzu daran dachte, daß ich wahrscheinlich jetzt überhaupt nicht schlafen könnte, so spät es auch war. Dann war es noch später geworden, und ich fühlte, wie Denny mich schüttelte, und ich meinte – daran erinnere ich mich noch –, daß auch er nicht zu schlafen brauche, weil selbst er mit seinen zehn Jahren durch die Berührung mit dem Krieg, und wenn es nur für Sekunden gewesen war, eine Fähigkeit erworben habe, die Vater und die anderen Männer von der Front mitgebracht hatten – die Kraft, ohne Schlaf und Essen auszukommen und nichts weiter nötig zu haben als die Gelegenheit durchzuhalten. „Dru sagt, du sollst nach draußen kommen, wenn du sie vorbeiziehen hören willst", flüsterte er.

Sie stand vor der Hütte; sie hatte sich gar nicht erst ausgezogen. Im Sternenlicht konnte ich sie sehen – ihr kurzes, zackig geschnittenes Haar, ihre Männerhosen und ihr Männerhemd. „Hörst du sie?“ fragte sie mich. Wieder konnten wir es hören, wie vorher vom Wagen aus – die eiligen Schritte, den Singsang, der klang wie atemloses Geflüster, am Einfahrtstor vorbei und dann weiter aufwärts auf der Straße langsam ersterbend. „Das ist die dritte Gruppe heute nacht“, sagte Kusine Drusilla. „Zwei kamen vorbei, als ich unten am Tor stand. Du warst müde, darum habe ich dich nicht früher geweckt.“

„Ich dachte, es sei spät“, sagte ich. „Du bist nicht einmal zu Bett gegangen, nicht wahr?“

„Nein“, sagte sie. „Ich habe es mir abgewöhnt zu schlafen.“

„Abgewöhnt zu schlafen?“ sagte ich. „Weshalb?“

Sie blickte mich an. Ich war so groß wie sie; wir konnten unsere Gesichter nicht erkennen; ich sah nur ihren Kopf mit dem kurzen, ausgezackten Haar, das aussah, als ob sie es selbst geschnitten hätte, ohne erst einen Spiegel zu holen, und ihren Nacken, der dünn und hart geworden war, seit ich sie auf meiner und Großmutters letzten Reise hierher gesehen hatte. „Ich halte einen Hund still“, sagte sie.

„Einen Hund?“ sagte ich. „Ich habe keinen Hund gesehen.“

„Gewiß nicht. Er ist jetzt ganz still“, sagte sie. „Er belästigt jetzt niemanden mehr. Ich muß ihm nur hier und da den Stock zeigen.“ Sie sah mich an. „Warum sollen wir jetzt nicht aufbleiben? Wer möchte jetzt schlafen, wenn so viel passiert, so viel zu sehen ist? Das Leben früher war langweilig. Dumm. Jeder wohnte in dem gleichen Haus, in dem schon sein Vater geboren war, und die Söhne und Töchter dieses Vaters hatten die Söhne und Töchter der gleichen Negersklaven zu betreuen und zu verwöhnen; und dann wuchs man heran und verliebte sich in einen gesellschaftsfähigen jungen Mann und heiratete ihn früher oder später, wobei man vielleicht Mutters Hochzeitskleid trug, und erhielt das gleiche Silberservice als Geschenk wie sie; und dann ließ man sich für immer nieder und bekam Kinder, die man füttern und baden und anziehen mußte, bis auch sie heranwuchsen; und dann starb man still nebst seinem Gemahl und wurde mit ihm gemeinsam begraben – vielleicht an einem Sommernachmittag kurz vor der Abendessenszeit. Dumm, nicht wahr. Aber jetzt kannst du selbst dich davon überzeugen, wie es ist; es ist gut so, wie es jetzt ist; jetzt braucht man sich um das Haus und das Silber keine Gedanken zu machen, weil das eine verbrannt und das andere weggeschleppt ist; und wegen der Neger braucht man keine Sorge zu haben, weil sie die ganze Nacht auf den Straßen herumstrolchen und auf die Gelegenheit warten, in ihrem selbstgeschaffenen Jordan zu ertrinken; und man braucht sich nicht darum zu kümmern, Kinder zu bekommen, die man baden und füttern und anziehen kann, denn die jungen Männer reiten vielleicht weg und werden in den herrlichen Schlachten getötet; und man braucht nicht einmal allein zu schlafen, man braucht überhaupt nicht zu schlafen; man braucht wirklich nicht mehr zu tun, als dem Hund hie und da den Stock zu zeigen und zu sagen: ‚Dank sei Gott – für nichts.‘ Siehst du? Da hast du es. Jetzt sind sie alle vorbeigekommen. Und du gehst besser wieder ins Bett, damit wir morgen in aller Frühe losziehen können. Es wird lange dauern, bis wir durch ihre Reihen durchkommen.“

„Du gehst jetzt nicht ins Haus?“ sagte ich.

„Noch nicht“, sagte sie. Wir blieben stehen. Und dann legte sie ihre Hand auf meine Schulter. „Paß auf“, sagte sie. „Wenn du nach Hause zurückkommst und Onkel John siehst, bitte ihn, mir zu erlauben, daß ich hinkomme und mit seinen Leuten reite. Sag ihm, daß ich reiten kann, und vielleicht auch lernen werde zu schießen. Willst du das tun?“

„Ja“, sagte ich. „Ich werde ihm auch sagen, daß du keine Furcht hast.“

„Keine Furcht?“ sagte sie. „Darüber habe ich nicht nachgedacht. Es ist auch gleich. Sag ihm einfach, daß ich reiten kann und nicht leicht müde werde." Ihre Hand lag auf meiner Schulter; sie fühlte sich dünn und hart an. „Wirst du das für mich tun? Bitte ihn, mich kommen zu lassen, Bayard."

„Gut", sagte ich. Dann sagte ich: „Ich hoffe, er wird es tun."

„Ich auch", sagte sie. „Geh wieder zu Bett. Gute Nacht."

Ich ging zu meiner Pritsche zurück und schlief ein; auch diesmal war es Denny, der mich wachrüttelte; bei Sonnenaufgang zogen wir wieder auf der Straße dahin; Drusilla ritt auf Bobolink neben dem Wagen her. Aber nicht für lange.

Beinahe plötzlich begann der Staub vor uns aufzusteigen, und es schien mir, als ob ich sie schon riechen könnte, obgleich die Entfernung zwischen uns nicht wesentlich kleiner wurde, da sie fast so schnell vorankamen wie wir. Es gelang uns nicht, sie zu überholen; genausowenig, wie es einem gelingt, eine Strömung zu überholen. Man schwimmt und schwimmt, und plötzlich spürt man ringsum und unter sich die Strömung, die einen überholt, als ob die träge, grausame Gewalt endlich den Schwimmer bemerkt und ein paar Fühler ausgestreckt hätte, um ihn einzufangen und rücksichtslos mitzureißen. Einzeln, zu zweit, in Gruppen und Familien begannen sie vor uns, neben uns und hinter uns aus den Wäldern herauszukommen; ihre Schwärme waren so dicht, daß man die Straße so wenig sehen konnte, als ob sie überflutet wäre; dann verschwanden auch die Räder unseres Wagens, während unsere beiden Pferde und Bobolink sich langsam einen Weg bahnten, mitten durch das Gewoge von Köpfen und Schultern hindurch – von Männern und Frauen, die kleine Kinder auf dem Arm trugen und ältere an der Hand hinter sich herzogen, von alten Leuten, die an schnell gefertigten Stöcken oder Krücken gingen – die ganz Alten blieben am Straßenrand sitzen, und einige von ihnen riefen uns sogar zu, als wir vorbeifuhren; eine alte Frau schritt dicht neben dem Wagen her, an dessen Bodenbrettern sie sich festhielt, und bat

Großmutter, ihr zu helfen, damit sie vor ihrem Tode den Fluß wenigstens sehen dürfte.

Die meisten aber achteten nicht auf uns. Wir hätten ebensogut nicht da sein können. Wir baten sie nicht einmal, uns durchzulassen, denn wir konnten von ihren Gesichtern ablesen, daß sie nicht imstande gewesen wären, uns zu hören. Noch sangen sie nicht, sie schritten nur eilig dahin; unser Gespann drängte sich langsam zwischen ihnen voran, gefolgt von ihren leeren, blicklosen Augen, die aus den schmutz- und schweißbedeckten Gesichtern hervorsahen; die Pferde bahnten sich mühsam und mit Gewalt einen Weg zwischen ihnen durch, als ob wir mitten in einem kleinen Fluß voller Treibholz stromaufwärts führen; die Luft war erfüllt von dem Staub, den sie aufwirbelten, und von dem Geruch, den sie ausströmten; und Großmutter saß da, steif aufgerichtet unter dem Sonnenschirm, den Ringo über sie hielt, und sah kränker und kränker aus; und schon wurde es Nachmittag, aber wir merkten es ebensowenig, wie wir wußten, welche Strecke wir zurückgelegt hatten. Dann kamen wir plötzlich an den Fluß, wo die Kavallerie sie von der Brücke zurückdrängte. Zuerst war es nur ein Ton, wie vom Wind oder gar vielleicht vom Staub selbst hervorgebracht. Wir konnten uns nicht vorstellen, was es war, bis wir sahen, wie Drusilla Bobolink am Zügel zurückhielt und ihren Kopf, der bleich und klein oberhalb der Staubwolke auftauchte, nach uns umdrehte; aus ihrem offenen Mund kam ein dünner Schrei: „Gib acht, Tante Rosa! Oh, sieh dich vor!"

Es schien, als ob wir alle es zur gleichen Zeit hörten – wir im Wagen, Drusilla auf dem Pferd, und alle um uns her mit ihren durch Staub und Schweiß verklebten Gesichtern. Sie brachten eine Art von langgezogenem Klagelaut hervor, und dann spürte ich, daß der ganze Wagen sich vom Erdboden erhob und nach vorne zu stürzen begann. Ich sah, wie unsere knochendürren Pferde für einen Augenblick auf ihren Hinterbeinen standen und in der nächsten Minute sich in ihrem Geschirr querstellten; wie Drusilla, etwas gebückt, straff gespannt wie der Hahn einer Pistole, Bobolink fest im Zaum hielt; und ich sah, wie Männer, Frauen und Kinder unter die Pferde kamen, und wir konnten fühlen, wie der Wagen über sie fuhr, und konnten sie schreien hören. Und es war uns ebensowenig möglich anzuhalten, wie wenn die Erde sich geneigt hätte und uns alle nach unten, dem Fluß entgegen, gleiten ließe.

Es spielte sich alles sehr schnell ab, wie jedesmal, wenn jemand, der den Namen Sartoris oder Millard trug, so dicht an Yankees herankam, daß er sie sehen, hören oder riechen konnte, gerade als ob das Wort Yankees keine Leute und keine Weltanschauung noch auch nur eine bestimmte Art des Verhaltens bezeichnet hätte, sondern gleichsam einen abgrundtiefen Strudel, in den Großmutter und Ringo und ich Hals über Kopf hineingesogen wurden, sobald wir in ihre Nähe kamen. Die Sonne ging gerade unter; jenseits der Bäume verbreitete sich am Himmel ein heller, rosiger Glanz, der auf den Fluß schien, und jetzt konnten wir alles deutlich sehen – den Strom der Neger, den eine Abteilung Kavallerie am Zugang der Brücke zurückdämmte, und den Fluß, der wie ein Gespinst aus rosafarbenem Glas unter dem feingeschwungenen Bogen der Brücke dalag, während die letzten Gruppen der Yankee-Abteilung hinübersetzten. Ihre schattenhaften Umrisse erschienen klein und hoch über dem stillen Wasser; ich erinnere mich an das Durcheinander von Pferde- und Maultierköpfen und Bajonetten und an die aufwärts gerichteten Kanonenrohre, die scheinbar langsam hoch oben durch die stille, rosig schimmernde Luft taumelten, wie Wäscheklammern aus gespaltenem Bambus auf einer Wäscheleine tanzen. Am ganzen Ufer entlang ertönte überall Gesang, aus dem man die dünnen, hohen Stimmen der Frauen heraushörte: „Gloria! Gloria! Halleluja!“

Sie kämpften jetzt, während die Pferde sich aufbäumten und sie zurückschoben und die Soldaten sie mit ihren Säbelscheiden schlugen und von der Brücke abdrängten, auf der die letzten Infanteriekolonnen herüberkamen; auf einmal stand neben unserem Wagen ein Offizier, der seine Säbelscheide am unteren Ende hielt wie einen Stock und sich an unseren Wagen klammerte und auf uns einschrie. Ich weiß nicht, wo er herkam, noch wie er jemals bis zu uns gelangt war, aber auf einmal erschien er vor uns mit seinem kleinen weißen Gesicht, auf dem man die Bartstoppeln und einen langen Blutstreifen sah, barhaupt mit geöffneten Lippen. „Zurück!" kreischte er. „Zurück! Wir sprengen die Brücke in die Luft!" schrie er Großmutter ins Gesicht, das nicht einmal einen Meter von dem seinen entfernt war, während sie unter Mrs. Compsons Hut hervor, der auf eine Seite ihres Kopfes gerutscht war, zurückschrie:

„Ich will mein Silber wiederhaben! Ich bin die Schwiegermutter von John Sartoris! Schicken Sie Oberst Dick zu mir!" Dann war der Yankee-Offizier mit seinem kleinen, blutigen, schreienden Gesicht auf einmal verschwunden, mitten heraus aus seinem Gekreisch und den Hieben, die er den Negern mit der Säbelscheide versetzte. Wohin er ging, weiß ich nicht, genausowenig, wie ich weiß, woher er aufgetaucht war: er verschwand einfach, während er sich noch an den Wagen klammerte und um sich schlug; und dann waren Kusine Drusilla und Bobolink da, sie hielt unser linkes Pferd am Halfter und versuchte, den Wagen seitwärts zu drehen. Ich wollte herunterspringen, um ihr zu helfen. „Bleib im Wagen", sagte sie. Sie schrie nicht; sie sagte es einfach. „Nimm die Zügel und wende die Pferde." Als wir den Wagen seitwärts gedreht hatten, kamen wir zum Stillstand. Und dann schien es mir für einen Augenblick, als ob wir rückwärts führen, bis ich bemerkte, daß die Neger in Bewegung geraten waren. Dann sah ich, daß sie die Linie der Kavallerie durchbrochen hatten; ich sah, wie das ganze Gemenge – Pferde und Soldaten und Säbel und Neger –, als ob ein Damm geborsten wäre, auf die Brükkenrampe zurollte, ungefähr zehn Sekunden, nachdem die letzte Infanteriegruppe die Brücke betreten hatte. Und dann verschwand die Brücke. Ich blickte gerade hin; ich konnte deutlich den Abstand zwischen der Infanterie und dem wogenden Haufen von Kavalleristen und Negern erkennen und sah das kleine, leere Stückchen Brücke, das sie in der Luft hoch über dem Wasser miteinander verband, und dann sah ich ein blendendes Licht aufleuchten und fühlte, wie mir der Atem verging und ein Windstoß meinen Hinterkopf traf. Ich hörte überhaupt nichts. Ich saß nur da im Wagen, mit einem komischen Sausen in den Ohren und einem komischen Geschmack im Mund, und sah kleine Spielzeugmänner und -pferde und Stücke von Brettern durch die Luft über das Wasser segeln. Aber ich hörte nicht das geringste; ich hörte nicht einmal Kusine Drusilla. Sie war jetzt dicht bei unserem Wagen und beugte sich mit dringlich geöffnetem Mund, aus dem kein Laut herauskam, zu uns nieder.

„Was?“ sagte ich.

„Bleibt im Wagen!“

„Ich kann dich nicht hören!“ sagte ich. Das sagte ich, das war’s, was ich dachte; ich hatte nicht einmal bemerkt, daß der Wagen wieder in Bewegung gekommen war. Aber dann bemerkte ich es; das ganze weite Ufer schien sich unter uns erhoben und umgestülpt zu haben und uns in das Wasser hinunterzuschieben, und wir saßen im Wagen und glitten auf einem anderen Fluß, einem Fluß von Gesichtern, von Menschen, die auch nichts sehen und hören konnten, zum Wasser hinunter. Kusine Drusilla hielt das linke Pferd wieder am Zaum, und auch ich riß an den Zügeln, und Großmutter stand aufrecht im Wagen und hieb mit Mrs. Compsons Sonnenschirm auf die Gesichter ein, und dann riß unter Kusine Drusillas Hand das ganze morsche Zaumzeug entzwei.

„Reit weg!“ sagte ich. „Der Wagen wird schwimmen!“

„Ja“, sagte sie, „er wird schwimmen. Bleibt nur darin. Gib acht auf Tante Rosa und Ringo.“

„Ja“, sagte ich. Dann war sie weg. Wir glitten an ihr vorbei; sie hatte gedreht und zwang Bobolink stillzustehen wie ein Fels und beugte sich zu ihm hinunter und sprach zu ihm und klopfte ihm den Hals, und so entschwand sie unseren Augen. Und dann stürzte das Ufer vielleicht wirklich ein. Ich weiß es nicht. Ich wußte nicht einmal, daß wir im Wasser waren. Es schien, als ob der Boden unter uns und all den Gesichtern weggezogen worden sei; wir alle trieben langsam hinunter, und die Gesichter blickten nach oben, mit blinden Augen und offenen Mündern, und Menschen streckten ihre Arme empor. Hoch oben in der Luft sah ich über dem Fluß einen Vorsprung und ein großes Feuer darauf, das sich geschwind nach allen Seiten ausbreitete, und dann trieb der Wagen plötzlich schnell in seitlicher Richtung, und dann tauchte mitten zwischen den schreienden Gesichtern der glänzende Körper eines toten Pferdes auf und versank langsam wieder, genau wie ein Fisch, der sich Futter geholt hat, und über dem Kreuz des Pferdes hing an einem Steigbügel ein Mann in einer schwarzen Uniform, und dann merkte ich, daß die Uniform blau, aber naß war. Sie schrien jetzt, und ich konnte fühlen, wie der Bretterboden des Wagens sich neigte und anfing zu gleiten, als sie danach griffen. Großmutter kniete jetzt neben mir und schlug mit Mrs. Compsons Sonnenschirm auf die vom Schreien verzogenen Gesichter ein. Hinter uns marschierten sie noch immer das Ufer hinunter in den Fluß und sangen dabei.

3

Eine Yankee-Patrouille half Ringo und mir die ertrunkenen Pferde aus dem Geschirr schneiden und den Wagen ans Land ziehen. Wir spritzten Wasser auf Großmutters Gesicht, bis sie zu sich kam; und sie fertigten ein Geschirr aus Seilen an und spannten zwei von ihren Pferden ein. Über das Steilufer führte eine Straße, und dann konnten wir am

Fluß entlang die Feuer sehen. Auf dem anderen Ufer sangen sie noch immer, aber nicht mehr so laut. Auf unserer Seite ritten die Patrouillen den Abhang hinauf und hinunter, und beim Wasser, wo die Feuer waren, sah man kleine Infanteriegruppen. Dann begannen wir, zwischen Zeltreihen durchzufahren; Großmutter lag gegen mich gelehnt, und ich konnte jetzt ihr Gesicht sehen; es war weiß und bewegungslos, und sie hatte die Augen geschlossen. Sie sah alt und müde aus; es war mir nie zu Bewußtsein gekommen, wie alt und klein sie war. Dann fuhren wir an großen Feuern vorbei, um die Neger in nassen Kleidern hockten, und Soldaten gingen zwischen ihnen her und teilten Essen aus; darauf gelangten wir auf eine breite Straße und hielten vor einem innen erleuchteten Zelt an, vor dem eine Schildwache stand. Die Soldaten blickten auf Großmutter.

„Wir schaffen sie am besten ins Hospital", sagte einer von ihnen.

Großmutter öffnete ihre Augen; sie versuchte sich aufzurichten. „Nein", sagte sie. „Bringt mich nur zu Oberst Dick. Dann werde ich mich wieder wohl fühlen."

Sie trugen sie in das Zelt und setzten sie auf einen Stuhl. Sie hatte sich nicht bewegt; eine nasse Haarsträhne klebte an ihrem Gesicht; sie saß mit geschlossenen Augen da, als Oberst Dick eintrat. Ich hatte ihn nie sehen – nur seine Stimme gehört, während Ringo und ich unter Großmutters Rock hockten und den Atem anhielten –, aber ich erkannte ihn sofort an seinem hellen Bart und seinen kalten, hellen Augen. Er neigte sich über Großmutter und sagte: „Dieser verfluchte Krieg. Verfluchte, verfluchte Krieg."

„Man hat uns das Silber und die Neger und die Maultiere weggenommen", sagte Großmutter. „Ich bin hier, um sie zurückzubekommen."

„Und Sie werden sie zurückbekommen, wenn sie irgendwo bei diesem Korps sind. Ich werde selbst zum General gehen", sagte er. Dann blickte er auf Ringo und mich.

„Ha!“ sagte er. „Ich glaube, wir haben uns auch schon einmal getroffen.“ Dann verschwand er wieder.

Drinnen im Zelt war es heiß und still; drei Käfer schwirrten um die Laterne, und das Geräusch der Truppen draußen klang wie ferner Wind. Ringo war eingeschlafen, er saß mit dem Kopf auf seinen Knien am Boden, und mit mir stand es nicht viel besser, denn plötzlich war Oberst Dick wieder da, und am Tisch schrieb eine Ordonnanz, und Großmutter saß wieder mit bleichem Gesicht und geschlossenen Augen da.

„Vielleicht kannst du sie beschreiben“, sagte Oberst Dick zu mir.

„Ich werde es tun“, sagte Großmutter. Sie hielt ihre Augen geschlossen. „Der Silberkasten, mit einem Hanfstrick zugebunden. Der Strick war neu. Zwei Schwarze, Loosh und Philadelphy. Die Maultiere, Old Hundred und Tinney.“

Oberst Dick drehte sich um und sah der Ordonnanz beim Schreiben zu. „Haben Sie das?“ sagte er.

Die Ordonnanz blickte auf das Papier. „Ich wette, der General wird Ihnen nur dafür, daß Sie so viele Nigger mitnehmen, mit Freuden zweimal soviel Silber und Maultiere geben“, sagte er.

„Jetzt will ich zum General gehen“, sagte Oberst Dick.

Dann waren wir wieder unterwegs. Ich weiß nicht, wieviel Zeit vergangen war, weil sie mich und Ringo aufwekken mußten; wir waren wieder im Wagen, den zwei Armeepferde auf der langen, breiten Straße voranzogen, und ein anderer Offizier begleitete uns, und Oberst Dick war nicht mehr da. Wir kamen zu einem Haufen von Truhen und Kisten, der höher schien als ein Berg. Dahinter war ein durch Seile abgeschlossener Pferch voller Maultiere, und auf der einen Seite der Umfriedung standen und warteten eine Menge Neger, mindestens tausend, wie mir schien, Männer, Frauen und Kinder, in nassen Kleidern, die auf ihren Körpern trockneten. Und jetzt begann alles wieder schnell vor sich zu gehen; Großmutter saß im Wagen, und ihre Augen waren jetzt weit geöffnet, und der Leutnant las ab, was auf dem Schriftstück stand, und die Soldaten zerrten Truhen und Koffer aus dem Haufen heraus. „Zehn Truhen, mit Hanfstricken zugebunden“, las der Leutnant. „Habt ihr die? . . . Hundertundzehn Maultiere. Es heißt hier ‚von Philadelphia‘ – das ist in Mississippi. Holt diese Maultiere aus Mississippi. Sie sollen Halfter und Stricke bekommen.“

„Wir haben keine hundertundzehn Maultiere aus Mississippi“, sagte der Unteroffizier.

„Holt, soviel wir haben. Beeilt euch.“ Er wandte sich Großmutter zu. „Und hier sind Ihre Neger, Madam.“

Großmutter sah ihn mit Augen an, die so groß waren wie Ringos. Sie lehnte sich etwas zurück und legte die Hand auf ihre Brust. „Aber sie sind nicht – sie gehören nicht –“, sagte sie.

„Sie gehören nicht alle Ihnen?“ sagte der Leutnant. „Das weiß ich wohl. Der General hat angeordnet, Ihnen mit seiner besten Empfehlung noch ein weiteres Hundert zu geben.“

„Aber das ist nicht – wir haben nicht –“, sagte Großmutter.

„Sie will auch das Haus zurückhaben“, sagte der Unteroffizier. „Wir haben keine Häuser, Großmütterchen“, sagte er. „Sie müssen sich mit den Koffern und Negern und Maultieren zufriedengeben. Auf dem Wagen würden Sie sowieso keinen Platz für das Haus haben.“

Wir saßen da, während zehn Koffer in den Wagen geladen wurden. Sie gingen gerade alle hinein. Die Soldaten holten noch ein paar Stangen und Geschirr und spannten vier Maultiere ein. „Einer von euch Schwarzen, der ein Doppelgespann lenken kann, soll herkommen“, sagte der Leutnant. Einer von den Negern trat heran und setzte sich neben Großmutter auf den Bock; wir hatten ihn nie vorher gesehen. Hinter uns führten sie die Maultiere aus dem Pferch.

„Möchten Sie einige von den Frauen reiten lassen?“ sagte der Leutnant.

„Ja“, flüsterte Großmutter.

„Los, nur eine auf jedes Maultier“, sagte der Leutnant. Dann gab er mir das Schriftstück. „Hier, bitte. Ungefähr zwanzig Meilen flußabwärts ist eine Furt, dort könnt ihr den Fluß überqueren. Am besten macht ihr, daß ihr fortkommt, bevor noch mehr Neger es sich in den Kopf setzen, mit euch zu gehen.“

Wir fuhren die ganze Nacht durch, mit unseren zehn Koffern im Wagen und den Maultieren und mit unserer Armee von Negern hinterher. Großmutter hatte sich nicht vom Platz gerührt; mit Mrs. Compsons Hut auf dem Kopf und dem Sonnenschirm in ihrer Hand saß sie neben dem fremden Neger. Aber sie schlief nicht, denn als es hell genug wurde, um sehen zu können, sagte sie: „Halt den Wagen an.“ Der Wagen hielt. Sie drehte sich um und sah mich an. „Zeig mir das Schriftstück“, sagte sie.

Wir falteten das Schriftstück auseinander und lasen, was in sauberer Handschrift darauf stand:

„Hauptquartier -tes Armeekorps,
Abteilung Tennessee, den 14. August 1863

An alle Brigade-, Regiments- und andere Kommandeure: Es ist dafür zu sorgen, daß der Überbringer die folgenden Besitztümer voll zurückerhält: zehn (10) Truhen, mit Hanfstricken zugebunden; Inhalt: Silber. Einhundertundzehn (110) Maultiere, die frei herumlaufend in der Nähe von Philadelphia in Mississippi eingefangen worden sind. Einhundertundzehn (110) Neger beiderlei Geschlechts aus derselben Gegend, von der sie weggewandert sind.

Es ist ferner dafür zu sorgen, daß der Überbringer die notwendigen Lebensmittel und genügend Futter für die Tiere erhält, um die Fahrt nach seinem Bestimmungsort zu erleichtern.

Auf Befehl des Kommandierenden Generals.“

Wir blickten einander in dem schwachen Tageslicht an. „Ich glaub jetz' muß' du sie nach Haus nehmen", sagte Ringo.

Großmutter sah mich an. „Wir können sogar Lebensmittel und Futter bekommen", sagte ich.

„Ja", sagte Großmutter. „Ich habe versucht, sie zur Vernunft zu bringen. Du und Ringo, ihr habt es beide gehört. Es ist die Hand Gottes."

Wir hielten und schliefen bis mittags. Am Nachmittag kamen wir an die Furt. Wir waren schon dabei, den abschüssigen Hang zum Ufer hinunterzufahren, als wir die Kavallerietruppe bemerkten, die dort lagerte. Zum Anhalten war es zu spät.

„Sie habn's rausgefunden un' uns den Weg verleg'", sagte Ringo. Es war zu spät; schon kamen ein Offizier und zwei Mann herangeritten.

„Ich werde ihnen die Wahrheit sagen", sagte Großmutter. „Wir haben nichts verbrochen." Sie hatte sich auf ihrem Sitz schon zurechtgerückt und hatte ihre Hand schon erhoben und hielt den Reitern mit der anderen Hand das Schriftstück entgegen. Der Offizier war ein untersetzter Mann mit einem roten Gesicht; er sah uns an, nahm das Schriftstück, las es und begann zu fluchen. Er saß da auf seinem Pferd und fluchte, während wir ihn beobachteten.

„Wie viele fehlen Ihnen noch?" sagte er.

„Wie viele – was?" sagte Großmutter.

„Maultiere!" schrie der Offizier. „Maultiere! Maultiere! Sehe ich aus, als ob ich Silbertruhen oder Nigger hätte, die mit Hanfstricken zusammengebunden sind?"

„Wie viele uns –", sagte Großmutter und sah ihn an, mit ihrer Hand auf der Brust; ich glaube, es war Ringo, der zuerst verstand, was der Mann meinte.

„Wir möcht'n fünfzig", sagte Ringo.

„So, fünfzig", sagte der Offizier. Er fluchte wieder und wandte sich zu einem seiner Leute und fluchte jetzt auf ihn. „Zählt sie!“ sagte er. „Meint ihr, ich werde mich nur auf ihr Wort verlassen?“

Der Mann zählte die Maultiere; wir rührten uns nicht; ich glaube, wir atmeten kaum. „Dreiundsechzig“, sagte der Mann.

Der Offizier blickte uns an. „Einhundertzehn weniger dreiundsechzig macht siebenundvierzig“, sagte er. Er fluchte. „Holt siebenundvierzig Maultiere! Beeilt euch!“ Er sah uns wieder an. „Ihr glaubt wohl, ihr könnt mich um drei Maultiere betrügen, was?“

„Siebenvierzig wer'n genug sein“, sagte Ringo. „Aber ich glaub kann sein wir wür'n besser was ess'n, wie's auf'm Papier steht.“

Wir setzten über die Furt. Wir hielten nicht an; wir zogen weiter, sobald sie uns die anderen Maultiere gebracht hatten und noch einige von den Frauen aufgestiegen waren. Wir fuhren weiter. Die Sonne war schon untergegangen, aber wir hielten nicht an.

„Ha!“ sagte Ringo. „Wes' Hand war's diesmal?“

Erst gegen Mitternacht hielten wir an. Nun war es Ringo, den Großmutter ansah. „Ringo“, sagte sie.

„Ich hab nich's gesag', was das Papier nich sagen tut“, sagte Ringo. „Es hat's gesag', nich ich. Ich hab nur gesag', wieviel an die hunderzehn gefehlt hab'n; ich hab nie gesag', wir woll'n soviel. Un 's nütz' jetz' nich's deswegn zu beten; weiß keiner, was wir noch erlebn vor wir nach Haus kommen. Hauptsach is jetz', was tun wir mit all die Nigger?“

„Ja“, sagte Großmutter. Wir kochten und aßen, was der Kavallerie-Offizier uns gegeben hatte; dann ließ Großmutter alle Neger, die in Alabama wohnten, vortreten. Es war etwa die Hälfte von ihnen. „Ich nehme an, ihr alle wollt noch ein paar Flüsse durchqueren und hinter der Yankee-Armee herlaufen, nicht wahr?“ sagte Großmutter. Sie standen da und bewegten die Füße etwas im Sand. „Was? Keiner?“ Sie blieben stehen, wo sie waren. „Dann sagt mir, auf wen ihr von jetzt an hören werdet.“

Nach einer Weile sagte einer von ihnen: „Auf Euch, Missy."

„Gut", sagte Großmutter. „Jetzt hört auf mich. Geht nach Hause. Und wenn ich jemals erfahre, daß einer von euch wieder so herumstrolcht, werde ich mich mit ihm befassen. Nun stellt euch in einer Reihe auf und kommt einer nach dem anderen hierher, damit wir das Essen verteilen können."

Es dauerte lange, bis der letzte gegangen war; als wir uns wieder auf den Weg machten, hatten wir fast genug Maultiere, um jeden reiten zu lassen, aber nicht ganz, und Ringo lenkte jetzt. Er fragte nicht erst, er stieg einfach auf und nahm die Zügel; Großmutter saß neben ihm, aber nur einmal sagte sie ihm, er solle nicht so schnell fahren. Ich blieb also hinten im Wagen auf einer der Truhen sitzen, und am Nachmittag war ich eingeschlafen; ich wachte auf, als wir plötzlich anhielten. Wir waren gerade einen Hügel hinuntergefahren und in flaches Land gekommen, und dann sah ich sie jenseits eines Feldes, etwa ein Dutzend von ihnen, Kavallerie in blauen Röcken. Sie trabten einher und hatten uns noch nicht erblickt, während Großmutter und Ringo sie beobachteten.

„Die sin' kaum wert, daß wir's mit ihn' aufnehmen", sagte Ringo, „Freilich, 's sin' Pferde."

„Wir haben schon hundertzehn Maultiere", sagte Großmutter. „Das ist alles, was uns nach dem Schreiben zusteht."

„Gut", sagte Ringo. „Soll'n wir weiterfahr'n?" Großmutter antwortete nicht, sie saß da in etwas gefrorener Haltung und hatte die Hand wieder auf ihre Brust gelegt. „Nun, was wills' du tun?" sagte Ringo. „Du mußt schnell sag'n was, oder sie sin' gleich weg." Er blickte sie an; sie rührte sich nicht. Ringo beugte sich aus dem Wagen. „Heda!" rief er laut. Sie drehten sich um und sahen uns und wendeten ihre Pferde. „Großmama sagt, ihr sollt herkomm'!" schrie Ringo.

„Ringo!" flüsterte Großmutter.

„Gut“, sagte Ringo. „Soll ich ihn’ sag’n, is schon erledig’?“ Sie gab keine Antwort; sie blickte an Ringo vorbei auf die beiden Yankees, die quer über das Feld auf uns zu ritten; ihr Gesicht hatte wieder diesen gefrorenen Ausdruck, und ihre Hand lag auf ihrer Brust. Es waren ein Leutnant und ein Unteroffizier; der Leutnant sah nicht viel älter aus als Ringo und ich. Als er Großmutter erblickte, zog er seinen Hut. Und dann nahm sie auf einmal ihre Hand von ihrer Brust, und darin war das Schriftstück; sie hielt es dem Leutnant wortlos entgegen. Der Leutnant öffnete es, während der Unteroffizier ihm über die Schulter blickte. Dann schaute der Unteroffizier uns an.

„Hier steht Maultiere, nicht Pferde“, sagte er.

„Nur die erst’n hundert war’n Maultier’“, sagte Ringo. „Extra zwölf sin’ Pferde.“

„Verflucht!“ sagte der Leutnant. Es klang, als ob ein Mädchen fluchte. „Ich habe Hauptmann Bowen davor gewarnt, uns auf erbeutete Pferde zu setzen.“

„Soll das heißen, daß Sie ihnen die Pferde geben wollen?“ sagte der Unteroffizier.

„Was bleibt mir anders übrig“, sagte der Leutnant. Er sah aus, als ob er anfangen würde zu weinen. „Der General hat es mit eigener Hand unterschrieben!“

Jetzt hatten wir also genug Tiere, um alle von uns reiten lassen zu können, mit Ausnahme von etwa fünfzehn oder zwanzig. Wir zogen weiter. Die Soldaten standen mit ihren Sätteln und dem Zaumzeug neben sich auf der Straße unter einem Baum – außer dem Leutnant. Als wir aufbrachen, lief er neben dem Wagen her, mit dem Hut in der Hand, und hielt seine Augen auf Großmutter gerichtet.

„Irgendwo werden Sie unterwegs auf eine Abteilung von uns stoßen“, sagte er. „Das ist sicher. Wollen Sie den Leuten sagen, wo wir sind, und sie bitten, uns irgend etwas – Pferde oder Wagen – herüberzuschicken, um uns weiterzuhelfen? Bitte vergessen Sie es nicht.“

„Zwanzig oder dreißig Meilen rückwärts sin' ein paar von Ihr'n Soldaten, die meinen, sie hab'n drei Maultier' zuviel", sagte Ringo. „Aber wenn wir noch mehr begegnen, wer'n wir sie von Ihn'n erzählen."

Wir fuhren weiter. Wir kamen in die Nähe einer Stadt, aber wir machten einen Umweg um sie herum; Ringo wollte nicht einmal anhalten, um die Botschaft des Leutnants in die Stadt zu schicken, aber Großmutter befahl ihm zu halten, und wir sandten einen Neger mit der Nachricht fort.

„Den sin' wir los. Ein' Mund weniger zu füttern", sagte Ringo.

Jetzt ging es schnell weiter, weil wir die Maultiere alle paar Meilen wechselten; eine Frau sagte uns, daß wir wieder in Mississippi wären, und dann, am Nachmittag, fuhren wir über den Hügel, und da waren unsere Schornsteine, die im Sonnenlicht emporragten, und hinter ihnen die Hütte und Louvinia, über einen Waschkübel gebeugt, und die Wäsche, die hellglänzend und friedlich auf der Leine hin und her flatterte.

„Halt", sagte Großmutter.

Wir hielten an – der Wagen, die hundertundzweiundzwanzig Maultiere und Pferde und die Neger, die zu zählen wir überhaupt keine Zeit gefunden hatten.

Großmutter stieg langsam aus dem Wagen und wandte sich zu Ringo. „Komm herunter", sagte sie; dann blickte sie auf mich. „Du auch", sagte sie. „Weil du kein Wort gesagt hast." Wir stiegen herunter. Sie schaute uns an. „Wir haben gelogen", sagte sie.

„Es war 's Papier, das gelogen hat, nich wir", sagte Ringo.

„Im Schreiben stand einhundertzehn. Wir haben einhundertzweiundzwanzig", sagte Großmutter. „Kniet nieder."

„Aber die hab'n sie gestohl'n, vor wir's getan hab'n", sagte Ringo.

„Aber wir haben gelogen", sagte Großmutter. „Kniet nieder.“ Sie kniete als erste. Dann knieten wir alle drei neben der Straße, während sie betete. Die Wäsche flatterte sanft und friedlich und hellglänzend auf der Leine. Und dann wurde Louvinia uns gewahr; Großmutter betete noch, als sie schon über die Weide gelaufen kam.

GEGENSTOSS

1

Als Ab Snopes sich mit den neun Maultieren nach Memphis aufmachte, arbeiteten Ringo, Joby und ich an einem neuen Zaun. Dann ritt Ringo auf seinem Maultier fort, und ich blieb mit Joby allein zurück. Einmal kam Großmutter zu uns heraus und sah sich die neuen Pfosten an; unser Pferch würde jetzt um fast zwei Morgen größer sein. Das war zwei Tage, nachdem Ringo aufgebrochen war. An diesem Abend, als Großmutter und ich am Kamin saßen, kehrte Ab Snopes zurück. Er sagte, für die neun Maultiere habe er nur vierhundertundfünfzig Dollar bekommen. Das heißt, er zog etwas Geld aus seiner Tasche und gab es Großmutter; sie zählte es und meinte:

„Das macht nur fünfzig Dollar für das Stück."

„Richtig", sagte Ab. „Wenn Sie mehr herausschlagen können, steht es Ihnen frei, die nächste Koppel selbst hinzubringen. Ich hab schon zugegeben, daß ich's nich mit Ihnen aufnehmen kann, wenn's sich um das Herbeischaffen von Maultieren dreht; vielleicht sind Sie mir auch beim Verkaufen über." Er kaute immerzu etwas – Tabak, wenn er ihn bekommen konnte, sonst Weidenrinde –, und er trug nie einen Kragen; nie traf man jemanden, der ihn ein einziges Mal in einer Uniform gesehen haben wollte, obgleich Ab, wenn Vater nicht da war, bei guter Gelegenheit ein langes und breites über die Zeit, die er in Vaters Abteilung zugebracht hatte, und über seine gemeinsamen Erlebnisse mit Vater erzählte. Doch als ich Vater einmal darüber befragte, sagte er: „Wer? Ab Snopes?" und lachte. Aber es war Vater, der Ab beauftragt hatte, sich während seiner Abwesenheit nach Großmutter umzusehen; allerdings hatte er zugleich Ringo und mir gesagt, wir sollten Ab beobachten – Ab sei in seiner Art ein ganz ordentlicher Mann, aber wie ein Maultier: wenn man ihn einspanne, müsse man scharf auf ihn achtgeben. Trotzdem kamen Ab und Großmutter gut miteinander aus, obschon jedesmal, wenn Ab eine Koppel Maultiere nach Memphis gebracht hatte und mit dem Geld zurückkam, sich das gleiche abspielte: „Ja, Madam", pflegte Ab zu sagen, „Sie haben leicht reden; Sie sitzen hier und laufen kein Risiko. Aber ich muß die verdammten Viecher auf Schleichwegen hundert Meilen weit nach Memphis schaffen, und überall um mich herum kämpfen die Truppen von Forrest und Smith, und ich kann nie wissen, wann ich in eine Patrouille von Yankees oder Konföderierten hineinlaufe, die mir auch das letzte von den Viechern samt dem ganzen verdammten Geschirr wegnimmt. Und dann muß ich sie mitten ins Hauptquartier der Yankee-Armee in Memphis bringen und versuchen, sie einem Offizier von der Ausrüstungsstelle zu verkaufen, dem's leicht passieren kann, daß er sie als die gleichen Tiere wiedererkennt, die er vor noch nicht vierzehn Tagen schon einmal von mir gekauft hat. Jawohl. 's is kein Kunststück, Reden zu führen, wenn man hier sitzt und ohne Risiko reich wird."

„Offenbar meinen Sie, daß ich kein Risiko auf mich nehme, wenn ich die Maultiere wieder hierherschaffe, damit Sie sie noch einmal verkaufen können", sagte Großmutter.

„Das Risiko, daß die Briefbogen mit dem gedruckten Namen drauf zu Ende gehen, gewiß", sagte Ab. „Wenn Sie nicht mit fünf- oder sechshundert Dollar bei jedem Geschäft zufrieden sind, warum requirieren Sie nicht mehr Maultiere jedesmal? Warum verfassen Sie keinen Brief, in dem Sie General Smith bitten, Ihnen seinen Verpflegungszug mit vier Wagenladungen von neuen Schuhen zu überlassen? Oder noch eine bessere Idee: Warum finden Sie nicht den Tag heraus, wenn der Zahlmeister auf der Bildfläche erscheint, und versuchen, die ganze Kasse zu bekommen; dann könnten wir uns sogar die Mühe sparen, einen Käufer dafür zu suchen."

Die Geldscheine waren neu. Großmutter faltete sie vorsichtig zusammen und tat sie in die Büchse, die sie aber nicht sofort unter ihr Kleid steckte (und solange Ab im Hause war, legte sie die Büchse nie unter das lose Brett unter ihrem Bett). Sie saß da und hielt sie in ihrer Hand, während sie das Feuer im Kamin betrachtete; von ihrem Hals hing das Band herunter, an dem die Büchse befestigt war. Sie sah nicht eine Spur dünner oder älter aus. Sie sah auch nicht krank aus. Sie sah nur aus wie jemand, der nachts nicht mehr schläft.

„Wir haben noch mehr Maultiere", sagte sie, „warum verkaufen Sie die nicht? Da sind mehr als hundert Stück, die Sie nicht wollen –"

„Nicht wollen ist richtig", sagte Ab; er fing jetzt an zu schreien: „Jawohl, Madam! Ich glaube, ich bin nicht ganz bei Verstand, sonst würde ich diese ganze Sache gar nicht mitmachen. Aber soviel Verstand besitze ich noch, daß ich die Maultiere nicht zu einem Yankee-Offizier bringe und ihm sage, die Stellen an den Hüften, wo Sie und der verdammte Neger den U. S.-Stempel herausgebrannt haben, seien durch Wundscheuern am Geschirr entstanden. Heiliger Bimbam, ich –"

„Das genügt", sagte Großmutter. „Haben Sie schon zu Abend gegessen?"

„Ich –", sagte Ab. Dann hörte er auf zu schreien. Er kaute wieder. „Ja, Madam", sagte er. „Hab's schon hinter mir."

„Dann wäre es besser, Sie gingen nach Hause und ruhten sich etwas aus", sagte Großmutter. „In Mottstown ist ein neues Ersatzregiment eingetroffen. Ringo ist vor zwei Tagen hingeritten, um Erkundigungen einzuziehen. Es kann gut sein, daß wir den neuen Zaun bald nötig haben werden."

Ab hörte auf zu kauen. „Eingetroffen, wie?" sagte er. „Von Memphis wahrscheinlich. Könnte sein, daß die neun Maultiere dabei sind, die wir gerade losgeschlagen haben."

Großmutter blickte ihn an. „Sie haben die Tiere also vor mehr als drei Tagen verkauft", sagte sie. Ab wollte etwas antworten, aber Großmutter ließ ihm keine Zeit dazu. „Gehen Sie nach Hause und ruhen Sie sich aus", sagte sie. „Ringo wird wahrscheinlich morgen zurückkommen, und dann werden Sie sich selbst davon überzeugen können, ob es die gleichen Maultiere sind. Vielleicht wird sich auch für mich eine Möglichkeit ergeben, von den Leuten herauszufinden, was sie Ihnen für die Tiere bezahlt haben."

Ab stand in der Tür und sah Großmutter an. „Sie sind richtig", sagte er. „Das muß man sagen. Meine Hochachtung. Sogar John Sartoris kann Ihnen nichts mehr zeigen. Er macht Tag und Nacht die ganze Gegend mit seinen hundert bewaffneten Leuten unsicher, und mehr kann er nicht tun, damit sie nicht verhungern und überhaupt weiterreiten. Und Sie sitzen hier in der Hütte mit nichts als ein paar gedruckten Briefköpfen, verflucht noch mal, und müssen einen größeren Pferch für all das Vieh bauen, für das Sie noch nicht einmal einen Abnehmer haben. Wie viele Maultiere haben Sie eigentlich den Yankees wiederverkauft?"

„Hundertundfünf", sagte Großmutter.

„Hundertundfünf", sagte Ab. „Für wieviel gutes, bares Geld, rund gerechnet?" Aber er wartete ihre Antwort nicht ab; er selbst zählte es ihr vor: „Für sechstausendsiebenhundertundzweiundzwanzig Dollar und fünfundsechzig Cents, weniger einem Dollar und fünfunddreißig Cents, die ich damals für Whisky ausgegeben habe, als ein Maultier von einer Schlange gebissen wurde." Es klang sehr volltönig, wie er es sagte, wie große Räder aus Eichenholz, die durch nassen Sand fahren. „Sie haben vor einem Jahr mit zwei begonnen. Jetzt haben Sie einige vierzig in der Hürde und zweimal so viele gegen Quittung ausgeliehen. Und nach meiner Schätzung haben Sie außerdem noch einige fünfzig an die Yankees einhundertundfünfmal zurückverkauft, für eine Gesamtsumme von sechstausendsiebenhundertundzweiundzwanzig Dollar und fünfundsechzig Cents, und morgen oder übermorgen wollen Sie ein paar von den gleichen Tieren wieder requirieren, wenn ich mich nicht irre."

Er schaute mich an. „Junge", sagte er, „wenn du aufwächst und dich auf deine eigenen Füße stellen willst, dann verschwende deine Zeit nicht mit Studieren, um ein Rechtsanwalt oder sonstwas zu werden. Spar dein Geld und laß dir einfach ein paar Dutzend Briefköpfe drucken – was für welche, ist nach meiner Meinung ziemlich gleich – und gib sie deiner Großmama hier und bitte sie nur um Erlaubnis, das Geld zählen zu dürfen, wenn es hereinkommt."

Dann wandte er sich wieder an Großmutter. „Als Oberst Sartoris wegritt, bat er mich, Sie zu beschützen, wegen General Grant und so weiter. Ich möchte wissen, ob nicht lieber jemand Abe Lincoln hätte sagen sollen, er möge General Grant vor Miss Rosa Millard beschützen. Ich wünsche Ihnen allen zusammen eine gute Nacht."

Er ging. Großmutter, mit der Blechbüchse in der Hand, betrachtete das Feuer. Aber in der Büchse waren keine sechstausend Dollar. Es waren nicht einmal tausend Dollar darin. Ab Snopes wußte das, nur brachte er sich nicht dazu, es zu glauben, nehme ich an. Dann stand sie auf und blickte mich still an. Sie sah nicht krank aus; das war es nicht. „Ich glaube, es ist Zeit, zu Bett zu gehen", sagte sie. Sie verschwand hinter dem Vorhang; er schwang zurück und hing senkrecht vom Dachsparren herunter, und ich hörte das lose Brett, als sie die Büchse unter dem Zimmerboden versteckte, und dann hörte ich das Geräusch, das die Bettstelle machte, wenn Großmama sich an einem Pfosten festhielt, um niederzuknien. Jedesmal, wenn sie aufstand, machte das Bett wieder ein Geräusch, und als ich es hörte, hatte ich mich schon ausgezogen und lag auf meiner Pritsche. Die Bettdecken waren kalt, aber als ich das Geräusch hörte, hatte ich lange genug unter ihnen gelegen, um sie zu erwärmen.

Am nächsten Tag erschien Ab Snopes und half mir und Joby bei der Arbeit an dem neuen Zaun, so daß wir am frühen Nachmittag damit fertig wurden. Dann ging ich zur Hütte zurück, und als ich fast dort war, sah ich Ringo auf dem Maultier durch die Einfahrt reiten. Auch Großmutter hatte ihn gesehen, denn als ich in den Raum hinter der Bettdecke ging, kniete sie in der Ecke und nahm den Ziehvorhang für das Fenster unter dem losen Brett heraus. Als sie den Vorhang auf ihrem Bett auseinanderrollte, hörten wir Ringo absteigen und seinem Maultier laut zurufen, während er es an Louvinias Wäscheleine anband.

Dann stand Großmutter auf und sah nach der Bettdecke, bis Ringo eintrat. Darauf fingen sie an miteinander zu reden, wie zwei Leute, die ein Rätselspiel in einer Geheimsprache aufführen.

„-tes Illinois Infanterieregiment", sagte Ringo. Er ging zu der Landkarte, die auf dem Bett lag. „Oberst G. W. Newberry. Vor acht Tagen aus Memphis abgerück'."

Großmutter folgte ihm mit den Augen, als er auf das Bett zutrat. „Wie viele?" sagte sie.

„Neunzehn Stück", sagte Ringo. „Vier mit, fünfzehn ohne." Großmutter hielt nur ihren Blick auf ihn gerichtet, sie brauchte den nächsten Punkt nicht erst aufs Tapet zu bringen. „Zwölf", sagte Ringo. „Von denen aus Oxford."

Großmutter sah auf die Landkarte; sie sahen beide darauf. „Am zweiundzwanzigsten Juli", sagte Großmutter.

„Jawohl, M'm", sagte Ringo. Großmutter setzte sich auf den abgesägten Baumstamm vor das Bett. Louvinia besaß nur diesen einen Ziehvorhang; die Karte darauf war Ringos Werk (Vater hatte recht; Ringo war schlauer als ich; er konnte sogar zeichnen, obgleich er nicht einmal hatte versuchen wollen, seinen Namen schreiben zu lernen, als Loosh es mir beibrachte; er brauchte bloß den Federhalter in die Hand zu nehmen, um zeichnen zu können, nicht, weil es ihm besonders lag – das hatte er auch nie behauptet –, sondern einfach deshalb, weil jemand es tun mußte); Großmutter hatte ihm gezeigt, wo er die Städte hinmalen sollte. Und auch die Beschriftung stammte von ihr; in der gleichen spinnenförmigen Handschrift, mit der sie ihre Eintragungen ins Kochbuch machte, hatte sie auf der Karte neben jede Stadt gesetzt: Oberst oder Major oder Hauptmann Soundso, von dem und dem Regiment, und darunter: zwölf oder neun oder einundzwanzig Maultiere. Und um vier von den Städten samt Beschriftung war mit Heidelbeersaft anstelle von Tinte ein Kreis mit einem Datum darin gezogen und hinzugefügt: vollständig.

Sie betrachteten die Karte, Großmutter, deren weißes Haar sehr sanft aussah, wenn das Licht durchs Fenster daraufschien, und Ringo, der sich über sie beugte. Er war im letzten Sommer gewachsen und jetzt größer als ich, vielleicht weil er soviel im Land herumritt und sich nach neuen Regimentern umhörte, die Maultiere mit sich führten; und er hatte angefangen, mich so zu behandeln, wie Großmutter mich behandelte – als ob er und Großmutter gleichaltrig seien, und nicht er und ich.

„Diese zwölf haben wir eben erst im Juli verkauft", sagte Großmutter. „Es bleiben also nur sieben. Und wie du sagst, sind auf vieren davon Zeichen eingebrannt."

„Das war im Juli", sagte Ringo. „Jetz' is's Oktober. Sie habn's längs' vergessen. Un dann, sieh was da steht" – er legte seinen Finger auf die Landkarte – „wir hab'n die vierzehn hier am zwölften April in Madison gekriegt, dann hab'n wir sie nach Memphis geschickt und verkauft un alle vierzehn wieder zurückgekriegt un noch drei dazu – hier in Caledonia am dritten Mai."

„Aber da lagen vier Bezirke dazwischen. Oxford und Mottstown sind nur ein paar Meilen voneinander entfernt", sagte Großmutter.

„Tata", sagte Ringo, „die hab'n zuviel damit zu tun, uns besiegt zu halten un hab'n kein Zeit nich, zehn oder zwölf Maultier' wiederzuerkennen. Un dann, wenn sie's in Memphis merken, is es Ab Snopes' Kummer, nich unser."

„Mister Snopes", sagte Großmutter.

„Gut", sagte Ringo. Er sah auf die Karte. „Neunzehn Stück, un nich mal zwei Tag' weit weg. Nur ach'un'vierzig Stunden zu holen un dann sin' sie im Pferch."

Großmutter sah auf die Karte. „Ich glaube nicht, daß wir es wagen sollten. Bis jetzt haben wir Erfolg gehabt. Zuviel vielleicht."

„Neunzehn Stück", sagte Ringo. „Vier zum Hierbleiben un fünfzehn könn' wir wieder an sie verkaufen. Dann sin's gerad zweihunnerunachvierzig Stück von unsere Maultier', die wir wiedergekriegt hab'n, un Zinsen, nicht zu reden vom Geld."

„Ich weiß nicht, was ich tun soll", sagte Großmutter, „ich will es mir überlegen."

„Gut", sagte Ringo. Großmutter saß regungslos vor der Landkarte. Ringo ließ nicht erraten, ob er geduldig oder ungeduldig war; er stand einfach da, dünn und größer als ich, wie man im Licht, das durchs Fenster schien, erkennen konnte, und kratzte sich. Dann fing er an, mit dem Nagel seines rechten kleinen Fingers zwischen seinen Vorderzähnen herumzupolken; er betrachtete den Nagel und spuckte etwas aus, und dann sagte er: „Sin' wohl fünf Minut'n jetz'."

Ohne sich von der Stelle zu rühren, drehte er seinen Kopf ein wenig in meine Richtung. „Hol Tinte un Feder", sagte er.

Sie hatten das Briefpapier unter dem gleichen Brett wie die Landkarte und die Blechbüchse versteckt. Ich weiß nicht, wie und wo Ringo es ergattert hatte. Eines Nachts war er mit rund hundert Briefbogen zurückgekehrt, die am Kopf den offiziellen Stempel ‚Feldarmee der Vereinigten Staaten, Gruppe Tennessee' trugen. Bei der gleichen Gelegenheit hatte er auch die Tinte und die Feder beschafft. Ich gab sie ihm, und jetzt setzte er sich auf den abgesägten Baumstamm, und Großmutter beugte sich über ihn. Sie besaß noch den ersten Brief, den Oberst Dick ihr im vorigen Jahr in Alabama gegeben hatte; sie verwahrte ihn ebenfalls in der Blechbüchse. Inzwischen hatte Ringo gelernt, ihn so gut zu kopieren, daß nicht einmal Oberst Dick selbst einen Unterschied bemerkt haben würde, glaube ich. Alles, was sie hinzuzufügen brauchten, waren die richtige Regimentsnummer, die Zahl der Maultiere, die Ringo untersucht und als geeignet befunden hatte, und die Unterschrift des richtigen Generals.

Anfangs wollte Ringo jedesmal Großmutters Namen daruntersetzen, und als Großmutter meinte, das ginge nicht mehr an, den Namen Lincolns. Schließlich fand Großmutter heraus, daß Ringo die Yankees nicht glauben lassen wollte, Vaters Verwandte verhandelten mit irgend jemandem unter dem Rang eines Kommandierenden Generals. Aber am Ende sah er ein, daß Großmutter recht hatte und daß sie sich genau überlegen müßten, den Namen welchen Generals sie gebrauchen und welche Maultiere sie requirieren sollten. Sie zeichneten jetzt mit ‚General Smith", denn er und Forrest kämpften täglich längs der Straße nach Memphis, und Ringo war stets darauf bedacht, der Lage Rechnung zu tragen.

Er schrieb das Datum und den Sitz des Hauptquartiers hin, setzte Oberst Newberrys Namen ein und füllte die erste Zeile aus. Dann hielt er ein, ohne die Feder vom Papier zu nehmen.

„Was für'n Namen wills' du diesmal hab'n?“ sagte er.

„Ich bin beunruhigt über die ganze Sache“, sagte Großmutter. „Wir sollten sie nicht riskieren.“

„Letzmal war'n wir bei F“, sagte Ringo. „Jetz' is H dran. Denk an'n Nam' mit H.“

„Mrs. Mary Harris“, sagte Großmutter.

„Mary hab'n wir schon benutz'“, sagte Ringo. „Wie's Plurella Harris?“

„Ich bin diesmal besorgt“, sagte Großmutter.

„Miz Plurella Harris“, sagte Ringo und schrieb. „Jetz' hab'n wir 's P auch aufgebracht. Vergiß nicht. Wenn wir durch die Buchstab'n sin', könn' wir vielleich' mit Zahlen anfangen, schätz ich. Vor neunhunnerneununneunzig wer'n wir uns dann nich sorgen tun müss'n.“ Er machte das Schriftstück fertig und setzte als Unterschrift ‚General Smith‘ darunter; es sah genauso aus, als ob der Name des Mannes, der damals Oberst Dicks Requisitionsschein unterzeichnet hatte, General Smith gewesen wäre; nur die Anzahl der Maultiere war verschieden. Dann wandte Großmutter sich zu mir um. „Bestell Mr. Snopes, daß er bei Sonnenaufgang bereitstehen soll.“

Wir nahmen den Wagen, und Ab Snopes und seine beiden Leute folgten uns auf zwei Maultieren. Wir fuhren gerade so schnell, daß wir das Feldlager zur Zeit des Abendessens erreichen würden, denn Großmutter und Ringo hatten herausgefunden, das sei der beste Augenblick – das ganze Vieh war dann zusammengetrieben, die Leute waren zu hungrig oder zu schläfrig, um schnell denken zu können, wenn sie zufällig anfingen zu denken, und wir hatten eben Zeit genug, die Maultiere in Empfang zu nehmen und vor Eintritt der Dunkelheit wieder außer Sicht zu sein. Für den Fall, daß sie jemals auf den Gedanken kommen sollten, uns nachzujagen, würde einige Zeit vergehen, bis sie uns in der Dunkelheit entdeckten, und dann würden sie nichts finden, was sie kapern könnten, als den Wagen mit Großmutter und mir darin.

So verfuhren wir auch jetzt, und diesmal zu unserem Glück. Wir ließen Ab Snopes und seine Leute in einem Wald in der Nähe des Feldlagers zurück, und Großmutter und Ringo und ich erschienen genau zu der richtigen Zeit vor Oberst Newberrys Zelt, und Großmutter schritt an der Schildwache vorbei hinein, ihre dürre Gestalt war hoch aufgerichtet, sie trug das Tuch um ihre Schultern und Mrs. Compsons Hut auf dem Kopf, den Sonnenschirm in der einen und das von ihr und Ringo verfaßte Schreiben des Generals Smith in der anderen Hand, während Ringo und ich im Wagen sitzen blieben und die Kochfeuer, die rings um das Wäldchen brannten, betrachteten und den Kaffee und das Fleisch rochen. Was sich abspielte, war immer das gleiche: Großmutter verschwand in einem Zelt oder in einem Haus, und eine Minute später hörte man drinnen im Zelt oder im Haus jemanden laut rufen, und dann fing auch die Schildwache an laut zu rufen, und dann lief ein Unteroffizier oder sogar manchmal ein Offizier, allerdings nur ein Leutnant, in das Zelt oder das Haus, und dann hörten Ringo und ich jemanden fluchen, und dann kamen sie alle heraus, und Großmutter ging steif und hoch aufgerichtet voran und sah nicht viel größer aus als Vetter Denny in Hawkhurst, und drei oder vier wütende Yankee-Offiziere folgten ihr und wurden jeden Augenblick wütender. Dann brachten sie die zusammengebundenen Maultiere. Großmutter und Ringo konnten jetzt alles auf die Sekunde genau berechnen; man konnte in der Dämmerung noch gerade erkennen, daß es Maultiere waren, und Großmutter stieg ein, und Ringo ließ seine Beine hinten am Wagen herunterbaumeln und hielt das Führungsseil in der Hand, und wir fuhren los, aber nicht schnell, so daß man nicht erkennen konnte, daß es Maultiere waren, wenn wir Ab Snopes und seine Leute im Wald, wo sie warteten, wiedertrafen. Dann bestieg Ringo das Leittier, und der ganze

Zug schwenkte in den Wald ein, während Großmutter und ich nach Hause weiterfuhren.

Genauso machten wir es diesmal, aber diesmal passierte es. Wir konnten nicht einmal unser eigenes Gespann mehr sehen, als wir die Reiter hörten, die in wütendem Galopp näher kamen. Mit einem Ruck richtete Großmutter sich auf, in der Hand hielt sie Mrs. Compsons Sonnenschirm.

„Dieser verdammte Ringo!" sagte sie. „Die ganze Zeit über ist mir diese Geschichte nicht geheuer vorgekommen."

Dann umstanden sie uns auf allen Seiten, als ob die Dunkelheit selbst, angefüllt mit Pferden und rasenden Männern, die „Haltet sie! Schießt auf das Gespann, wenn sie zu entkommen suchen!" schrien, uns überfallen hätte. Während Großmutter und ich im Wagen saßen, rissen sie das Gespann zurück, das sich bäumte und im Geschirr zusammenstieß, und einige schrien: „Wo sind die Maultiere? Die Maultiere sind verschwunden!", und der Offizier fluchte und brüllte: „Natürlich sind sie weg!", und dann verfluchte er Großmutter und die Dunkelheit und seine Leute und die Maultiere. Ein Soldat zündete ein Holzstückchen und daran noch mehrere Holzstückchen an, und wir sahen den Offizier auf seinem Pferd neben dem Wagen halten.

„Wo sind die Maultiere?" brüllte er.

„Welche Maultiere?" sagte Großmutter.

„Lügen Sie mich nicht an!" brüllte der Offizier. „Die Maultiere, die Sie gerade auf Grund des gefälschten Befehls aus dem Lager geholt haben! Diesmal haben wir Sie erwischt. Wir wußten, daß Sie wieder auftauchen würden. Vor einem Monat hat die ganze Abteilung Befehl erhalten, auf der Lauer zu sein. Dieser verdammte Newberry hatte eine Abschrift des Befehls in seiner Tasche, während Sie mit ihm sprachen. Man sollte Sie laufen lassen und ihn vor ein Kriegsgericht stellen! Wo ist der Negerjunge mit den Maultieren, Mrs. Plurella Harris?"

„Ich verstehe kein Wort von dem, was Sie reden", sagte Großmutter. „Ich besitze keine Maultiere außer dem Gespann hier vor dem Wagen. Und mein Name ist Rosa Millard. Ich fahre nach Hause, jenseits Jefferson."

Der Offizier brach in ein Gelächter aus, er saß auf seinem Pferde und lachte. „Also das ist Ihr richtiger Name, wie? Sososo. Endlich haben Sie sich also entschlossen, die Wahrheit zu gestehen. Also heraus damit: sagen Sie mir, wo die Maultiere sind und wo Sie die anderen, die Sie uns gestohlen haben, versteckt halten."

Dann hörten wir Ringo laut rufen. Er und Ab Snopes waren mit den Maultieren auf der rechten Seite der Straße in den Wald eingebogen, aber sein Rufen kam von der linken Seite. „Heda, ihr auf der Straße!" rief er. „Eins is ausgebrochen. Treibt's runter von der Straße!"

Und das war alles. Der Soldat ließ das brennende Holzstückchen fallen, und der Offizier riß sein Pferd, dem er schon die Sporen gab, herum und rief: „Zwei Mann hier zurückbleiben!" Vielleicht glaubte jeder von ihnen, zwei andere seien gemeint, denn aus den Büschen und Bäumen kam ein Geräusch, als ob ein Zyklon durch sie hindurchbrause, und dann saßen Großmutter und ich genauso im Wagen, wie vor dem Augenblick, als wir die ersten Hufschläge hörten.

„Komm", sagte Großmutter. Sie war schon dabei, auszusteigen.

„Sollen wir das Gespann und den Wagen im Stich lassen?" sagte ich.

„Ja", sagte Großmutter. „Ich habe dieser Geschichte die ganze Zeit mißtraut."

Im Wald konnten wir überhaupt nicht sehen; wir tasteten uns voran, und ich half Großmutter weiter, und ihr Arm fühlte sich fast so dünn an wie ein Bleistift, aber er zitterte nicht. „Das ist weit genug", sagte sie. Ich fand einen Baumstamm, auf den wir uns setzten. Auf der anderen Seite konnten wir sie herumtoben, schreien und fluchen hören. Es klang jetzt weit entfernt. „Und auch das Gespann", sagte Großmutter.

„Aber wir haben neunzehn neue", sagte ich. „Das macht zweihundertachtundvierzig." Die Zeit erschien uns lang, während der wir da im Dunkeln auf dem Baumstamm saßen. Nach einer Weile kamen sie zurück, wir konnten den Offizier fluchen und die Pferde durch die Büsche krachen und auf die Straße zurücktraben hören. Und dann fand er heraus, daß der Wagen leer war, und begann natürlich zu fluchen – auf Großmutter, auf mich und auf die zwei Leute, denen er befohlen hatte, zurückzubleiben. Er fluchte noch immer, als sie den Wagen in die andere Richtung drehten. Dann zogen sie ab. Bald konnten wir sie nicht mehr hören. Großmutter stand auf, und wir tasteten uns zurück auf die Straße und machten uns auf den Weg nach Hause. Nach einiger Zeit überredete ich sie, anzuhalten und sich auszuruhen, und während wir am Straßenrand saßen, hörten wir den kleinen Wagen kommen. Wir standen auf, und Ringo sah uns und hielt an.

„Hab ich laut g'nug gerufen?" sagte er.

„Ja", sagte Großmutter. Dann sagte sie: „Nun?"

„In Ordnung", sagte Ringo. „Ich hab Ab Snopes gesag', er soll sich bis morgen abend mit ihn' im Hickahala-Grund verstecken. Mit allen außer die zwei hier."

„Mister Snopes", sagte Großmutter.

„Schön", sagte Ringo. „Steigt rein un laß uns nach Haus fahr'n."

Großmutter rührte sich nicht; noch bevor sie sprach, wußte ich, weshalb. „Wo hast du diesen Wagen her?"

„Hab's geliehen", sagte Ringo. „War'n keine Yankee zu sehn, drum hab ich kein' Brief nicht gebraucht."

Wir stiegen ein. Das Wägelchen fuhr los. Mir kam's so vor, als sei schon die ganze Nacht vergangen, aber es war noch nicht Mitternacht – ich konnte es an den Sternen sehen –, und wir würden bald zu Hause sein. Wir fuhren weiter. „Du bis' sicher hingegang' und has' ihn' gesag', wer wir sin', denk ich", sagte Ringo.

„Ja", sagte Großmutter.

„Na, dann 's das wohl erledigt", sagte Ringo. „Jedenfall' sin' wir bis zu zweihunnerunachunvierzig gekommen, solang's Geschäft ging."

„Zweihundertundsechsundvierzig", sagte Großmutter. „Wir haben das Gespann verloren."

2

Wir trafen erst nach Mitternacht zu Hause ein; der Sonntag war schon angebrochen, und als wir an diesem Morgen in die Kirche kamen, sahen wir dort mehr Menschen sitzen als je zuvor, obgleich Ab Snopes nicht vor dem nächsten Tag mit den neuen Maultieren eintreffen würde. Daher nahm ich an, daß sie auf irgendeine Weise etwas von den Vorgängen der letzten Nacht erfahren hätten und sich genau wie Ringo sagten, nun sei es zu Ende damit, und die Konten müßten ausgeglichen und abgeschlossen werden. Wir kamen spät, weil Großmutter Ringo bei Sonnenaufgang hatte aufstehen und den kleinen Wagen dahin zurückbringen lassen, wo er ihn herhatte. Deswegen warteten sie schon alle in der Kirche, als wir anlangten. Bruder Fortinbride kam uns an der Tür entgegen, und sie alle – die alten Männer und die Frauen und die Kinder und vielleicht ein Dutzend Neger, die jetzt keine weiße Herrschaft mehr hatten – drehten sich in ihren Bänken um, während wir du ch die Mitte zu unserer Bank gingen, und blickten auf Großmutter, genau wie Vaters Jagdhunde ihn immer ansahen, wenn er in den Zwinger trat. Ringo hatte das Kontobuch bei sich; er ging nach oben auf die Galerie; ich bemerkte, wie er das Buch auf die Balustrade legte und seine Arme darauf stützte.

Wir setzten uns auf unseren Platz; es war ganz wie vor

dem Krieg, nur Vater fehlte. Großmutter saß regungslos und aufrecht da; sie trug ihr sonntägliches Kattunkleid und den Schal und den Hut, den Mrs. Compson ihr vor einem Jahr geliehen hatte; ihre Hände hielten das Gebetbuch auf ihrem Schoß wie immer. Seit fast drei Jahren war kein Gottesdienst der bischöflichen Kirche mehr abgehalten worden. Bruder Fortinbride war ein Methodist; ich weiß nicht, wozu die anderen Leute sich bekannten. Großmutter hatte nach ihnen geschickt, als wir im vorigen Sommer mit der ersten Koppel Maultiere aus Alabama zurückgekehrt waren; sie hatte die kleinen Farmer benachrichtigt, die hinten im Bergland in armseligen Hütten mit Lehmböden wohnten. Die Aufforderung mußte drei- oder viermal wiederholt werden, bevor die Leute sich bewegen ließen zu kommen, aber schließlich kamen sie alle – Männer und Frauen und Kinder und die zwölf Neger, die durch einen Zufall die Freiheit erlangt hatten und nicht wußten, was sie damit anfangen sollten. Ich glaube, einige von ihnen sahen jetzt zum ersten Male eine Kirche mit einer Galerie für Neger, wie diese hier, wo Ringo und die anderen zwölf hoch oben in halber Dunkelheit saßen und wo Platz für zweihundert von ihnen war, und ich erinnerte mich an die Zeit, als Vater bei uns auf der Bank saß und als Wagen von anderen Pflanzern das Wäldchen draußen füllten, und an Dr. Worsham, der in seiner Stola vor dem Altar stand; damals kamen auf jede weiße Person unten in der Kirche zehn Neger auf der Galerie. Und ich glaube, sie hatten vor diesem ersten Sonntag, an dem Großmutter vor aller Augen auf die Knie fiel, noch nie jemanden in einer Kirche niederknien sehen.

Bruder Fortinbride war auch kein Priester. Er hatte als einfacher Soldat zu Vaters Regiment gehört und war in der ersten Schlacht, die das Regiment mitmachte, schwer verwundet worden. Man hielt ihn damals für tot, aber er sagte, Jesus sei ihm erschienen und habe ihm befohlen, sich zu erheben und am Leben zu bleiben, und Vater schickte ihn nach Hause, damit er dort ruhig sterben könne, aber er starb nicht. Doch die Leute sagten, er habe überhaupt keinen Magen mehr, und alle meinten, die Nahrung, von der wir 1862 und '63 existieren mußten, würde ihm den Todesstoß versetzen, auch wenn er eine Köchin gehabt hätte, um sie zuzubereiten, anstatt daß er am Wegrand gesammelte Kräuter selbst kochte. Aber auch daran starb er nicht, und vielleicht lag es also doch an Jesus, wie er behauptete. Und als wir mit der ersten Koppel Maultiere und dem Silber und den Nahrungsmitteln zurückkamen und Großmutter sich nach Bedürftigen erkundigte, stand wie aus dem Boden gestampft Bruder Fortinbride da und konnte die Namen und Lebensgeschichten all der Leute in den Bergen aus dem Kopf hersagen, so daß man fast hätte meinen sollen, es sei etwas Wahres an seiner Behauptung, Gott habe, als er Großmutter und ihn schuf, von vorneherein an beide zusammen gedacht. Nun pflegte er sich also auf den gleichen Platz zu begeben, von dem aus Dr. Worsham gepredigt hatte, um mit ruhiger Stimme ein bißchen von Gott zu erzählen, und man sah die Stellen, wo er sich das Haar selbst geschnitten hatte, und die Backenknochen, die ihm aus dem Gesicht zu springen schienen, und den Gehrock, der schon seit langem eine grünliche Farbe angenommen hatte, mit den von Bruder Fortinbride selbst angenähten Flicken darauf, wovon einer aus grünlicher Pferdehaut und der andere aus einem Stückchen Zeltbahn bestand, das den Stempel ‚U. S. A.' noch immer schwach erkennen ließ. Er sprach nie lange; es gab über die konföderierte Armee nicht mehr viel zu sagen. Ich glaube, selbst für einen Prediger kommt der Augenblick, da er aufgibt zu glauben, daß Gott seine Pläne ändern und denen den Sieg schenken wird, die schon alles verloren haben. Er sagte einfach, ein Sieg ohne Gott sei Trug und Blendwerk, aber eine Niederlage mit Gott sei keine Niederlage. Dann hörte er auf zu reden und stand nur da, während die Leute in ihren aus Packleinwand und Mehlsäcken angefertigten Kleidern noch immer Großmutter anschauten – aber jetzt nicht mehr so, wie die Hunde Vater ansahen, sondern wie sie auf das Futter blickten, das Loosh in der Hand trug, wenn er zur Fütterungszeit zu ihnen ging – und dann sagte er:

„Brüder und Schwestern, Schwester Millard wünscht öffentliches Zeugnis abzulegen."

Großmutter erhob sich. Sie wollte nicht zum Altar gehen; sie stand, den Blick geradeaus gerichtet, mit dem Schal um ihre Schultern und mit Mrs. Compsons Hut auf dem Kopf und in dem Kleid, das Louvinia jeden Samstag wusch und bügelte, in unserer Bank und hielt das Gebetbuch in der Hand. Es trug früher ihren Namen in goldenen Buchstaben aufgeprägt, aber jetzt konnte man ihn nur lesen, wenn man mit dem Finger über die Buchstaben fuhr; mit der gleichen ruhigen Stimme wie vorhin Bruder Fortinbride sagte sie: „Ich habe gesündigt. Ich möchte, daß ihr alle für mich betet."

Sie kniete nieder; so sah sie kleiner aus als Vetter Denny; alles, was die Leute jetzt über die Rücklehne weg betrachten konnten, war Mrs. Compsons Hut. Ich weiß nicht, ob sie selbst mitbetete oder nicht. Und auch Bruder Fortinbride betete nicht – jedenfalls nicht laut. Ringo und ich waren damals gerade fünfzehn geworden, aber ich konnte mir vorstellen, welche Ansprache Dr. Worsham sich ausgedacht haben würde: daß nicht alle Soldaten Waffen trügen, daß sie aber trotzdem dienten, und daß es in Gottes Augen besser sei, ein Kind aus Hunger und Kälte zu erretten als tausend Feinde umzubringen. Aber Bruder Fortinbride sagte das nicht. Ich glaube, er hatte diesen Gedanken, und wenn er wollte, standen ihm immer genug Worte zur Verfügung. Es war, als ob er sich sagte: ‚Worte sind schön in Friedenszeiten, wenn jeder es bequem und leicht hat. Aber ich denke, jetzt können wir sie uns sparen.' Er blieb nur da stehen, wo Dr. Worsham immer gestanden hatte und wo auch der Bischof mit seinem Ring, der so groß aussah wie eine Gewehrmündung, immer stand. Dann erhob sich Großmutter, sie ließ mir nicht einmal Zeit, ihr zu helfen; und ein langgezogener Ton, der wie ein Seufzen klang und nach Ringos Meinung von den Kleidern aus Packleinwand und Mehlsäcken hervorgebracht wurde, als die Leute wieder zu atmen begannen, ging durch die Kirche, und Großmutter drehte sich um und blickte nach der Galerie, aber Ringo war schon auf den Füßen.

„Bring das Buch", sagte sie.

Es war ein großes, unverziertes Kontobuch; es wog fast fünfzehn Pfund. Großmutter und Ringo öffneten es auf dem Lesepult, und Großmutter zog die Blechbüchse aus ihrem Kleid und schüttete das Geld auf das Buch. Aber niemand rührte sich, bevor sie die Namen auszurufen begann. Darauf traten sie einzeln heran, während Ringo ihre Namen und die Summen, die sie früher erhalten hatten, nebst den Daten verlas. Großmutter hatte sie immer angeben lassen, was sie mit dem Geld zu tun gedächten; und jetzt mußten sie berichten, wofür das Geld verbraucht worden war, und Großmutter blickte in das Buch, um festzustellen, ob sie gelogen hatten oder nicht. Und wer eins von den Maultieren mit ausgebranntem Stempel erhalten hatte, die zu verkaufen Ab Snopes zu ängstlich war, mußte ihr erzählen, wie es dem Tier ging und wieviel Arbeit es geleistet hatte, und gelegentlich nahm sie einem das Maultier weg und gab es einem anderen; dabei zerriß sie die alte Quittung und ließ den Mann oder die Frau eine neue unterzeichnen und sagte ihnen, an welchem Tage sie sich das Tier holen sollten.

So war es Nachmittag, als Ringo das Buch zuklappte und die neuen Quittungen zusammenlegte; und Großmutter, die den Rest des Geldes wieder in die Büchse getan hatte, und Bruder Fortinbride fingen das gleiche Gespräch an wie immer. „Das Maultier genügt mir", sagte er. „Ich brauche kein Geld."

„Unsinn", sagte Großmutter. „Sie werden niemals auch nur soviel ernten, um einen Vogel damit füttern zu können, selbst wenn Sie von morgens bis abends arbeiten. Hier, nehmen Sie das Geld."

„Nein", sagte Bruder Fortinbride. „Ich komme gut zurecht."

Wir gingen nach Hause zurück, und Ringo trug das Buch unter dem Arm. „Du has' dir Quittung' geben lassen für vier Maultier', die du fas' gar nich gesehn has' bis jetz'", sagte er. „Was wills' du da tun?"

„Sie werden morgen früh hier sein, nehme ich an", sagte Großmutter. Sie hatte recht; Ab Snopes erschien, als wir frühstückten; er lehnte sich an den Türpfosten und richtete seine Augen, die von Mangel an Schlaf etwas gerötet waren, auf Großmutter.

„Jawohl, M'm", sagte er, „mir liegt nichts daran, reich zu werden, nur Glück möchte ich haben. Wissen Sie, was Sie fertiggebracht haben?" Niemand fragte ihn danach, also erzählte er es uns von sich aus: „Gestern hat's den ganzen Tag keine Ruhe gegeben; aber ich glaube, heut is nicht ein Regiment Yankees mehr in Mississippi. Man könnte sagen, daß dieser ganze Krieg sich endlich gedreht und nach Norden verzogen hat. Tatsächlich. Das Regiment, bei dem Sie am Samstag Ihre Requisitionen angebracht haben, is nich' mal lang genug geblieben, um warm zu werden. Sie haben's fertiggebracht, in der allerletzten Minute, in der es noch menschenmöglich war, das allerletzte Stück Vieh von den Yankees zu requirieren. Nur ein Fehler is Ihnen passiert: Sie haben das letzte Maultier genau eine Minute zu spät aus ihnen herausgezogen, um noch irgendeinen Käufer dafür zu finden."

3

Es war ein sonniger, warmer Tag; wir sahen die Kanonen und das Zaumzeug schon aus der Entfernung auf der Landstraße glitzern. Aber diesmal bewegte sich Ringo nicht einmal vom Platz. Er hörte nur auf zu zeichnen, sah vom Papier auf und sagte: „Ab Snopes hat also geschwindel'. Großer Gott, wer'n wir sie nie loswer'n?"

Es war nur ein Leutnant; Ringo und ich hatten es jetzt so weit gebracht, daß wir ihre verschiedenen Rangstufen besser unterscheiden konnten als die der konföderierten Offiziere, von denen wir, wie uns eines Tages einfiel, außer Vater keinem anderen als dem Hauptmann begegnet waren, der in Jefferson am Tage, bevor Grant es in Brand steckte, zu uns gesprochen hatte, während Onkel Buck dabei war. Und jetzt sollte es das letzte Mal sein, daß wir überhaupt eine Uniform zu Gesicht bekämen, außer als lebendes Symbol für den Stolz des Besiegten, der nie bereuen würde; aber das wußten wir damals nicht.

Es war also nur ein Leutnant. Er schien etwa vierzig Jahre alt zu sein und sah wütend und zugleich erfreut aus. Ringo erkannte ihn nicht, denn er, Ringo, war damals nicht mit uns im Wagen gewesen; aber ich erkannte ihn – an der Art, wie er zu Pferde saß, oder vielleicht daran, daß er gleichzeitig wütend und zufrieden aussah, so, als ob er schon seit einigen Tagen die Wut in sich aufgespeichert und sich dabei überlegt hätte, wie sehr er es genießen würde, wütend zu sein, wenn der richtige Augenblick käme. Auch er erkannte mich; er musterte mich kurz und sagte „Ha!", wobei er die Zähne zeigte, und dann trieb er sein Pferd näher heran und sah sich Ringos Zeichnung an. Hinter ihm standen ungefähr ein Dutzend Berittene, denen wir keine besondere Aufmerksamkeit schenkten. „Ha!" sagte er noch einmal; und dann: „Was ist das?"

„Ein Haus", sagte Ringo. Ringo hatte ihn nicht einmal richtig betrachtet; er war mehr Yankees begegnet als ich. „Schau'n Sie's nur an."

Der Leutnant blickte auf mich und stieß wieder sein „Ha!" zwischen den Zähnen hervor, und das tat er noch einige Male, während er mit Ringo weitersprach. Er betrachtete Ringos Zeichnung, und dann sah er auf und betrachtete die Schornsteine, die aus dem Haufen von Schutt und Asche emporragten. Die Asche war von Gras und Unkraut überwachsen, und wer nicht besser Bescheid wußte, hatte nur vier Schornsteine vor sich. Einige von den Goldruten blühten noch. „Oh“, sagte der Offizier. „Ich verstehe. Du zeichnest es, wie es früher aussah.“

„Ge-nau“, sagte Ringo. „Warum soll ich's zeichn' wie's jetz' is? Ich kann zehnmal am Tag hergehn un mir's ansehn wie's jetz' is. Kann sogar auf'm Pferd durchs Tor da hereinreiten un das tun.“

Diesmal sagte der Leutnant nicht „Ha!“. Er tat überhaupt noch nichts; ich glaube, er genoß es, noch etwas zu warten, bis er so richtig wütend werden könnte. Er gab nur eine Art Grunzen von sich. „Wenn du hier fertig bist, kannst du wohl in die Stadt ziehen und dich den ganzen Winter lang beschäftigen, nicht wahr?“ sagte er. Dann lehnte er sich im Sattel zurück. Jetzt sagte er auch nicht ‚Ha!‘, nur seine Augen sagten es, als er mich ansah. Sie hatten die Farbe von dünner Milch, wie der obere Teil eines Schinkenknochens. „Also“, sagte er. „Wer wohnt jetzt da drüben? Wie nennt sie sich heute, he?“

Ringo beobachtete ihn jetzt, aber ich glaube nicht, daß er schon darauf gekommen war, mit wem er es zu tun hatte. „Da wohnt nieman'. Das Dach is nich dicht“, sagte er. Einer der Leute gab einen Laut von sich, vielleicht war es Lachen. Der Leutnant machte eine Bewegung, als ob er sein Pferd herumreißen wollte, aber dann tat er es doch nicht; er glotzte auf Ringo herunter und öffnete langsam den Mund. „Oh“, sagte Ringo, „Sie mein' dahinten in der Hütte. Ich dacht, Sie sin' noch besorg' wegen den' Schornstein'.“

Diesmal lachte der Soldat wirklich, und diesmal wirbelte der Leutnant herum und warf dem Soldaten Flüche an den Kopf; nun würde ich ihn erkannt haben, wenn ich es nicht schon vorher getan hätte. Jetzt verfluchte er sie alle, und sein Gesicht schwoll an. „Zum – der Kuckuck soll euch holen!“ schrie er. „Los, in drei Teufels Namen, macht, daß ihr von hier wegkommt! Er hat gesagt, daß der Pferch im Bachgrund hinter der Weide liegt. Wenn einer euch in den Weg läuft, Mann, Frau oder Kind, und er wagt auch nur, euch anzulächeln, erschießt ihn sofort! Vorwärts!“ Die Soldaten ritten los und galoppierten den Fahrweg hinauf; wir sahen sie auf der Weide ausschwärmen. Der Leutnant wandte sich mir und Ringo zu; er sagte wieder „Ha!“, während er uns anstierte. „Ihr Jungs kommt mit mir. Hopp!“

Er wartete nicht auf uns, sondern galoppierte auch den Fahrweg hinunter. Wir rannten hinterdrein; Ringo sah mich an und sagte: „‚Er‘ hat gesag’, daß der Pferch unten beim Bach is. Wer is ‚Er‘, meins’ du?“

„Ich weiß nicht“, sagte ich.

„Ich glaub, ich weiß“, sagte Ringo. Aber wir sprachen kein Wort mehr. Wir rannten auf dem Fahrweg weiter. Der Leutnant war jetzt an die Hütte gekommen, und Großmutter trat aus der Tür. Ich glaube, auch sie hatte ihn gesehen, denn sie hatte ihr Häubchen schon auf. Die beiden blickten sich einmal nach uns um, dann ging auch Großmutter in gerader Richtung, aber nicht schnell, den Fußweg hinunter nach der Hürde, und der Leutnant ritt hinter ihr her. Wir konnten seine Schultern und seinen Kopf und manchmal seine Hand und seinen Arm sehen, aber wir konnten nicht hören, was er sagte. „Ich glaub, jetz’ is Schluß damit“, sagte Ringo.

Aber kurz bevor wir an den neuen Zaun kamen, konnten wir ihn hören. Dann sahen wir sie am Zaun stehen, den Joby und ich eben fertiggestellt hatten – Großmutter gerade aufgerichtet und regungslos, mit ihrem Häubchen auf dem Kopf und den Schal straff um ihre Schultern gelegt und um ihre Arme gewickelt – so sah sie kleiner aus als je, als ob sie während der letzten vier Jahre nicht älter und schwächer, sondern einfach immer kleiner und aufrechter und unnachgiebiger geworden wäre –, und neben ihr der Leutnant, eine Hand in die Hüfte gestützt und in der anderen einen ganzen Packen Briefe, die er Großmutter unter die Nase hielt.

„Schein's er hat alle, die wir überhaup' geschrieben hab'n", sagte Ringo. Die Soldaten hatten ihre Pferde am Zaun festgemacht; sie waren jetzt drinnen im Pferch und hatten mit Jobys und Ab Snopes' Hilfe die etwa vierzig alten Maultiere und die neunzehn neuen in eine Ecke getrieben. Die Maultiere versuchten noch auszubrechen, aber das war nicht das Bemerkenswerte. Es machte den Eindruck, als ob jedes einzelne Tier sich so zu drehen trachtete, daß der Leutnant den großen Brandfleck, wo Großmutter und Ringo den U. S.-Stempel ausgelöscht hatten, sehen mußte.

„Vermutlich werden Sie mir jetzt sagen wollen, daß diese Narben auf der linken Seite durch Wundscheuern am Geschirr entstanden sind", sagte der Leutnant. „Sie haben wohl alte Bandsägen als Geschirr benutzt, wie? Lieber lasse ich mich sechs Monate lang jeden Morgen mit Forrests ganzer Brigade ein, als daß ich die gleiche Zeit auf den Versuch verwende, das Eigentum der Vereinigten Staaten vor wehrlosen Frauen und Negern und Kindern der Südstaaten zu schützen. Wehrlosen!" schrie er. „Wehrlosen! Gott stehe dem Norden bei, wenn Davis und Lee jemals auf den Gedanken kommen sollten, eine Brigade von Großmüttern und Negerwaisen zu bilden und damit bei uns einzufallen!" rief er und fuchtelte mit den Briefen unter Großmutters Nase herum.

Die Maultiere in der Hürde drängten sich zusammen und stießen vorwärts, und Ab Snopes schwenkte öfters seine Arme, um sie zurückzuhalten. Dann hörte der Leutnant auf zu schreien; er hörte sogar auf, mit den Briefen herumzufuchteln.

„Hören Sie zu", sagte er. „Wir haben einen Räumungsbefehl erhalten. Ich bin wahrscheinlich der letzte Soldat der Nordarmee, dem Sie jemals zu begegnen haben. Und ich werde Ihnen nichts antun – auch das steht im Befehl. Ich will nicht mehr, als dieses gestohlene Gut zurückholen. Und jetzt möchte ich, daß Sie mir etwas sagen, gleichsam von Feind zu Feind oder sogar von Mann zu Mann, wenn Sie wollen. Aus diesen gefälschten Scheinen geht hervor, wie viele Tiere Sie uns weggenommen haben, und ich weiß aus unseren Aufzeichnungen, wie oft Sie einige davon wieder an uns verkauft haben; ich weiß sogar, wieviel Ihnen dafür bezahlt worden ist. Aber wie viele haben Sie in Wirklichkeit mehr als einmal an uns wiederverkauft?"

„Ich weiß es nicht", sagte Großmutter.

„Sie wissen es nicht", sagte der Leutnant. Diesmal begann er nicht zu schreien, er stand nur schweratmend da und blickte Großmutter an; er sprach jetzt mit erzwungener Geduld, die er seiner Wut abrang, als ob Großmutter ein Idiot oder ein Indianer wäre: „Also hören Sie. Ich weiß, daß Sie es mir nicht zu sagen brauchen, und Sie wissen, daß ich kein Mittel habe, um Sie zum Sprechen zu bringen. Ich frage nur aus wirklicher Hochachtung. Hochachtung? Neid. Wollen Sie es mir nicht sagen?"

„Ich weiß es nicht", sagte Großmutter.

„Sie wissen es nicht", sagte der Leutnant. „Sie meinen, Sie –" Er sprach jetzt leise. „Ich verstehe. Sie wissen es wirklich nicht. Sie waren zu sehr damit beschäftigt, die Pflückmaschine in Gang zu halten, als daß sie hätten zählen können, was –" Wir machten nicht die geringste Bewegung. Großmutter schaute ihn nicht einmal an; nur Ringo und ich sahen ihm zu, wie er die Briefe, die Großmutter und Ringo verfaßt hatten, zusammenfaltete und vorsichtig in die Tasche steckte. Er sprach noch immer leise, als ob er müde wäre: „Gut, Leute; koppelt sie aneinander und treibt sie hier heraus "

„Bis zum Gatter ist's eine Viertelmeile", sagte ein Soldat.

„Reißt ein Stück von dem Zaun heraus", sagte der Leutnant. Sie machten sich daran, den Zaun umzulegen, an dem Joby und ich zwei Monate gearbeitet hatten. Der Leutnant zog einen Schreibblock aus der Tasche, ging zum Zaun, legte den Block auf ein Querholz und holte einen Bleistift hervor. Dann wandte er sich nach Großmutter um; seine

Stimme war immer noch leise: „Sie sagten, Ihr Name sei jetzt Rosa Millard, glaube ich."

„Ja", sagte Großmutter.

Der Leutnant schrieb etwas auf ein Blatt, riß es heraus und ging zu Großmutter zurück. Er sprach immer noch so leise, als ob er in einem Krankenzimmer sei. „Wir haben den Befehl, allen Schaden, der bei unserem Rückzug entsteht, den Eigentümern zu ersetzen", sagte er. „Hier ist eine Anweisung an den Quartiermeister in Memphis über zehn Dollar. Für den Zaun." Er reichte ihr den Gutschein nicht sofort, sondern stand da und sah sie an. „Verflucht noch mal, ich will nicht sagen: ‚Versprechen Sie mir.' Wenn ich nur wüßte, woran Sie glauben, was Sie –" Er fluchte noch einmal, aber nicht laut und nicht auf irgend jemanden oder irgend etwas. „Hören Sie. Ich sage nicht: ein Versprechen. Es ist mir nicht eingefallen, das Wort in den Mund zu nehmen. Aber ich habe eine Familie; ich bin ein armer Schlucker; ich habe keine Großmutter. Und wenn der Kassenprüfer in ungefähr vier Monaten einen Gutschein in Höhe von eintausend Dollar, ausgestellt für Mrs. Rosa Millard, in den Akten finden sollte, müßte ich dafür aufkommen. Verstehen Sie?"

„Ja", sagte sie. „Sie brauchen sich keine Sorgen zu machen."

Dann verschwanden sie. Großmutter und Ringo und Joby und ich standen da und sahen sie die Maultiere oben über die Weide treiben, bis sie außer Sicht waren. Ab Snopes hatten wir ganz vergessen, doch auf einmal hörten wir ihn sagen: „Na, das scheint alles zu sein, was sie erwischen werden. Aber Sie haben immer noch die früheren hundertsoundsoviel, die gegen Quittung ausgeliehen sind, vorausgesetzt, daß die Leute hinten im Bergland sich nicht an den Yankees ein Beispiel nehmen. Ich meine, dafür können Sie jedenfalls noch immer dankbar sein. Nun wünsche ich Ihnen allen einen guten Tag; ich geh jetzt nach Hause und ruh mich ein bißchen aus. Wenn Sie noch einmal meine

Hilfe brauchen, lassen Sie's mich nur wissen." Darauf ging auch er weg.

Nach einer Weile sagte Großmutter:

„Joby, bring diese Querhölzer wieder an." Ich vermute, Ringo und ich erwarteten, daß sie uns auffordern würde, Joby zu helfen, doch sie tat es nicht. Sie sagte nur „Kommt", drehte sich um und ging voran, aber nicht auf die Hütte, sondern über die Weide auf die Straße zu. Wir wußten nicht, wo sie hinwollte, bis wir zur Kirche kamen. Sie ging geradewegs durch den Mittelgang zur Kanzel und wartete da auf uns. „Kniet nieder", sagte sie.

Wir knieten in der leeren Kirche nieder. Sie sah klein zwischen uns beiden aus, sehr klein; sie sprach ruhig, nicht laut, weder schnell noch langsam; ihre Stimme klang leise, aber fest und klar: „Ich habe gesündigt. Ich habe gestohlen, und ich habe falsches Zeugnis abgelegt wider meinen Nachbarn, wenn auch dieser Nachbar ein Feind meines Landes war. Und schlimmer als das: ich habe diese Kinder zur Sünde verleitet. Hiermit nehme ich ihre Sünden auf mein Gewissen." Trotz des sonnigen, linden Wetters war es kalt in der Kirche; der Fußboden unter meinen Knien fühlte sich kalt an. Gerade vor dem Fenster sah man einen Zweig eines Hickorybaums; wenn die Sonne darauf schien, glänzten die Blätter wie Gold. „Aber ich habe nicht aus Gewinnsucht oder Begehrlichkeit gesündigt", fuhr Großmutter fort, „auch nicht aus Rachsucht. Weder Du noch irgend jemand kann mir das vorwerfen. Das erstemal sündigte ich um der Gerechtigkeit willen. Und danach sündigte ich um einer größeren Sache willen; ich sündigte, um Nahrung und Kleidung für Deine eigenen Geschöpfe zu bekommen, die sich selbst nicht helfen konnten – für Kinder, die ihren Vater, für Witwen, die ihren Mann, für alte Leute, die ihre Söhne einer heiligen Sache geopfert hatten – heilig, selbst wenn Du es für richtig gehalten hast, sie zu einer verlorenen Sache zu machen. Was ich erlangte, teilte ich mit ihnen. Gewiß behielt ich etwas davon zurück, aber darüber kann ich selbst am besten urteilen, denn auch ich habe unmündige Verwandte, die sogar in diesem Augenblick schon zu Waisen geworden sein können. Und wenn das in Deinen Augen eine Sünde sein sollte, so nehme ich auch sie auf mein Gewissen. Amen."

Sie stand auf, so leicht, als ob ihr Körper kein Gewicht hätte. Draußen war es warm; einen schöneren Oktober hatte ich nie erlebt. Oder vielleicht kam es daher, daß man auf das Wetter nicht achtet, bevor man fünfzehn ist. Wir gingen langsam nach Hause, obgleich Großmutter sagte, sie sei nicht müde. „Ich möchte nur wissen, wie sie die Sache mit dem Pferch herausgefunden haben", meinte sie.

„Weiß' du's nich?" sagte Ringo. Großmutter sah ihn an. „Ab Snopes hat's ihnen gesag'." Diesmal verbesserte sie nicht einmal „Mister Snopes". Sie blieb nur regungslos stehen und sah Ringo an. „Ab Snopes?"

„Glaubs' du, er könnt' ruhig schlafen, vor er nich die letzten neunzehn an wen verkauf' hat?" sagte Ringo.

„Ab Snopes", sagte Großmutter. „So." Dann ging sie weiter, und wir auch. „Ab Snopes", sagte sie. „Hat mich schließlich doch hereingelegt, wie es scheint. Aber das ist jetzt nicht zu ändern. Und im großen und ganzen haben wir trotzdem nicht schlecht abgeschnitten."

„Wir hab'n verfluch' gut abgeschnitten", sagte Ringo. Er wollte sich noch fangen, aber es war schon zu spät. Großmutter blieb nicht einmal stehen.

„Geh nach Hause und hol dir die Seife", sagte sie.

Er ging. Wir konnten ihn über die Weide in die Hütte gehen und dann herauskommen und den Hügel hinunter nach der Quelle laufen sehen. Wir waren jetzt nahe beim Haus; als ich Großmutter verließ und zu der Quelle hinunterstieg, spülte er gerade seinen Mund und hielt eine Büchse mit Seife in der einen und den Kürbislöffel in der anderen Hand. Er spuckte aus, spülte noch einmal seinen Mund und spuckte wieder aus; an seinen Backen hing Seifenlauge, aus der sich ein leichtes Schaumgebilde von farbigen Seifenblasen ablöste und lautlos wegflog, während ich es betrachtete. „Ich sag noch immer, wir hab'n verfluch' gut abgeschnitten", sagte Ringo.

4

Wir versuchten sie davon abzuhalten, es zu tun – wir versuchten es beide. Ringo hatte sie über Ab Snopes aufgeklärt, und seitdem wußten wir beide, wie die Dinge lagen. Offenbar hätten wir es alle drei die ganze Zeit wissen müssen. Aber ich glaube jetzt nicht, daß er beabsichtigte, was schließlich geschah. Doch ich vermute, auch wenn er gewußt hätte, was bevorstand, würde er sie trotzdem gedrängt haben, es zu tun. Und Ringo und ich bemühten uns immer wieder, aber Großmutter saß still vor der Feuerstelle – es war jetzt kalt in der Hütte –, mit den Armen unter dem Schal und mit einem Ausdruck in ihrem Gesicht, der stets darauf erschien, wenn sie nicht mehr streiten oder zuhören wollte, und sagte ‚Nur dies eine Mal noch' und ‚Auch ein Lump wird anständig handeln, wenn er genug Geld dafür bekommt'.

Es war Weihnachten; wir hatten gerade Nachricht von Tante Louisa aus Hawkhurst bekommen und erfahren, wo Drusilla steckte; sie war vor fast einem Jahr von zu Hause verschwunden, und endlich hatte Tante Louisa herausgefunden, daß sie mit Vater und seinem Trupp hinten weit in Carolina herumritt – wie sie mir angekündigt hatte –, als ob sie ein Mann sei. Als Ringo und ich mit diesem Brief von Jefferson zurückkamen, fanden wir Ab Snopes in der Hütte; er redete auf Großmutter ein, und sie hörte ihm zu und vertraute ihm, weil sie noch immer glaubte, der Charakter eines Mannes richte sich danach, auf welcher Seite er kämpfte. Und dabei war sie durch Dinge, die sie selbst gehört hatte, eines Besseren belehrt worden; sie mußte davon wissen; jeder wußte von der Bande und geriet in Wut, wenn er ein Mann war, oder erstarrte vor Schrecken wie die Frauen. Und jeder wußte auch, daß sie einen Neger in unserem Bezirk ermordet und mitsamt seiner Hütte verbrannt hatten. Sie nannten sich ‚Grumbys Gruppe der Unabhängigen' – fünfzig oder sechzig Mann, die keine Uniform trugen und gleich nach Abzug des letzten Yankee-Regiments von irgendwoher aufgetaucht waren. Sie raubten Räucherhäuser und Ställe aus und drangen auch in die Häuser ein, wenn sie wußten, daß sie keinen Mann darin antreffen würden, rissen das Bettzeug auseinander, brachen den Fußboden und die Wände auf, bedrohten weiße Frauen und folterten Neger, um herauszufinden, wo Geld und Silber versteckt waren.

Einmal wurden sie ergriffen, und einer von ihnen, der sagte, er sei Grumby, zeigte einen zerfetzten Befehl, Razzien zu machen, vor, der tatsächlich von General Forrest unterzeichnet war; es ließ sich nur nicht erkennen, ob der ursprüngliche Name des Empfängers Grumby war oder nicht. Aber die Folge war, daß man sie freiließ, denn die Leute, die sie gefangen hatten, waren nur ein paar alte Männer; und seitdem fürchteten sich Frauen, die drei Jahre lang inmitten der fremden Soldaten allein gelebt hatten, nachts in ihren Häusern zu bleiben, und die Neger, die ihre weißen Herrschaften verloren hatten, versteckten sich in Berghöhlen, wo sie wie Tiere hausten.

Das war der Mann, von dem Ab Snopes sprach. Ab Snopes hatte seinen Hut auf den Boden gelegt; seine Hände fuhren hin und her, und das Haar auf seinem Hinterkopf war an der Stelle nach oben gedrückt, wo er darauf geschlafen hatte. Er sagte, die Bande führe einen Vollbluthengst und drei Stuten mit sich – woher er das wußte, sagte er nicht –, die sie gestohlen hätte; und woher er wußte, daß sie gestohlen waren, sagte er auch nicht. Großmutter brauche nichts weiter zu tun, als einen ihrer Scheine auszufüllen und Forrests Namen darunterzusetzen; er, Ab, garantiere, daß er zweitausend Dollar für die Pferde bekommen werde. Das beschwor er, und Großmutter saß da, die Arme in den Schal gewickelt und mit dem bekannten Ausdruck auf ihrem Gesicht, und Ab Snopes' Schatten sprang und tanzte auf der Wand hin und her, während er die Arme schwenkte und davon sprach, daß nichts weiter von ihr verlangt werde; man brauche nur daran zu denken, wie weit sie mit den Yankees, den Feinden, gekommen sei, und jetzt handele es sich um Leute aus den Südstaaten und deswegen nehme sie nicht einmal ein Risiko auf sich, selbst wenn der Brief keine Wirkung hätte, denn Männer aus den Südstaaten würden einer Frau kein Haar krümmen.

Oh, er tat gute Arbeit. Es ist mir jetzt klar, daß Ringo und ich nichts gegen ihn ausrichten konnten, als er ihr vorstellte, daß ihr Handel mit den Yankees von heute auf morgen zum Stillstand gekommen sei, bevor sie den erhofften Verdienst gemacht habe, und daß sie den größten Teil des Gewinns in der Annahme weggegeben habe, daß sie diese Summe und noch mehr ersetzen könne, aber nun stelle sich heraus, daß fast jedermann in unserem Bezirk dank ihrer Hilfe jetzt unabhängig und gesichert dastände außer ihr selbst und ihren Angehörigen; daß Vater bald nach Hause, zu seiner zerstörten Plantage, von der fast alle Neger verschwunden seien, zurückkehren werde; und sie möge sich vorstellen, wie schön es sein werde, wenn er nach Hause käme, seine trostlose Zukunft vor sich sehe – und sie könne dann fünfzehnhundert Dollar in bar aus der Tasche ziehen und sagen: „Nimm das. Mach einen neuen Anfang damit" – fünfzehnhundert Dollar mehr, als sie zu besitzen gehofft habe. Er werde als Vergütung für seine Dienste eine der Stuten für sich nehmen und garantiere ihr fünfzehnhundert Dollar für die drei anderen Pferde.

Oh, wir konnten nichts gegen ihn ausrichten. Wir baten sie inständig um die Erlaubnis, Onkel Buck McCaslin oder irgend jemanden, irgendeinen Mann, um Rat fragen zu dürfen. Sie saß da mit dem wohlbekannten Ausdruck in ihrem Gesicht und sagte, die Pferde gehörten ihnen nicht, sie seien gestohlen, und alles, was sie zu tun habe, sei, die Leute durch den Befehl zu erschrecken; und dabei wußten Ringo und ich mit unseren fünfzehn Jahren, daß jemand wie Grumby – oder wer immer sich hinter dem Namen verbarg – ein Feigling sein mußte und daß man zwar einen tapferen Mann in Furcht setzen kann, daß aber niemand es wagt, einem Feigling Furcht einzujagen; und Großmutter saß immer noch regungslos da und sagte: „Aber die Pferde gehören ihnen nicht, weil sie gestohlen sind", und wir sagten: „Dann werden sie uns ebensowenig gehören", und Großmutter sagte: „Aber sie gehören ihnen nicht."

Trotzdem ließen wir nicht ab; den ganzen Tag über – Ab Snopes hatte herausgefunden, daß sie sich in einer verlassenen Baumwollpresse sechzig Meilen entfernt am Tallahatchie-Fluß aufhielten – versuchten wir es immer wieder, während wir in einem Wagen, den Ab Snopes für uns beschafft hatte, durch den Regen fuhren. Doch Großmutter, die zwischen uns saß, rührte sich nicht; sie hatte die Blechbüchse mit dem Befehl darin, den Ringo mit General Forrests Namen unterzeichnet hatte, unter ihr Kleid gesteckt und ihre Füße auf ein paar in Sackleinwand gewickelte heiße Ziegelsteine gelegt; alle zehn Meilen hielten wir an und machten ein Feuer im Regen, um die Steine wieder zu erhitzen, bis uns an einer Wegkreuzung Ab Snopes sagte, wir sollten aussteigen und zu Fuß weitergehen. Und dann erlaubte sie Ringo und mir nicht, mit ihr zu gehen. „Dich und Ringo könnte man für Männer halten", sagte sie. „Einer Frau werden sie nichts tun." Während des ganzen Tages war ein dünner, grauer, gleichmäßiger und kalter Regen gefallen, den die einbrechende Dämmerung jetzt dichter erscheinen ließ, ohne ihn noch grauer und kälter machen zu können. Der Kreuzweg war keine Straße mehr, sondern nur noch ein schwacher Einschnitt, der im rechten Winkel von der Straße abbog und in eine Niederung führte wie in die Tiefe einer Höhle. Wir konnten die Hufspuren darauf erkennen.

„Dann darfst du nicht gehen", erwiderte ich. „Ich bin stärker als du; ich werde dich festhalten." Ich hielt sie fest; ihr Arm fühlte sich dünn und leicht und dürr an wie ein Stock. Aber daran lag es nicht; ihre kleine Gestalt und Erscheinung machten ebensowenig dabei aus wie bei ihren Geschäften mit den Yankees; sie drehte sich nur um und sah mich an, und dann begann ich zu weinen. In weniger als einem Jahr würde ich sechzehn sein – aber ich saß da im Wagen und weinte. Ich merkte es nicht mal, als sie ihren Arm befreite. Und dann war sie ausgestiegen, und wie sie da stand, sah sie mich in dem grauen Regen und in dem Dämmergrau des versinkenden Tages an.

„Es ist für uns alle", sagte sie. „Für John und dich und Ringo und Joby und Louvinia. Damit wir etwas haben, wenn John nach Hause kommt. Hast du je geweint, wenn du wußtest, daß er in eine Schlacht zog? Und jetzt begebe ich mich nicht in Gefahr; ich bin eine Frau. Selbst Yankees tun einer alten Frau nichts zuleide. Bleib mit Ringo hier im Wagen, bis ich euch rufe."

Wir hatten alles versucht. Ich sage das immer wieder, weil ich jetzt weiß, daß es nicht stimmt. Ich hätte sie festhalten, den Wagen umwenden und sie zwingen können, mit uns zurückzufahren. Ich war gerade fünfzehn geworden, und während des größten Teils meines Lebens war das erste, was ich am Morgen, und das letzte, was ich am Abend erblickte, ihr Gesicht – aber ich hätte sie aufhalten können und ich tat es nicht. Ich blieb in der nassen Kälte im Wagen sitzen und ließ sie in das regendurchströmte Halbdunkel hinausschreiten, aus dem sie nie wieder zurückfinden sollte. Wie viele von Grumbys Leuten in der verlassenen Baumwollpresse waren, weiß ich nicht, und wann und warum sie in Furcht gerieten und sich davon machten, weiß ich auch nicht.

Wir saßen da im Wagen an diesem kalten Dezemberabend, der sich schon zur Nacht neigte, bis ich es zuletzt nicht mehr aushalten konnte. Dann liefen wir auf einmal,

Ringo und ich, wir versuchten zu laufen; der Schlamm lag fußhoch auf der alten Straße, die nach außen führende Spuren von Hufen, aber nicht von Wagenrädern trug; und wir wußten, daß wir zu lange gewartet hatten, um ihr zu helfen oder ihre Niederlage zu teilen. Denn wir hörten und sahen nicht das geringste Lebenszeichen, als wir das große, verfallene Gebäude erreichten, auf dem das graue Abendlicht in der Nässe erstarb, und dann bemerkten wir am Ende des Ganges durch eine Türspalte einen schwachen Lichtschimmer.

Ich erinnere mich nicht daran, die Tür überhaupt berührt zu haben, weil der Raum zwei Fuß höher lag als der Erdboden, so daß ich gegen die Schwelle rannte und nach vorwärts gegen und durch die Tür auf meine Hände und Knie fiel, und dann erblickte ich Großmutter. Auf einer Holzkiste brannte ein Talglicht, aber ich roch den Pulverdampf noch stärker als den Talg. Mir war, als ob ich vor Pulvergeruch nicht atmen könne, während ich auf Großmutter schaute. Lebend hatte sie klein ausgesehen, aber jetzt sah sie ganz zusammengesunken aus, als ob sie nur ein Gefüge von lauter kleinen, dünnen, harten, gewichtslosen Holzstöckchen gewesen wäre, die man mit einer Schnur umwickelt hatte, und jetzt wäre die Schnur gerissen und all die kleinen Holzstöckchen wären zusammengefallen und lägen in einem stillen Häufchen auf dem Boden und jemand hätte ein sauberes, verblichenes Kattunkleid darübergebreitet.

VENDÉE

1

Sie alle erschienen wieder, als wir Großmutter begruben, Bruder Fortinbride und all die anderen – die alten Männer, die Frauen und Kinder und die Neger –, darunter die zwölf, die sich immer eingefunden hatten, wenn es hieß, Ab Snopes sei von Memphis zurück, und dazu die hundert, die den Yankees auf ihrem Abzug gefolgt und jetzt wieder in den Bezirk zurückgekehrt waren und die sich, als sie ihre Familien und Herrschaften nicht mehr vorfanden, in den Bergen zerstreut hatten, wo sie in Höhlen und hohlen Bäumen wie Tiere lebten, vermute ich – nicht nur ohne jemanden, dem sie anhingen, sondern auch ohne einen Menschen, der ihnen anhing und dem es etwas ausmachte, ob sie zurückgekommen waren oder nicht oder ob sie lebten oder gestorben waren: und das, denke ich, ist die schlimmste Form der Verlassenheit, der tiefste Stachel des

Alleinseins. Aber sie hatten nicht zu Fuß gehen müssen, denn in Jefferson waren keine Yankees mehr; jenseits der Gruft und der Grabsteine und Denkmäler konnte ich in dem regentropfenden Zedernhain lauter Maultiere stehen sehen, die auf ihren Hüften an der Stelle, wo Großmutter und Ringo den Stempel ‚U. S.' weggebrannt hatten, große schwarze Flecken aufwiesen.

Die meisten Leute aus Jefferson waren auch da, ebenso ein anderer Prediger – ein großgewachsener Mann, der aus Memphis oder einer anderen Stadt geflohen war –, und ich fand heraus, daß Mrs. Compson und einige andere ihm die Möglichkeit verschafft hatten, die Grabrede zu halten. Aber Bruder Fortinbride ließ ihn nicht dazu kommen. Er sagte ihm nicht etwa, er solle seine Predigt unterlassen; er sprach einfach gar nicht mit ihm, er trat nur auf wie ein Erwachsener, der in ein Zimmer kommt, wo die Kinder gerade anfangen wollen zu spielen, und den Kindern bedeutet, daß gegen ihr Spiel nichts einzuwenden sei, daß aber die Erwachsenen das Zimmer und die Möbel für einige Zeit brauchten. Mit seinem hageren Gesicht, angetan mit dem Gehrock, auf dem die Flicken aus Pferdehaut und Yankee-Zeltstoff zu sehen waren, kam er schnellen Schritts von dem Hain herauf, nachdem er sein Maultier neben den anderen angebunden hatte, und trat in den Kreis, wo die Leute aus der Stadt unter ihren Regenschirmen standen; Großmutter lag in der Mitte, und der große, entflohene Prediger hatte die Bibel schon aufgeschlagen, und ein Neger der Compsons hielt seinen Schirm über ihn, und der kalte, graue Regen spritzte langsam von dem Schirm und von den gelben Brettern, wo Großmutter war, und fiel ohne zu spritzen auf die dunkelrote, aufgeweichte Erde neben dem roten Grab. Bruder Fortinbride trat einfach hinzu, blickte auf die Regenschirme und dann auf die Leute aus dem Bergland, die keine Schirme hatten und aus Baumwoll- und Mehlsäcken angefertigte Kleider trugen, und stellte sich neben Großmutter und sagte: „Kommt, ihr Männer."

Die Männer aus der Stadt schickten sich an, der Aufforderung zu folgen. Einige von ihnen machten Ernst damit. Onkel Buck McCaslin war der erste von allen Anwesenden überhaupt, der vortrat. Um die Weihnachtszeit pflegte sein Rheumatismus so schlimm zu sein, daß er kaum die Hand heben konnte, aber jetzt zwängte er sich mit seinem Stock aus geschältem Hickoryholz durch die Leute aus dem Bergland, die sich Kapuzen aus grobem Zeug um den Kopf gebunden hatten; die Leute aus der Stadt mit ihren Regenschirmen gaben ihm den Weg frei; dann standen Ringo und ich da und sahen zu, wie Großmutter in die Erde hinabgelassen wurde, während der sanfte Regen auf die gelben Bretter planschte, bis sie gleichsam aufhörten, Bretter zu sein, als sie in den Boden sanken, und anfingen, wie Wasser auszusehen, in dem sich das schwache Sonnenlicht spiegelte. Dann begann die rote, aufgeweichte Erde unter dem langsamen und gleichmäßigen Stoßen und Schieben der Schaufel in das Grab zu gleiten; und die Leute aus den Bergen wechselten miteinander beim Schaufeln ab, nur Onkel Buck wollte sich von niemandem ablösen lassen.

Es dauerte nicht lange. Ich glaube, der Prediger aus Memphis würde es sogar jetzt noch einmal versucht haben, aber Bruder Fortinbride gab ihm keine Gelegenheit dazu. Bruder Fortinbride legte nicht einmal seine Schaufel hin, sondern stand da und lehnte sich darauf, als ob er auf seinem Acker sei, und seine Stimme klang genau wie in der Kirche, wenn Ab Snopes wieder einmal von Memphis zurückgekommen war – fest und ruhig und gar nicht laut:

„Ich denke, daß weder Rosa Millard noch irgend jemand, der sie jemals gekannt hat, darüber aufgeklärt werden muß, wohin sie gegangen ist. Und ich denke auch nicht, daß irgendeiner, der sie jemals gekannt hat, sie durch den Wunsch beleidigen möchte, sie möge irgendwo in Frieden ruhen. Und ich denke, Gott hat es schon so eingerichtet, daß dort Männer, Frauen und Kinder – schwarze, weiße, gelbe oder rote – auf sie warten, um die sie sich kümmern und Sorgen machen kann. Und darum geht alle nach Hause. Einige von euch sind nicht von weit hergekommen, und diesen Weg haben sie in Kutschen mit Verdeck zurückgelegt. Aber bei den meisten von euch trifft das nicht zu, und ihr habt es Rosa Millard zu verdanken, daß ihr wenigstens nicht zu Fuß zu gehen brauchtet. Zu euch spreche ich. Ihr habt Holz zu hacken und zu spalten, und das ist nur das Dringendste. Und was, glaubt ihr, würde Rosa Millard dazu sagen, wenn sie sehen müßte, daß ihr alle hier herumsteht und auch eure Kinder und die alten Leute dazu veranlaßt, mit euch im Regen zu bleiben?"

Mrs. Compson lud Ringo und mich ein, mit ihr zu kommen und bei ihr zu wohnen, bis Vater nach Hause käme, und einige andere – ich weiß nicht mehr, wer – taten das gleiche, und dann, als ich dachte, alle seien gegangen, sah ich mich um, und da stand Onkel Buck. Er schritt auf uns zu; sein einer Ellbogen war in seine Seite gepreßt, und sein Bart, der herübergezogen war, glich einem zweiten Arm, und seine Augen sahen rot und wild aus, als ob er nicht geschlafen hätte, und er hielt seinen Stock so, daß man meinen konnte, er möchte am liebsten auf jemanden losschlagen, ganz gleich, auf wen.

„Was habt ihr Jungs jetzt vor?" sagte er.

Die Erde war jetzt lose und weich, dunkelrot und vollgesogen mit Regenwasser, so daß der Regen nicht auf Großmutter herunterprasselte, sondern mit dem dunkelroten Grabhügel verschmolz, wenn er langsam und grau darauf fiel, und bald schmolz auch der Grabhügel, ohne seine Form zu ändern, und es war, als ob die blaßgelbe Farbe der Bretter sich aufgelöst und die Erde durchdrungen hätte und Hügel und Bretter und Regen alle zu einem unbestimmten, stumpfen rötlichen Grau zusammenflössen.

„Ich will eine Pistole geliehen haben", sagte ich.

Jetzt begann er aufgeregt zu sprechen, aber nicht laut. Denn er war älter als wir; ich hatte ein Gefühl wie Großmutter gegenüber in jener Nacht in der alten Baumwollpresse. „Ob ihr mich braucht oder nicht", rief er, „ich gehe mit, beim Allmächtigen! Du kannst mich nicht davon abbringen! Willst du mir sagen, ihr wollt nicht, daß ich mit euch gehe?"

„Das ist mir gleich", sagte ich. „Alles, was ich will, ist eine Pistole. Oder ein Gewehr. Unseres ist mit dem Haus verbrannt."

„Also schön!" rief er. „Ich mitsamt der Pistole – oder du und dieser Pferdedieb von einem Neger da mit einem Zaunpfahl. Ihr habt nicht einmal einen Feuerhaken zu Hause, was?"

„Wir hab'n noch immer den Lauf vom Gewehr", sagte Ringo. „Ich schätz, das is all's, was wir für Ab Snopes brauchen."

„Ab Snopes?" schrie Onkel Buck. „Denkt dieser Junge wirklich, es sei Ab Snopes? . . . Was?" schrie er jetzt auf mich ein. „Was, Junge?"

Der Hügel veränderte sich die ganze Zeit, während der dünne, graue Regen sich langsam und grau und kalt in die rote Erde einbohrte, und dennoch änderte er sich nicht. Es würde noch einige Zeit dauern, Tage und Wochen und Monate, bevor er glatt und unveränderlich und mit dem übrigen Boden auf gleicher Höhe sein würde. Jetzt sprach Onkel Buck zu Ringo, ohne zu schreien. „Fang mein Maultier ein", sagte er. „Ich habe die Pistole in meiner Reithose."

Ab Snopes wohnte auch hinten in den Bergen, und Onkel Buck wußte, wo; es war schon Nachmittag, und wir ritten zwischen Kiefern einen weitgeschwungenen roten Hügel hinauf, als Onkel Buck anhielt. Er und Ringo trugen Kapuzen aus grobem Stoff, die sie über dem Kopf zusammengebunden hatten. Onkel Bucks abgegriffener Stock ragte unter der Kapuze hervor wie eine lange Wachskerze, auf der die Regentropfen glänzten.

„Halt", sagte er, „ich habe eine Idee." Wir bogen von der Straße ab und kamen zu einem Bachgrund, durch den ein kaum sichtbarer Pfad führte. Unter den Bäumen war es dunkel, und es fiel jetzt kein Regen auf uns; es war, als ob die kahlen Bäume selbst langsam und gleichmäßig in die Dämmerung des kalten Dezemberabends hineinschmölzen. Wir ritten einer hinter dem anderen, in unseren nassen Kleidern und mit dem feuchten Ammoniakdampf der Maultiere um uns.

Der Pferch war genau wie der, den Ringo und Joby und ich gebaut hatten, nur kleiner und versteckter gelegen; ich glaube, Ab hatte die Idee von uns bekommen. Wir hielten bei den nassen Zaunpfählen, die noch so neu waren, daß an den Schnittstellen gelber Saft klebte; auf der anderen Seite des Pferchs sahen wir etwas, das in der Dämmerung einer gelblichen Wolke glich, bis es sich auf einmal bewegte. Und dann erkannten wir einen hellfarbenen Hengst und drei Stuten.

„Das hab ich mir gedacht“, sagte Onkel Buck.

Es kam, weil ich ganz durcheinander war. Vielleicht lag es daran, daß Ringo und ich müde waren und in den letzten Tagen nicht viel geschlafen hatten. Denn zwischen Tag und Nacht war kein Unterschied mehr, und während wir ritten, plagte mich immer wieder der Gedanke, Großmutter werde Ringo und mich ausschelten, wenn wir nach Hause kämen, weil wir in den Regen hinausgeritten waren, ohne ihr etwas davon zu sagen. So kam es, daß ich für eine Minute dasaß und die Pferde betrachtete und meinte, Ab Snopes sei Grumby. Aber Onkel Buck fing wieder an zu schreien.

„Er – Grumby?“ rief er laut. „Ab Snopes? Ab Snopes? Beim Allmächtigen, wenn er Grumby wäre, wenn Ab Snopes deine Großmutter erschossen hätte, würde ich mich schämen, es zu wissen. Ich würde mich schämen, dabei ertappt zu werden, während ich ihn ertappte. Nein, nein. Er is nicht Grumby; er is besser als so einer.“ Er saß etwas seitlich auf seinem Maultier, mit dem Sack über dem Kopf, und sein Bart flatterte und flog daraus hervor, während er sprach. „Er ist der Mann, der uns zeigen wird, wo Grumby ist. Die Pferde haben sie hier nur versteckt, weil sie meinten, ihr Jungs würdet zuallerletzt an diesen Ort denken, um sie zu finden. Und jetzt ist Ab Snopes sicher mit Grumby losgezogen, um noch ein paar mehr zu holen, weil, was ihn betrifft, deine Großmutter ihr Geschäft aufgegeben hat. Und Dank dem Allmächtigen dafür. Solange Ab Snopes bei ihnen ist, werden sie an keinem Haus, keiner Hütte vorbeireiten, wo sie nicht ein unauslöschliches Mal hinterlassen werden – selbst wenn nicht mehr zu ergattern ist als ein Huhn oder eine Küchenuhr. Beim Allmächtigen, wir wollen nichts weniger, als Ab Snopes fangen."

Und in dieser Nacht fingen wir ihn nicht. Wir kehrten zur Landstraße zurück und zogen weiter, und dann erblickten wir das Haus. Ich ritt zu Onkel Buck vor. „Gib mir die Pistole", sagte ich.

„Wir werden keine Pistole nötig haben", sagte Onkel Buck. „Er ist nich mal zu Hause, sag ich dir. Bleibt hier stehen, du und der Neger da, und laßt mich das erledigen. Ich will herausfinden, in welcher Richtung wir zuerst jagen müssen. Geh jetzt aus dem Weg."

„Nein", sagte ich, „ich will –"

Er sah mich unter dem Sack an. „Was willst du? Du willst deine beiden Hände an den Mann legen, der Rosa Millard erschossen hat, nich?" Er schaute mich an. Ich saß da auf dem Maultier, im dünnen, grauen, kalten Regen, im letzten Tageslicht. Vielleicht lag es an der Kälte. Ich fühlte die Kälte nicht, aber ich spürte, wie es mich bis auf die Knochen schüttelte. „Und was wirst du dann mit ihm machen?" sagte Onkel Buck. Er flüsterte jetzt beinahe. „He? He?"

„Ja", sagte ich. „Ja."

„Ja. Bleibt jetzt hier, du und Ringo. Dies hier erledige ich."

Es war nur eine Hütte, genau wie tausend andere, die man in unseren Bergen finden kann, glaube ich: mit der gleichen abgeschrägten Pflugschar unter einem Baum, den gleichen unsauberen Hühnern, die auf dem Pflug kauerten, und dem gleichen Widerschein eines grauen Zwielichts auf den grauen Dachziegeln. Dann sahen wir durch eine Türspalte ein schwaches Licht; das Gesicht einer Frau, die uns beobachtete, erschien in der Spalte.

„Mister Snopes is nich hier, wenn ihr wegen ihm kommt", sagte sie. „Er's fort nach Alabama zu 'nem Besuch."

„Ach so", sagte Onkel Buck. „Nach Alabama. Hat er gesagt, wann er wieder zu Hause sein wird?"

„Nein", sagte die Frau.

„Ach so", sagte Onkel Buck. „Dann reiten wir wohl besser nach Hause und sehen zu, daß wir aus dem Regen herauskommen."

„Das is wohl am besten", sagte die Frau. Dann schloß sich die Tür.

Wir ritten weg. Wir ritten nach Hause zurück. Es war so wie damals, als wir in der Nähe der alten Baumwollpresse warteten; es wurde nicht eigentlich dunkler, nur die Dämmerung schien dichter zu werden.

„So, so, so", sagte Onkel Buck. „Sie sind nich in Alabama, weil sie uns gesagt hat, da wär er. Und sie sind nich in der Gegend von Memphis, weil da die Yankees noch sind. Also versuchen wir's am besten in der Richtung von Grenada, scheint's. Beim Allmächtigen, ich wette mein Maultier gegen das Taschenmesser von diesem Neger da, daß wir nicht zwei Tage reiten brauchen, bis wir das wütende Geschimpfe einer Frau hören, die auf der Straße steht und ein Dutzend Hühnerfedern in der Hand hält. Kommt her und hört mir mal zu. Beim Allmächtigen, wir werden diese Sache erledigen, aber, beim Allmächtigen, wir werden sie richtig anfangen."

2

An diesem Tag bekamen wir Ab Snopes also nicht zu fassen. Viele Tage und Nächte hindurch bekamen wir ihn nicht zu fassen. Wir ritten an diesen Tagen auf Großmutters und Ringos Maultieren, die jeder von uns dreien strekkenweise wechselte, in der Nässe und bei eisiger Kälte bekannte Straßen und unbekannte (und manchmal unbezeichnete) Saumpfade entlang, und in den Nächten schliefen wir in der gleichen Nässe und Kälte und (einmal) im Schnee unter dem ersten besten Obdach, das wir fanden, wenn die Nacht kam. Wir zählten die Tage und Nächte nicht, wir hatten keine Namen für sie. Sie dauerten von jenem Dezemberabend an bis zum späten Februar, bis wir eines Nachts uns bewußt wurden, daß wir seit kurzem Gänse und Enten nach Norden hatten fliegen hören. In der ersten Zeit trug Ringo einen Kiefernzweig bei sich, in den er jeden Abend eine Kerbe schnitt, eine große für jeden Sonntag und zwei lange für Weihnachten und Neujahr. Doch als der Zweig schon etwa vierzig Kerben zeigte, mußten wir eine Nacht im Regen ohne ein Dach über uns zubringen und den Zweig zum Anzünden eines Feuers gebrauchen, aus Rücksicht auf Onkel Bucks Arm. Und als wir wieder an eine Stelle kamen, wo wir uns einen neuen Kiefernzweig abbrechen konnten, wußten wir nicht mehr, ob inzwischen fünf oder sechs oder zehn Tage vergangen waren, und daher fing Ringo nicht wieder von vorne an. Er sagte, daß er sich an dem Tage, an dem wir Grumby fangen würden, einen neuen Zweig holen wolle und daß er nicht mehr als zwei Kerben darin zu machen brauche – eine für den Tag, an dem Grumby in unsere Hand fiele, und eine für den Tag, an dem Großmutter umgekommen war.

Jeder von uns hatte zwei Maultiere, und jeden Mittag wechselten wir sie aus. Wir hatten sie von den Leuten, die in den Bergen wohnten, zurückerhalten; wenn wir gewollt hätten, hätten wir ein Kavallerieregiment von ihnen bekommen – und dazu ein Regiment von alten Männern, Frauen und Kindern, mit Baumwoll- und Mehlsäcken als Uniformen und Hacken und Äxten als Waffen und den Maultieren, die Großmutter ihnen geliehen hatte, als Reittieren. Aber Onkel Buck sagte ihnen, daß wir keine Hilfe brauchten und daß drei Mann genügten, um Grumbys habhaft zu werden.

Es war nicht schwer, ihrer Spur zu folgen. Eines Tages, als ungefähr zwanzig Einschnitte auf dem Zweig waren, kamen wir an ein Haus, dessen Asche noch rauchte, und im Stall fanden wir einen bewußtlosen Jungen, der fast so groß war wie Ringo und dessen Hemd in Streifen herunterhing, als ob sie eine Drahtpeitsche benutzt hätten, und eine Frau, aus deren Mund noch etwas Blut rieselte; ihre Stimme klang dünn und entfernt wie das Gezirpe einer Heuschrecke im Gras, als sie uns sagte, wie viele es wären und welche Richtung sie wahrscheinlich eingeschlagen hätten, und hinzufügte: „Schlagt sie tot! Schlagt sie tot!"

Der Weg zog sich lang hin, aber es war nicht weit. Wenn man auf der Landkarte einen Silberdollar auf Jefferson gelegt hätte, so wären wir nicht aus seinem Umkreis herausgeritten. Und wir waren dichter hinter ihnen her, als wir wußten. Eines Nachts, als wir bis spät geritten waren, ohne ein Haus oder einen Schuppen zum Übernachten zu finden, hielten wir endlich an, und Ringo sagte, er werde die Gegend noch etwas absuchen, weil wir nichts mehr zu essen hatten außer einem Schinkenknochen; freilich war es wahrscheinlicher, daß Ringo versuchen wollte, sich vor dem Heranschleppen von Brennholz zu drücken. Onkel Buck und ich waren also damit beschäftigt, Kiefernzweige als Nachtlager auf dem Boden auszubreiten, als wir einen Schuß hörten und dann ein Geräusch, als ob ein Ziegelschornstein auf ein morsches Dach fiele, und dann ein lautes Pferdegetrappel, das schnell verklang, und dann konnte ich Ringo rufen hören. Er war an ein Haus gekommen und glaubte, es sei verlassen, aber dann kam es ihm, wie er sagte, zu dunkel, zu still vor. Darum kletterte er auf eine kleine Hütte hinter dem Haus, und dann sah er Licht durch eine Spalte und war gerade dabei, die Fensterläden vorsichtig etwas zu öffnen, als sie mit einem Krachen, das sich wie ein Schuß anhörte, herunterfielen; und dann blickte er in ein Zimmer, in dem eine Kerze brannte, die in eine Flasche gesteckt war, und entweder drei oder dreizehn Männer starrten ihn an, und einer von ihnen brüllte: „Da sind sie!", und ein anderer riß eine Pistole heraus, und wieder ein anderer fiel ihm in den Arm, als der Schuß losging, und dann brach die Hütte unter ihm zusammen, und er erzählte, wie er da gelegen und gerufen und versucht habe, sich von den zerbrochenen Brettern zu befreien und dann die Männer habe wegreiten hören.

„Er hat also nicht auf dich geschossen", sagte Onkel Buck.

„Nich seine Schuld, wenn er's nich getan hat", sagte Ringo.

„Aber er hat es nicht getan", sagte Onkel Buck. Doch er wollte uns in dieser Nacht nicht weiterreiten lassen. „Wir werden sie nicht verlieren", sagte er. „Sie sind Menschen aus Fleisch und Blut, genau wie wir. Und wir haben keine Angst."

Als wir bei Tageslicht aufbrachen, folgten wir den Hufspuren. Dann waren drei neue Kerben in dem Zweig; in dieser Nacht machte Ringo den letzten Einschnitt, aber das wußten wir damals nicht. Wir saßen vor einem kleinen Baumwollspeicher, in dem wir schlafen wollten, und aßen ein Ferkel, das Ringo gefunden hatte, als wir das Pferd hörten. Dann begann der Mann „Hallo! Hallo!" zu rufen, und wir beobachteten ihn, wie er auf einer schönen Stute, einem kurz gezäumten Rotfuchs, auf uns zuritt; er trug nette, kleine, gutgearbeitete Stiefel, ein leinenes Hemd ohne Kragen, einen Rock, der auch einmal gut gewesen war, und einen breiten Hut, den er so weit ins Gesicht gezogen hatte, daß wir nur seine Augen und seine Nase zwischen dem Hut und seinem schwarzen Bart erkennen konnten.

„Tag, Leute", sagte er.

„Tag", sagte Onkel Buck. Er aß gerade eine Schweinsrippe, die er in seiner linken Hand hielt; seine rechte Hand lag unter dem Rock auf seinem Schoß; er hatte die Pistole, die er an einer um den Hals geschlungenen Lederschnur trug, in die Hose gesteckt wie eine Uhr. Doch der Fremde sah nicht nach ihm hin; er blickte jeden von uns kurz an und blieb, mit beiden Händen auf dem Sattelknopf, ruhig auf seiner Stute sitzen.

„Ist's erlaubt abzusteigen und sich zu wärmen?" sagte er.

„Steigen Sie ab", sagte Onkel Buck.

Er stieg ab. Aber er band die Stute nicht an. Er führte sie am Zügel, den er in der Hand behielt, als er sich uns gegenüber setzte. „Gib dem fremden Mann etwas Fleisch, Ringo", sagte Onkel Buck. Aber der Fremde nahm es nicht. Er machte keine Bewegung. Er sagte nur, er habe schon gegessen, und saß da auf dem Holzklotz und hatte seine kleinen Füße dicht nebeneinandergestellt und die Ellbogen etwas nach auswärts gedreht und die Hände, die so klein wie Frauenhände und bis zu den Fingernägeln mit einem Flaum von weichem, schwarzem Haar bedeckt waren, auf die Knie gelegt und sah jetzt niemanden von uns an. Ich weiß nicht, wohin er blickte.

„Ich bin gerade von Memphis hergeritten", sagte er. „Wie weit ist es bis Alabama, meinen Sie?"

Onkel Buck, der auch keine Bewegung machte und die Schweinsrippe noch immer in der linken Hand hielt, während die rechte vorne unter seinem Rock lag, sagte es ihm. „Sie wollen nach Alabama, wie?"

„Ja", sagte der Fremde. „Ich suche jemanden." Und jetzt bemerkte ich, daß er mich unter seinem Hut hervor ansah. „Einen Mann namens Grumby. Ihr Leute aus dieser Gegend habt vielleicht auch von ihm gehört."

„Ja", sagte Onkel Buck, „wir haben von ihm gehört."

„Ah", sagte der Fremde. Er lächelte; für eine Sekunde blitzten seine Zähne weiß wie Reis aus seinem tiefschwarzen Bart hervor. „Dann brauche ich aus meinem Vorhaben kein Geheimnis zu machen." Er sah jetzt Onkel Buck an. „Ich wohne oben in Tennessee. Grumby und seine Bande haben einen meiner Neger getötet und sind mit meinen Pferden weggeritten. Ich will mir die Pferde wieder holen.

Und wenn ich dabei auf Grumby stoße, soll's mir auch recht sein."

„Gut, gut", sagte Onkel Buck. „Sie denken also, daß Sie ihn in Alabama finden?"

„Ja. Ich weiß zufällig, daß er dahin will. Beinahe hätte ich ihn gestern erwischt; einen seiner Leute habe ich gefaßt, aber die anderen sind mir entkommen. Sie sind in der Nacht alle an Ihnen vorbeigeritten, wenn Sie hier in der Nähe waren. Sie müßten sie eigentlich gehört haben, denn als ich sie zuletzt sah, verschwendeten sie keine Zeit. Ich habe den Mann, den ich gefangen habe, dazu bringen können, mir zu verraten, wo sie sich alle treffen wollen."

„Alabama?" sagte Ringo. „Woll'n Sie sagen, die sin wieder auf'm Rückweg nach Alabama?"

„Richtig", sagte der Fremde. Er schaute Ringo jetzt an. „Hat Grumby dir auch ein Ferkel gestohlen, Junge?"

„Ferk'l", sagte Ringo. „Ferk'l?"

„Geh leg was Holz aufs Feuer", sagte Onkel Buck zu Ringo. „Und halt die Luft ein bißchen an, sonst hast du heut nacht nicht genug zum Schnarchen."

Ringo verstummte, aber blieb sitzen und starrte den Fremden an; seine Augen sahen im Feuerschein leicht gerötet aus.

„Also ihr Leute seid hinter noch einem anderen her, was?" sagte der Fremde.

„Noch einem is richtig", sagte Ringo. „Ab Snopes kann für'n Mann gelten, schätz ich."

Nun war es also zu spät; wir saßen da, ohne zu sprechen, und der Fremde, mit den Zügeln der Stute in seiner kleinen, bewegungslosen Hand, blickte uns von der anderen Seite des Feuers unter seinem Hut hervor an und sagte dann: „Ab Snopes. Glaube nicht, daß ich ihn kenne. Aber ich kenne Grumby. Und Sie sind auch hinter Grumby her." Jetzt faßte er uns alle drei ins Auge. „Sie wollen Grumby fangen. Meinen Sie nicht, das ist eine gefährliche Sache?"

„Nicht unbedingt", sagte Onkel Buck. „Seh'n Sie, wir haben selbst das eine oder andere über Alabama und Grumby gehört. Nämlich, daß irgendwer oder irgendwas ihn dazu gebracht hat, über das Morden von Frauen und Kindern anders zu denken." Er und der Fremde sahen einander an. „Vielleicht ist es jetzt nicht die richtige Jahreszeit für Frauen und Kinder. Oder vielleicht liegt es an der öffentlichen Meinung, denn Grumby ist jetzt ja so etwas wie eine öffentliche Figur. Die Leute in dieser Gegend haben sich allmählich daran gewöhnt, daß ihre Männer getötet und sogar von hinten erschossen werden. Aber selbst den Yankees ist es nicht gelungen, sie an das andere zu gewöhnen. Und offenbar hat jemand Grumby das gesagt. Hab ich recht?"

Sie sahen einander an; keiner von ihnen machte eine Bewegung. „Aber Sie sind weder eine Frau noch ein Kind, alter Mann", sagte der Fremde. Er stand ungezwungen auf; seine Augen glänzten im Feuerschein, als er sich umwandte und die Zügel über den Kopf der Stute legte. „Ich denke, ich will jetzt weiter", sagte er. Wir sahen ihn aufsteigen; als er im Sattel saß, legte er seine kleinen, schwarzbehaarten Hände auf den Knauf und blickte zu uns herunter – zu Ringo und mir. „Ihr wollt also Ab Snopes fangen", sagte er. „Hört auf die Worte eines Unbekannten: begnügt euch mit ihm."

Er wendete die Stute. Ich beobachtete ihn und dachte: ‚Ob er weiß, daß sein Pferd das rechte hintere Hufeisen verloren hat?' als Ringo „Paß auf!" schrie, und dann schien es mir, als ob ich die plötzlich angespornte Stute sich bäumen sähe, bevor noch die Pistole aufblitzte; und dann hörte ich die Stute weggaloppieren, und Onkel Buck lag auf dem Boden und fluchte laut und versuchte seine Pistole herauszuziehen, und dann versuchten wir es alle drei und kamen uns dabei in die Quere, aber der vordere Teil des Visiers hatte sich in seinen Hosenträgern verfangen, und wir behinderten uns gegenseitig, und Onkel Buck keuchte und fluchte, und in der Ferne verklang das Geräusch der galoppierenden Stute.

Die Kugel war durch das Fleisch auf der Innenseite des Arms gegangen, in dem der Rheumatismus saß; das war der Grund, warum Onkel Buck so laut fluchte; er sagte, Rheumatismus sei schlimm genug, und eine Kugel sei schlimm genug, aber beides zusammen sei zuviel für den stärksten Mann. Und als Ringo ihm sagte, er solle dankbar dafür sein, daß die Kugel nicht seinen guten Arm getroffen hätte, weil er dann nicht einmal imstande wäre, allein zu essen, griff er hinter sich und faßte ein Stück von dem Brennholz und versuchte, Ringo eins damit zu versetzen, obgleich er immer noch auf dem Boden lag. Wir schnitten seinen Hemdsärmel auf und brachten das Bluten zum Stehen, und er ließ mich einen Streifen vom unteren Teil seines Hemdes abschneiden, und Ringo gab ihm seinen Stock, und er saß da und fluchte auf uns, während wir den Streifen in heißes Salzwasser tunkten, und hielt selbst seinen Arm mit der anderen Hand hoch, wobei er in einem fort fluchte, und ließ uns den Streifen hin und her durch die Schußwunde ziehen. Dabei fluchte er erst recht; er sah ein wenig aus wie Großmutter, so, wie alle alten Leute aussehen, wenn sie verletzt worden sind; sein Kinn und sein Bart zitterten, seine Augen funkelten vor Wut, und seine Fersen und sein Stock bohrten sich in die Erde, als ob der Stock, weil er ihn so lange getragen hatte, das Salz und den Streifen genauso spürte wie er.

Und zuerst dachte ich, der Mann mit dem schwarzen Bart sei Grumby, wie ich es vorher von Ab Snopes vermutet hatte. Aber Onkel Buck sagte nein. Es wurde Morgen; wir hatten wenig geschlafen, weil Onkel Buck wach geblieben war; aber wir wußten damals nicht, daß es an seinem Arm gelegen hatte, denn er erlaubte uns nicht einmal, davon zu sprechen, daß wir ihn nach Hause schaffen könnten. Und nach dem Frühstück versuchten wir es noch einmal, aber er wollte nichts davon hören; er saß schon auf seinem

Maultier, den linken Arm quer über seine Brust gebunden und die Pistole zwischen Arm und Brust eingeklemmt, so daß er schnell danach greifen konnte, und sagte: „Wartet eine Sekunde“, und seine Augen funkelten wie Metall, während er nachdachte. „Da ist etwas, hinter das ich noch nicht ganz gekommen bin“, sagte er. „Irgend etwas, was er uns gestern abend gesagt hat, wobei wir aber noch nicht merken sollten, daß er es gesagt hatte. Etwas, was wir heute herausfinden werden.“

„Sicher 'ne Kugel, die euch halbweg' zwischen beide Arm' trifft statt halbweg' zwischen einem“, sagte Ringo.

Onkel Buck ritt schnell; wir sahen ihn den Stock heben und senken und die Flanke des Maultiers damit schlagen – nicht kräftig, nur schnell und gleichmäßig, wie ein Krüppel, wenn er es eilig hat, seinen Stock gebraucht, ohne es zu merken, weil er schon so lange an ihn gewöhnt ist. Denn wir wußten nicht, daß er sich wegen seines Armes schon krank fühlte; er hatte uns nicht so viel Zeit gelassen, daß wir es merken konnten. Wir ritten also eilig voran, an einem Sumpf vorbei, und dann sah Ringo die Schlange. Seit einer Woche war warmes Wetter gewesen, bis auf die letzte Nacht, in der eine Eisdecke sich auf dem Sumpf gebildet hatte. Die Mokassinschlange war aus dem Wasser herausgekrochen und bei dem Versuch, wieder hineinzukriechen, von der Kälte überrascht worden, so daß ihr Körper auf dem Land lag, während ihr Kopf in der Eiskruste eingefroren war, als ob man ihn in eine Spiegelscheibe eingeschmolzen hätte; und Onkel Buck drehte sich auf seinem Maultier halb um und rief uns zu: „Da ist es, beim Allmächtigen! Da ist das Zeichen! Hab ich es euch nicht gesagt, daß wir –“

In diesem Augenblick hörten wir die drei oder vier Schüsse und dann das Geräusch von galoppierenden Pferden, mit dem sich die Hufschläge von Onkel Bucks Maultier vermischten, und Onkel Buck hatte jetzt die Pistole gezogen und den Stock unter seinen verletzten Arm geklemmt, bevor er von der Straße in den Wald abbog, während sein Bart über seine Schulter flog. Aber wir fanden nichts. Wir sahen die Stelle, wo die fünf Pferde im Schlamm gestanden hatten, als ihre Reiter die Straße beobachteten, und die Gleitspuren, wo sie angefangen hatten zu galoppieren, und ich dachte im stillen: ‚Er weiß immer noch nicht, daß sein Pferd ein Hufeisen verloren hat.' Aber das war alles; Onkel Buck saß mit erhobener Pistole auf seinem Maultier, sein Bart war über die Schulter zurückgeflogen, die Lederschnur für seine Pistole hing ihm über den Rücken wie ein Zopf, sein Mund stand offen, und seine Augen blinzelten uns an.

„In drei Teufels Namen!" sagte er. „Also denn, zurück auf die Straße. Wer es auch war, er muß dahin zurückgeritten sein."

Wir wendeten. Onkel Buck hatte die Pistole wieder unter den Arm gesteckt und gerade angefangen, sein Maultier mit dem Stock zu bearbeiten, als wir gewahr wurden, was das Zeichen bedeutete.

Wir erblickten Ab Snopes. Er lag mit gefesselten Händen und Füßen auf einer Seite und war an ein Bäumchen gebunden; wir konnten an den Spuren im Schlamm erkennen, daß er versucht hatte, sich in das Gebüsch zu rollen, aber durch den Strick daran gehindert worden war. Er hatte uns die ganze Zeit beobachtet, während er zähneknirschend und ohne einen Laut von sich zu geben da lag, nachdem er eingesehen hatte, daß er nicht außer Sicht rollen konnte. Durch das Gehölz hindurch verfolgte er die Bewegungen unserer Maultiere, aber es war ihm noch nicht eingefallen, höher hinaufzuschauen, und daher wußte er nicht, daß wir ihn schon seit einer Weile hatten sehen können; er mußte glauben, wir hätten ihn gerade entdeckt, denn plötzlich fing er an, sich auf dem Boden hin und her zu werfen, und „Hilfe! Hilfe! Hilfe!" zu rufen.

Wir banden ihn los und halfen ihm auf die Füße, und er hörte nicht auf, mit zuckendem Gesicht und heftig gestikulierend ein großes Geschrei zu machen und zu erzählen, wie sie ihn gefangen und beraubt hätten und daß sie ihn getötet haben würden, wenn sie uns nicht kommen gehört hätten und weggelaufen wären; nur in seinen Augen lag nichts von Aufregung. Sie beobachteten uns und glitten schnell von Ringo zu mir und dann zu Onkel Buck und wieder zu Ringo und zu mir und sahen gar nicht erregt aus, als ob sie und der weit geöffnete, schreiende Mund zwei verschiedenen Menschen gehörten.

„Sie sind ihnen also in die Hände gefallen, was?" sagte Onkel Buck. „Ein unschuldiger und ahnungsloser Reisender. Ich denke, der Name der Gesellschaft könnte nie und nimmer Grumbys Bande sein, oder doch?"

Es war, als ob wir angehalten, ein Feuer gebaut und das Eis um die Mokassinschlange ein wenig aufgetaut hätten – gerade genug, um sie herausfinden zu lassen, wo sie war, aber nicht soviel, daß sie an ihrer Lage etwas hätte ändern können. Nur glaube ich, es wäre eine große Schmeichelei für Ab Snopes, wenn man ihn mit einer Mokassinschlange – selbst mit einer kleinen – gleichsetzte. Ich vermute, es stand schlimm um ihn. Ich vermute, er sah ein, daß sie ihn uns auf Gnade und Ungnade ausgeliefert hatten und daß sie zurückkommen und ihn umbringen würden, wenn er auf ihre Kosten versuchen sollte, sich aus unserer Hand zu retten. Ich vermute, daß er zu dem Schluß kam, es könne ihm nichts Schlimmeres geschehen, als daß wir ihn ungeschoren ließen. Denn er hörte auf, mit den Armen zu fuchteln; er gab es sogar auf, zu lügen; eine Minute lang redeten seine Augen und sein Mund die gleiche Sprache.

„Ich hab einen Fehler gemacht", sagte er. „Ich geb's zu. Ich denke, jedem passiert mal ein Fehler. Die Frage is, was wollt ihr Leute aus der Geschichte machen?"

„Freilich", sagte Onkel Buck. „Jedem passiert mal ein Fehler. Ihr leidet daran, daß euch zu viele passieren. Denn Fehler sind eine schlimme Sache. Denkt an Rosa Millard.

Sie hat nur einen gemacht, und was hat sie dafür bekommen? Und Ihr habt zwei gemacht."

Ab Snopes sah Onkel Buck beobachtend an. „Welche zwei?"

„Zu früh geboren zu sein und zu spät zu sterben", sagte Onkel Buck.

Er ließ seine Augen schnell von einem zum anderen gehen; er bewegte sich nicht, als er, zu Onkel Buck gewandt, weiterredete. „Ihr werdet mich nicht umbringen. Das werdet Ihr nicht wagen."

„Ich brauch's nicht mal zu tun", sagte Onkel Buck. „War nicht meine Großmutter, die Ihr in das Schlangennest gelockt habt."

Jetzt blickte er mich an, aber seine Augen gingen wieder zwischen mir und Ringo und Onkel Buck hin und her; Augen und Stimme sprachen wieder eine verschiedene Sprache. „Dann hab ich nichts zu befürchten. Bayard is mir nich böse. Er weiß, daß es nichts als ein Unglücksfall war, daß wir es für ihn und sein' Papa und ihre Nigger versucht haben. Mein Gott, 's is jetzt 'n ganzes Jahr, daß ich Miss Rosa geholfen und beigestanden hab, als sie nich 'ne Seele um sich hatte als diese Kin –" Jetzt sprach die Stimme wieder die Wahrheit; es waren die Augen und die Stimme, auf die ich zuging. Er trat ein paar Schritte zurück, duckte sich und warf die Hände in die Luft.

Hinter mir sagte Onkel Buck: „Ringo! Halt dich draus!"

Er ging jetzt mit erhobenen Händen rückwärts und schrie: „Drei gegen einen! Drei gegen einen!"

„Bleibt stehen", sagte Onkel Buck. „Es sind nich drei gegen einen. Ich seh niemand gegen Euch als eins von den Kindern, von denen Ihr gerade gesprochen habt." Dann wälzten wir uns beide im Schlamm, und dann konnte ich ihn nicht mehr sehen, schien ihn nicht mehr finden zu können, trotz seines Gebrülls, und dann kämpfte ich eine lange Zeit gegen drei oder vier, bevor Onkel Buck und Ringo mich festhielten, und dann konnte ich ihn wieder sehen, wie er auf dem Boden lag und die Hände vor das Gesicht hielt. „Steht auf", sagte Onkel Buck.

„Nein", sagte er. „Ihr könnt alle drei auf mich losgehen und mich noch einmal zu Boden schlagen, aber erst müßt Ihr mich auf die Füße stellen, bevor Ihr's tun könnt. Recht und Gerechtigkeit gibt's hier nich für mich, aber Ihr könnt mich nich dran hindern, dagegen zu protestieren."

„Heb ihn auf", sagte Onkel Buck. „Ich halt Bayard fest."

Ringo hob ihn auf; es war, als ob er einen halbgefüllten Sack Baumwolle aufhöbe. „Bleib stehen, Mr. Ab Snopes", sagte Ringo. Aber er blieb nicht auf den Füßen, nicht einmal als Ringo und Onkel Buck ihn an das Bäumchen gebunden hatten und Ringo seine eigenen und Onkel Bucks und Ab Snopes' Hosenträger abnahm und mit den Zügeln der Maultiere zusammenknotete. Er hing in den Stricken und zuckte nicht einmal, als die Hiebe fielen, und sagte nur: „Recht so. Peitscht mich. Gebt es mir; drei gegen einen."

„Halt", sagte Onkel Buck. Ringo hielt ein. „Wollt Ihr's noch einmal mit einem von uns versuchen? Einer gegen einen? Ihr könnt Euch einen von uns drei aussuchen."

„Ich habe meine Rechte", sagte er. „Ich bin hilflos, aber ich kann noch immer dagegen protestieren. Schlagt mich."

Ich glaube, er hatte recht. Ich glaube, wenn wir ihn einfach hätten laufen lassen, würden sie ihn eingekreist und noch vor Abend getötet haben. Denn später – es war die Nacht, in der es zu regnen anfing und in der wir Ringos Zweig verbrennen mußten, weil Onkel Buck jetzt zugab, daß sein Arm schlimmer wurde – aßen wir alle zusammen zu Abend, und es war Ab Snopes, der sich am meisten wegen Onkel Buck besorgt zeigte und sagte, er hege keinen Groll und sähe selbst ein, daß er einen Fehler gemacht habe, als er den Leuten, mit denen er gegangen sei, vertraute, und daß er jetzt nur wünsche, wieder nach Hause zu kommen, weil man nur denen vertrauen könne, die man sein ganzes Leben gekannt habe, und wer Fremden sein Vertrauen schenke, bekäme den rechten Lohn, wenn er herausfände, daß die Leute, mit denen er gegessen und nachts im gleichen Lager geschlafen habe, nicht besser seien als ein Gezücht von Klapperschlangen. Aber sobald Onkel Buck herauszubekommen suchte, ob Grumby wirklich dabei sei, verstummte er und leugnete, ihn je gesehen zu haben.

Sie verließen uns frühmorgens. Onkel Buck fühlte sich jetzt krank; wir boten ihm an, ihn nach Hause zu begleiten oder Ringo mit ihm reiten zu lassen, während ich mit Ab Snopes zusammen bliebe, aber Onkel Buck wollte von all dem nichts wissen.

„Grumby könnte ihn wieder zu fassen bekommen und an einen anderen Baum auf der Straße binden, und du würdest mit dem Begräbnis Zeit verlieren", sagte Onkel Buck. „Ihr Jungs müßt weiterreiten. Es wird jetzt nicht mehr lang dauern. Und fangt sie!" Er begann zu schreien, das Blut stieg ihm ins Gesicht, und seine Augen glänzten, als er die Lederschnur mit der Pistole abnahm und mir reichte und sagte: „Fangt sie! Fangt sie!"

3

Ringo und ich ritten weiter. An diesem Tag hörte es nicht auf zu regnen, und von jetzt an blieb das Wetter so. Wir hatten jeder zwei Maultiere; wir kamen schnell voran. Der Regen fiel, und manchmal konnten wir überhaupt kein Feuer anzünden. Wir verloren den Sinn für die Zeit (eines Morgens kamen wir zu einem Lagerfeuer, das noch brannte, und fanden ein Schwein, das sie nicht einmal hatten schlachten können, so dicht waren wir auf ihren Fersen), und oft ritten wir die ganze Nacht hindurch und wechselten dabei die Maultiere, wenn wir glaubten, es seien zwei Stunden vergangen; und so schliefen wir manchmal nachts und manchmal am Tage, und wir wußten, daß sie uns auf irgendeine Weise täglich beobachtet haben mußten und daß sie jetzt, da Onkel Buck nicht mehr bei uns war, nicht einmal anzuhalten und nach einem Versteck zu suchen wagten.

Eines Nachmittags – der Regen hatte aufgehört, aber die Wolkendecke war noch dicht, und es fing wieder an, kalt zu werden –, als wir bei Einbruch der Dämmerung im Flußtal eine alte Straße entlanggaloppierten, unter Bäumen, die den Weg dunkel und schmal machten, scheute mein Maultier und sprang zur Seite und hielt in vollem Galopp an, und ich konnte mich gerade noch festhalten, sonst wäre ich über den Kopf des Tieres geflogen; und dann sahen wir mitten auf der Straße etwas an einem Ast hängen. Es war ein alter Neger mit einem Kranz weißer Haare auf seinem Kopf, der auf eine Seite geneigt war wie in stillem Nachdenken, und mit abwärts gerichteten nackten Zehen. Der Zettel war an ihm angeheftet, aber wir konnten ihn erst lesen, als wir an eine Lichtung kamen. E war ein abgerissenes, schmutziges Stück Papier, auf dem in großen, groben Druckbuchstaben, wie ein Kind sie gemacht haben könnte, geschrieben stand:

LEZTE WARNUNG NICH DROHUNG / KEHRT UM. TRAEGER HIERVON MEIN VERSPRECHEN UND GARNTIE. MEINE GEDULD AM ENDE KINDER ODER NICH. G.

Und darunter stand noch etwas anderes; es war in einer sauberen, kleinen Handschrift geschrieben, die noch zierlicher aussah als die Großmutters, aber unverkennbar von einem Mann herstammte; und während ich auf das schmutzige Papier blickte, konnte ich ihn wieder vor mir sehen, wie er uns in jener Nacht gegenübergesessen hatte, mit seinen netten kleinen Füßen, seinen kleinen, schwarzbehaarten Händen, seinem feinen, schmutzigen Hemd und seinem vornehmen, dreckbespritzten Jackett.

Dies ist von anderen außer G. geschrieben, von denen einer i. besond. weniger Bedenken i. Bezg. Kinder hat als er. Trotzdem wünscht Unterzeichn. Euch und G. noch eine Gelegenheit zu geben. Benutzt sie, und werdet eines Tags ein Mann. Verpaßt sie, und hört sogar auf ein Kind zu sein.

Ringo und ich sahen uns an. Es hatte einmal ein Haus hier gestanden, aber es war nichts mehr davon vorhanden. Jenseits der Lichtung lief die Straße wieder in einem dichten Wald weiter, der im grauen Dämmerlicht da lag. „Vielleich' wird's morgen passier'n", sagte Ringo.

Am nächsten Tag passierte es; wir hatten in der Nacht auf einem Heuhaufen geschlafen, aber bei Tagesanbruch saßen wir wieder auf den Maultieren und folgten der nicht klar erkennbaren Straße am Fluß entlang. Diesmal war es Ringos Maultier, das scheute; so plötzlich war der Mann aus den Büschen herausgetreten, mit seinen feinen, schmutzigen Schuhen und der vornehmen, dreckbespritzten Jacke und der Pistole in seiner kleinen, schwarzbehaarten Hand; zwischen seinem Hut und seinem Bart sah man nur die Augen und einen Teil seiner Nase.

„Bleibt, wo ihr seid", sagte er. „Ich werde euch nicht aus den Augen lassen."

Wir blieben bewegungslos stehen und sahen, wie er wieder in den Büschen verschwand; dann kamen sie alle drei heraus – der Mann mit dem Bart und ein anderer, der neben ihm ging und zwei gesattelte Pferde führte, und dicht vor ihnen ein dritter mit den Händen auf dem Rücken, ein untersetzter Mann mit rötlichen Bartstoppeln und farblosen Augen, in einem verblichenen Uniformrock der konföderierten Armee und Yankee-Stiefeln dazu, barhaupt, mit einem großen, trockenen Blutstreifen auf der Backe; seine Jacke war auf einer Seite von einer Schlammkruste bedeckt, und ein Ärmel war von der Schulter an herausgerissen, aber wir merkten nicht sofort, daß seine Schultern deswegen so hervorstanden, weil seine Arme auf dem Rücken fest zusammengebunden waren. Und dann wußten wir auf einmal, daß wir endlich Grumby vor uns hatten. Wir wußten es schon, bevor der Mann mit dem Bart sagte: „Ihr sucht Grumby. Hier ist er."

Wir saßen unbeweglich auf unseren Maultieren. Die anderen beiden Männer beachteten uns von diesem Augenblick an nicht mehr. „Ich werde jetzt auf ihn aufpassen", sagte der Bärtige. „Steig auf." Der andere stieg auf. Wir konnten die Pistole in seiner Hand sehen, die auf Grumbys Rücken gerichtet war. „Reich mir dein Messer", sagte der Bärtige.

Ohne die Pistole zu bewegen, gab ihm der andere Mann sein Messer. Dann sprach Grumby; er hatte sich bis jetzt nicht gerührt; er stand mit gekrümmten Schultern da und sah mich und Ringo mit seinen zusammengekniffenen, kleinen farblosen Augen an.

„Jungens", sagte er, „Jungens –"

„Halt den Mund", sagte der Bärtige mit einer kalten, ruhigen, beinahe angenehmen Stimme. „Du hast schon zuviel geredet. Wenn du an dem Dezemberabend damals getan hättest, was ich dir riet, dann wärst du jetzt nicht in dieser Lage." Wir sahen das Messer in seiner Hand; ich glaube, eine Minute lang hatten Ringo und ich und Grumby den gleichen Gedanken. Aber er durchschnitt nur die Stricke um Grumbys Hände und trat dann schnell zurück. Als Grumby sich umdrehte, sah er in die Pistole, die der Bärtige in der Hand hielt.

„Ruhig", sagte der Bärtige. „Paßt du auf ihn auf, Bridger?"

„Ja", sagte der andere Mann. Der Bärtige ging rückwärts zu dem anderen Pferd und bestieg es, ohne seine Pistole zu senken oder Grumby aus den Augen zu lassen. Dann blickte er vom Pferd herunter auf Grumby, und nur seine kleine gebogene Nase und seine Augen waren zwischen dem Hut und dem tiefschwarzen Bart sichtbar. Grumby begann, seinen Kopf hin und her zu bewegen.

„Jungens", sagte er, „Jungens, ihr werdet mir das doch nicht antun."

„Wir werden dir überhaupt nichts antun", sagte der Bärtige. „Ich kann nicht für diese Knaben da sprechen. Aber da du Kindern gegenüber so feinfühlig bist, werden sie vielleicht auch dir gegenüber feinfühlig sein. Aber wir wollen dir eine Chance geben." Schneller, als man mit den Augen folgen konnte, fuhr er mit der anderen Hand in seinen Rock und zog die zweite Pistole heraus und schnellte sie mit einer kleinen Drehung Grumby vor die Füße; wieder machte Grumby eine Bewegung, aber die Pistolen ließen ihn einhalten. Der Bärtige saß ganz lässig auf seinem Pferd, blickte auf Grumby herunter und sagte mit kalter, ruhiger, bösartig klingender Stimme, in der nicht einmal Wut lag:

„Wir waren gut daran in diesem Land, und ohne dich wären wir es immer noch. Und jetzt müssen wir unsere Zelte abbrechen, müssen es verlassen, weil du die Nerven verloren und eine alte Frau getötet hast, und dann hast du noch mal die Nerven verloren und dich geweigert, den ersten Fehler zu verdecken. Skrupeln", sagte er, „Skrupeln. Soviel Angst davor, Aufsehen im Land zu erregen, daß es keinen Einwohner – Mann, Frau oder Kind, weiß oder schwarz – darin gibt, der nicht Ausschau nach uns hielte. Und alles nur deswegen, weil du Angst bekommen und eine alte Frau umgebracht hast, die du gar nicht kanntest. Nicht um etwas zu erlangen; nicht für eine einzige Banknote der Südstaaten. Sondern weil dir ein Stück Papier, auf das jemand Bedford Forrests Namen geschrieben hatte, Furcht eingejagt hat. Und nun stehst du da und hast genauso ein Papier in deiner Tasche."

Dann sagte er zu dem Mann namens Bridger, ohne ihn anzusehen: „Fertig. Fort jetzt, aber langsam. Laß ihn nicht aus den Augen. Er hat ein so weiches Herz, daß man ihm nicht den Rücken kehren soll."

Sie ließen die Pferde nebeneinander rückwärts gehen und hielten dabei ihre beiden Pistolen auf Grumby gerichtet, bis sie das Gebüsch erreichten. „Wir reiten nach Texas. Wenn es dir glücken sollte, hier herauszukommen, dann rate ich dir, mindestens ebenso weit wegzugehen. Aber vergiß nicht, daß Texas groß ist, und richte dich danach. Los!" rief er.

Sie wendeten die Pferde. Im gleichen Augenblick sprang Grumby vorwärts, hob die Pistole vom Boden auf und rannte geduckt in das Gebüsch; man hörte ihn brüllen und fluchen. Er schoß dreimal in der Richtung der verklingenden Hufschläge, dann drehte er sich blitzschnell nach uns um. Ringo und ich waren auch abgestiegen; ich weiß nicht mehr, wann und warum, aber ich erinnere mich, daß ich einmal nach Ringo blickte und Onkel Bucks Pistole, die so schwer zu sein schien wie ein Eisenklotz, in meiner Hand hielt. Dann sah ich, daß er sich umgedreht hatte und mit nach unten gerichteter Pistole dastand und mich ansah und plötzlich lächelte.

„Nun, Jungs", sagte er, „jetzt habt ihr mich, scheint's. Gott verdamm mich, daß ich mich durch Matt Bowden habe verleiten lassen, meine letzte Kugel auf ihn abzuschießen."

Ich konnte meine Stimme hören; sie klang schwach und weit entfernt, wie damals die Stimme der Frau in Alabama, so daß ich nicht wußte, ob er mich hören konnte: „Ihr habt dreimal geschossen. Ihr habt noch zwei Schuß in der Pistole."

Sein Gesichtsausdruck änderte sich nicht, oder ich konnte es nicht merken. Er ließ nur den Kopf etwas hängen und sah nach unten. Er lächelte jetzt nicht mehr. „In dieser Pistole?" sagte er. Es machte den Eindruck, als ob er zum erstenmal seine Pistole untersuchte, so langsam und sorgfältig legte er sie von der rechten in die linke Hand und ließ sie dann wieder mit nach unten gerichtetem Lauf an seinem rechten Bein herunterhängen. „Sieh mal an. Sicher habe ich außer dem Schießen nicht auch noch das Zählen verlernt." Die ganze Zeit über hatte ich irgendwo einen Vogel – eine Goldammer – singen hören; selbst die drei

Schüsse hatten ihn nicht erschreckt. Und ich konnte auch Ringo hören, dessen Atemzüge wie leises Wimmern klangen, und es schien, daß ich mich nicht so sehr anstrengte, Grumby zu beobachten, als nicht nach Ringo hinzusehen. „Na, auf alle Fälle ist sie jetzt ungefährlich, denn es sieht so aus, als ob ich nicht einmal mehr mit meiner rechten Hand schießen könnte."

Dann geschah es. Ich weiß, was geschah, aber selbst jetzt weiß ich nicht, wie alles vor sich ging. Er war groß und stämmig wie ein Bär. Aber als wir ihn zuerst zu Gesicht bekamen, war er ein Gefangener, und daher schien er mir selbst jetzt eher einem Baumstumpf als einem Tier zu gleichen, obwohl wir gesehen hatten, wie er vorwärtssprang, die Pistole aufhob und schießend hinter den beiden anderen herrannte. Ich weiß nur, daß er gerade noch in seinem schmutzigen Uniformrock der konföderierten Armee dagestanden und uns mit einem Lächeln, das ein paar seiner abgebrochenen Zähne zwischen den roten Bartstoppeln sichtbar machte, angeblickt hatte, während das schwache Sonnenlicht auf seinen Stoppeln und Schultern und auf den dunklen Rändern seines Ärmels, wo die Litzen abgerissen waren, lag; und in der nächsten Sekunde sah ich mitten vor dem grauen Rock zweimal hintereinander einen hellen, orangefarbenen Feuerschein, und der Rock selbst schien anzuschwellen und sich langsam über mich zu legen; es war wie damals, als ich von dem Ballon träumte, den Großmutter in St. Louis gesehen und von dem sie uns erzählt hatte.

Ich glaube, ich hörte den Knall, und ich glaube, ich hörte die Kugeln pfeifen, und ich glaube, ich fühlte es, als er auf mich einschlug, aber ich erinnere mich nicht mehr daran. Ich erinnere mich nur, daß es zweimal hell aufblitzte und daß der graue Rock auf mich fiel und daß ich zu Boden stürzte. Doch ich konnte ihn riechen – er roch nach Menschenschweiß, und der graue Rock, der hart über mein Gesicht rieb, roch nach Pferdeschweiß und Holzfeuer und

Fett –, und ich konnte ihn hören, und dann konnte ich mein Armgelenk hören, und ich dachte: ‚Gleich werde ich meine Finger brechen hören, aber ich muß festhalten', und dann – ich weiß nicht, war es unter oder über seinem Arm oder Bein – erblickte ich in der Luft die Gestalt Ringos, der mit seinen hervorquellenden Augen und seinem offenen Mund ganz genau aussah wie ein Frosch, und das geöffnete Taschenmesser in seiner Hand.

Dann kam ich frei. Ich sah, wie Ringo rittlings auf Grumbys Rücken saß und wie Grumby sich auf Händen und Knien aufrichtete, und ich versuchte, die Pistole zu heben, aber mein Arm wollte sich nicht bewegen. Dann warf Grumby wie ein Stier Ringo von sich ab und fuhr blitzschnell herum, duckte sich und sah uns an; sein Mund stand offen; und dann begann mein Arm mit der Pistole sich langsam zu heben, und Grumby drehte sich um und rannte. Er hätte nicht versuchen sollen, in hohen Stiefeln von uns fortzurennen. Doch vielleicht machte das auch nichts aus, denn jetzt hatte mein Arm sich erhoben, und jetzt konnte ich den Rücken Grumbys (er schrie nicht, er gab keinen Laut von sich) und meine Pistole zugleich sehen, und die Pistole war geradeaus gerichtet und unverrückbar wie ein Fels.

4

Es dauerte den Rest des Tages und die halbe Nacht, bis wir die alte Baumwollpresse erreichten. Aber der Ritt nach Hause kostete nicht viel Zeit, weil wir jeder zwei Tiere hatten, die wir auswechseln konnten, und schnell vorankamen; und was wir zu tragen hatten – es war in ein Stück von Grumbys Uniformschößen eingewickelt –, wog fast nichts.

Bei einbrechender Dunkelheit ritten wir durch Jefferson; es regnete wieder, als wir an den Steinhaufen und den rauchgeschwärzten Wänden, die noch nicht eingestürzt waren, vorbeikamen und die Stelle überquerten, wo früher ein

Platz gewesen war. Wir banden die Maultiere in dem Zedernhain fest, und Ringo schickte sich an, ein Brett zu suchen, als wir entdeckten, daß jemand – wahrscheinlich Mrs. Compson oder auch Onkel Buck nach seiner Rückkehr – bereits eins in den Boden gesteckt hatte. Das Stück Draht hatten wir schon.

Der Hügel war jetzt, nach zwei Monaten, auch eingesunken und beinahe auf einer Ebene mit dem übrigen Erdboden, als ob Großmutter zuerst auch nicht hätte tot sein wollen, aber jetzt begonnen hätte, sich damit abzufinden. Wir wickelten es aus dem abgerissenen, schmutziggrauen, verblichenen Stück Tuch und befestigten es an dem Brett. „Jetz' kann sie wirklich schön ruhig daliegen", sagte Ringo.

„Ja", sagte ich. Und dann fingen wir beide an zu weinen. Wir standen da in dem dünnen Regen und weinten. Wir waren viel geritten und hatten während der letzten Woche wenig geschlafen und nicht immer genug gegessen.

„'s war nich er un auch nicht Ab Snopes, der sie umgebrach' hat", sagte Ringo. „'s war'n die Maultier'. Die erste Koppel von ihn', die wir umsons' gekrieg' hab'n."

„Ja", sagte ich. „Laß uns nach Hause gehen. Louvinia ist sicher in Sorge wegen uns."

Es war ganz dunkel, als wir zu der Hütte kamen. Und dann merkten wir, daß sie erleuchtet war wie für eine Weihnachtsfeier; wir konnten das große Feuer und die hellglänzende Lampe sehen, als Louvinia die Tür öffnete, lange bevor wir sie erreicht hatten, und in den Regen hinauslief und mich weinend und schreiend umhalste.

„Was?" sagte ich. „Vater? Vater ist zu Hause? Vater?"

„Und Miss Drusilla!" rief Louvinia; sie weinte und betete und streichelte mich und schrie auf Ringo ein und schimpfte – alles auf einmal. „Zu Haus! Is alles zu Ende! Alles außer die Übergabe. Und jetzt is Marster John nach Haus gekommen." Darauf erzählte sie uns, daß Vater und Drusilla vor etwa einer Woche nach Hause gekommen seien und daß Onkel Buck Vater berichtet habe, wo Ringo und ich steckten, und daß Vater versucht habe, Drusilla zu überreden, zu Hause auf uns zu warten, aber ohne Erfolg, und daß sie auf der Suche nach uns seien und Onkel Buck ihnen den Weg zeige.

Dann gingen wir zu Bett. Wir konnten nicht einmal bis zum Abendessen wach bleiben, das Louvinia für uns gekocht hatte; Ringo und ich legten uns in unseren Kleidern auf die Pritsche, und im gleichen Augenblick waren wir auch schon eingeschlafen, während Louvinia sich über uns beugte und immer noch schimpfte und Joby in der Kaminecke auf Louvinias Geheiß von Großmutters Stuhl aufgestanden war. Und dann schüttelte mich jemand, und es war mir, als ob ich wieder mit Ab Snopes kämpfte, und dann roch ich den Regen in Vaters Bart und in seinen Kleidern. Und Onkel Bucks Stimme war, wie immer, ganz laut, und Vater hielt mich umklammert, und Ringo und ich klammerten uns an ihn, und dann kniete Drusilla nieder und schlang ihre Arme um Ringo und mich, und ihr Haar roch auch nach Regen, und sie rief Onkel Buck zu, still zu sein. Vaters Hand fühlte sich hart an; ich konnte sein Gesicht hinter Drusilla erkennen und versuchte ‚Vater, Vater' zu sagen, während sie mich und Ringo umarmt hielt, und der Regengeruch ihres Haares füllte die Luft, und Onkel Buck schrie weiter, und Joby sah Onkel Buck mit offenem Mund und weit aufgerissenen Augen an.

„Ja, beim Allmächtigen! Hat ihn aufgespürt und gefangen und sogar den unumstößlichen Beweis dahin gebracht, wo Rosa Millard jetzt in Frieden ruhen kann."

„Den was?" rief Joby. „Den was dahin gebrach'?"

„Still, still!" sagte Drusilla. „Das ist alles erledigt und vorbei. Still, Onkel Buck!"

„Den Beweis und die Sühne!" schrie Onkel Buck. „Das erste, was ich und John Sartoris und Drusilla in der alten Baumwollpresse erblickten, war der Körper dieses Mordbuben, angenagelt an die Tür wie das Fell eines Waschbären, und nur die rechte Hand fehlte. ‚Und wenn jemand auch die Hand sehen will', hab ich zu John Sartoris gesagt, ‚soll er nur nach Jefferson reiten und Rosa Millards Grab betrachten!' Hab ich euch nich immer gesagt, er ist John Sartoris' Junge? He? Hab ich's euch nich gesagt?"

SCHARMÜTZEL IM HAUSE SARTORIS

1

Wenn ich an den Tag denke, an dem die Leute aus Vaters alter Abteilung sich auf ihren Pferden dem Haus gegenüber aufgestellt hatten, während Vater und Drusilla, die beide zu Fuß waren, vor der tragbaren Wahlurne der Carpetbagger standen, und auf der anderen Seite die Frauen – Tante Louisa, Mrs. Habersham und alle anderen – auf der Veranda saßen und die beiden Gruppen, die Männer und die Frauen, einander zugekehrt waren, als ob sie auf eine Trompete warteten, die zum Angriff bliese, so weiß ich, was hinter alledem steckte, glaube ich. Schuld daran war, scheint mir, daß Vaters Leute (gleich all den anderen Soldaten der Südstaaten) sich noch immer als Soldaten fühlten, wenn sie auch kapituliert hatten und sagten, sie seien geschlagen. Vielleicht lag es an ihrer alten Gewohnheit, immer so zu handeln, als ob sie nur ein Mann seien; vielleicht will man, wenn man vier Jahre in einer Welt gelebt hat, die ganz und gar durch männliches Handeln, selbst wenn es Kampf und Gefahr ist, bestimmt wird, diese Welt nicht verlassen: vielleicht sind Kampf und Gefahr die Ursache, denn Männer sind aus allen Gründen, die man sich nur denken kann, Pazifisten gewesen außer dem einen, um Kampf und Gefahr aus dem Wege zu gehen. Und nun waren also Vaters Leute samt allen anderen Männern in Jefferson und Tante Louisa und Mrs. Habersham samt allen Frauen in Jefferson einander wirklich feind, weil die Männer nachgegeben und darin eingewilligt hatten, daß sie jetzt zu den Vereinigten Staaten gehörten, während die Frauen sich nie ergeben hatten.

Ich erinnere mich an die Nacht, als wir den Brief erhielten und endlich erfuhren, wo Drusilla sich befand. Es war gerade vor Weihnachten 1864; die Yankees hatten Jefferson in Brand gesteckt und waren abgezogen, und wir wußten nicht einmal sicher, ob der Krieg weiterging oder nicht. Wir wußten nur, daß drei Jahre lang das Land voll von Yankees gewesen war und daß sie auf einmal verschwunden waren und daß es überhaupt keine Männer mehr hier gab. Nicht einmal von Vater hatten wir seit der Nachricht aus Carolina im Juli das geringste gehört, so daß wir in einer Welt von verbrannten Städten und Häusern und zerstörten Pflanzungen und Feldern lebten, die beinahe ausschließlich von Frauen bewohnt war. Ringo und ich waren damals fünfzehn Jahre alt; es kam uns fast so vor, als ob wir in einem Hotel, das man nur für Frauen und Kinder gebaut hatte, essen und schlafen und unsere Kleider wechseln müßten.

Der Umschlag war schmutzig und zerknittert, man hatte ihn geöffnet und wieder zugeklebt, aber wir konnten immer noch die Worte ‚Hawkhurst, Gihon County, Alabama‘ darauf entziffern, wenn wir auch Tante Louisas Handschrift zuerst nicht erkannten. Der Brief war an Großmutter adressiert; er bestand aus sechs Blättern, die mit der Schere aus

Tapetenpapier ausgeschnitten und auf beiden Seiten mit Heidelbeersaft beschrieben waren, und ich dachte an die Nacht vor achtzehn Monaten, als Drusilla und ich vor der Hütte in Hawkhurst standen und dem Vorbeizug der Neger auf der Straße lauschten; das war die Nacht, als sie mir von dem Hund erzählte, den sie still halten müsse, und mich dann bat, Vater zu fragen, ob sie sich seiner Abteilung anschließen und mit ihm reiten dürfe. Aber ich hatte Vater nicht gefragt. Vielleicht hatte ich es vergessen. Dann waren die Yankees abgezogen, und Vater und seine Leute waren auch fortgeritten. Dann, sechs Monate später, hatten wir einen Brief von ihm erhalten, in dem er schrieb, sie kämpften in Carolina, und einen Monat später einen von Tante Louisa, worin stand, daß Drusilla auch fortgeritten sei – einen kurzen Brief, der auf dem gleichen Tapetenpapier geschrieben war, und man konnte sehen, wo Tante Louisas Tränen auf den Heidelbeersaft gefallen waren, als sie davon sprach, daß sie nicht wisse, wo Drusilla sei, aber daß sie schon immer auf das Schlimmste gefaßt gewesen sei, seit Drusilla zielbewußt versucht habe, ihr Geschlecht zu verleugnen, indem sie weder über den Soldatentod ihres Verlobten noch über den ihres eigenen Vaters einen natürlichen Schmerz habe in sich aufkommen lassen; und sie, Tante Louisa, sei sicher, daß Drusilla sich bei uns aufhalte, und obschon sie nicht glaube, Drusilla werde auch nur einen Finger rühren, um eine tief besorgte Mutter zu beruhigen, so setze sie doch ihre Hoffnung auf Großmutter. Aber auch wir wußten nicht, wo Drusilla steckte. Sie war einfach verschwunden. Es schien, als ob die Yankees bei ihrem Marsch durch die Südstaaten nicht nur alle Männer, weiße und schwarze, mit sich genommen hätten, sondern noch dazu ein junges Mädchen, das versuchen wollte, wie ein Mann auszusehen und zu handeln, nachdem der Geliebte gefallen war.

Dann kam der zweite Brief. Aber er erreichte Großmutter nicht mehr, weil sie damals schon tot war (es war während der Zeit, als Grumby sich wieder in die Nähe von Jefferson geschlagen hatte; daher verbrachten Ringo und ich eine Nacht zu Hause und fanden dort den Brief, der durch Mrs. Compson befördert worden war), und darum konnten Ringo und ich für eine ganze Weile nicht herausbekommen, was Tante Louisa uns mitzuteilen versuchte. Auch dieser Brief war auf dem gleichen Tapetenpapier geschrieben; er enthielt sechs Seiten, aber der Heidelbeersaft zeigte diesmal keine Tränenspuren – wie Ringo sagte, weil Tante Louisa wahrscheinlich zu schnell geschrieben hatte:

Liebe Schwester!
Ich glaube das Folgende wird Dir ebenso neu sein wie es mir gewesen ist aber ich hoffe und bete es wird für Dich nicht die gleiche herzzerreißende Erschütterung bedeuten wie für mich was natürlich nicht möglich ist weil Du nur die Tante bist ich aber die Mutter. Aber ich denke nicht an mich weil ich eine Frau, eine Mutter, eine Frau aus den Südstaaten bin und es während der letzten vier Jahre unser Schicksal gewesen ist alles ertragen zu lernen. Aber wenn ich an meinen Mann denke der sein Leben hingegeben hat um das Erbe mutiger Männer und makelloser Frauen zu beschützen die vom Himmel herabschauen und sehen müssen daß eine Tochter freiwillig verleugnet wofür er gestorben ist und wenn ich an meinen vaterlosen Sohn denke der mich eines Tages fragen wird warum der Märtyrertod seines Vaters nicht ausreicht um den guten Namen seiner Schwester zu sichern –

Das war der Ton des Briefes. Ringo hielt einen brennenden Kiefernzweig in der Hand, um mir beim Lesen zu leuchten, aber als er nach einiger Zeit einen neuen Zweig anzünden mußte, hatten wir nur noch erfahren, daß, nachdem Gavin Breckbridge bei Shiloh gefallen war, bevor er und Drusilla hatten heiraten können, die höchste Bestimmung einer

Frau der Südstaaten auf Drusilla gewartet habe, nämlich als bräutliche Witwe für eine verlorene Sache zu zeugen, und daß Drusilla diese Bestimmung nicht nur mißachtet habe und nicht nur eine Verworfene, die das Andenken ihres Vaters schände, geworden sei, sondern daß sie jetzt in einem Zustand lebe, den sie, Tante Louisa, nicht in Worten ausdrücken wolle, den jedoch Großmutter erraten könne, obschon man Gott dafür danken müsse, daß Vater und Drusilla wenigstens nicht wirkliche Blutsverwandte seien, da nur zwischen Drusilla und Vaters Frau und nicht zwischen ihr und Vater selbst eine Blutsverwandtschaft bestände. Darauf zündete Ringo den zweiten Kiefernzweig an, und wir breiteten die Blätter aus Tapetenpapier auf dem Fußboden aus und sahen endlich, um was es sich handelte: Drusilla sei seit sechs Monaten von zu Hause fort und habe nichts weiter geschrieben, als daß sie noch lebe, und dann sei sie eines Nachts in der Hütte erschienen, wo Tante Louisa mit Denny wohnte (und was jetzt folgte, war unterstrichen), und zwar nicht nur angezogen wie ein Mann, sondern in der Uniform eines gewöhnlichen Soldaten, und habe ihnen erzählt, sie gehöre seit sechs Monaten zu Vaters Abteilung und schlafe nachts im Feldlager mitten unter den Männern und denke nicht einmal daran, ein Zelt für Vater und sich selbst aufzuschlagen, außer bei schlechtem Wetter, und Drusilla habe nicht nur keine Scham oder Reue gezeigt, sondern tatsächlich vorgegeben, sie verstände gar nicht, was Tante Louisa meine; und als sie, Tante Louisa, ihr erklärt habe, daß sie und Vater sofort heiraten müßten, habe Drusilla geantwortet: „Kannst du nicht begreifen, daß ich es leid bin, Ehegatten in diesem Krieg zu begraben? Daß ich nicht mit Vetter John und seinen Leuten reite, um einen Mann zu finden, sondern um Yankees zu töten?“ Und darauf habe Tante Louisa gesagt: „Nenne ihn wenigstens nicht *Vetter* John, wenn Fremde dich hören können.“

2

Der dritte Brief war gar nicht an uns gerichtet. Sie hatte ihn an Mrs. Compson geschickt. Drusilla und Vater waren zu der Zeit zu Hause. Es war im Frühling, und der Krieg war zu Ende, und wir beschäftigten uns damit, Zypressen und Eichen aus der Niederung herbeizuschaffen, um das Haus aufzubauen, und Drusilla arbeitete mit Joby und Ringo und Vater und mir, als ob sie ein Mann wäre, und ihr Haar war kürzer als damals in Hawkhurst, ihr Gesicht sonnverbrannt und ihr Körper mager von den Entbehrungen des Soldatenlebens. Nach Großmutters Tod schliefen Ringo und Louvinia und ich in der Hütte, aber als Vater zurückkam, zogen Ringo und Louvinia wieder in Jobys Hütte, und nun schliefen Vater und ich auf meiner und Ringos Pritsche, und Drusilla in Großmutters früherem Bett hinter dem Vorhang. Und eines Nachts fiel mir Tante Louisas Brief ein, und ich zeigte ihn Drusilla und Vater, und Vater fand heraus, daß Drusilla Tante Louisa nicht mitgeteilt hatte, wo sie war, und Vater bestand darauf, daß sie es tue, und daher kam Mrs. Compson eines Tages mit dem dritten Brief zu uns heraus. Drusilla und Ringo und Louvinia waren in der Bachniederung bei der Sägemühle; und ich sah auch diesen Brief, der wieder mit Heidelbeersaft auf Tapetenpapier geschrieben war und ebenfalls keine Tränenspuren zeigte; und es war das erstemal seit Großmutters Tod, daß Mrs. Compson zu uns kam, und sie stieg nicht einmal aus ihrem offenen Wagen, sondern blieb darin sitzen, wobei sie ihren Sonnenschirm in der einen und ihr Umschlagtuch in der anderen Hand hielt, und blickte um sich, als ob sie, wenn Drusilla aus dem Haus oder um die Ecke käme, nicht ein dünnes, sonnverbranntes Mädchen in Männerkleidung, sondern etwas wie einen zahmen Panther oder Bär zu sehen erwarte. Dieser Brief klang genau wie die anderen: er sagte, Tante Louisa wende sich an jemanden, den sie, aber nicht Großmutter als einen fremden Menschen betrachte, und manchmal hänge der gute Name einer Familie von dem guten Namen jedes einzelnen ab, der dazugehöre; und natürlich könne sie von Mrs. Compson nicht erwarten, daß sie zu uns herausziehe und bei Vater und Drusilla wohne, denn selbst das käme jetzt zu spät, um den Anschein von etwas aufrechtzuerhalten, was überhaupt nicht vorhanden gewesen sei. Aber Mrs. Compson sei auch eine Frau, denke Tante Louisa, und dazu eine Frau aus den Südstaaten und habe selbst manches durchgemacht, daran zweifele Tante Louisa nicht, aber sie, Tante Louisa, hoffe und bete, daß es Mrs. Compson erspart geblieben sei, zu sehen, wie ihre Tochter – wenn sie eine habe – alle im Süden gehegten Ideale reinen Frauentums, für die unsere Männer gestorben seien, verhöhne und mit Füßen trete, obgleich Tante Louisa auf der anderen Seite hoffe, daß dies für Mrs. Compsons Ehegatten (Mrs. Compson war ein gut Teil älter als Großmutter, und der einzige Ehemann, den sie je gehabt hatte, war eine ganze Zeitlang als verrückt eingesperrt worden, weil er die Gewohnheit hatte, nachmittags in seinen Mußestunden acht oder zehn kleine Jungen im Negerviertel aufzulesen und sie, jeder mit einer großen süßen Kartoffel auf dem Kopf, jenseits des Baches in einer Reihe aufzustellen und mit einem Gewehr die Kartoffeln herunterzuschießen; dabei pflegte er ihnen zu sagen, es könne sein, daß er eine Kartoffel verfehle, aber einen Neger werde er nicht verfehlen; infolgedessen wagten sie sich nicht zu mucksen) nicht zutreffe. Auch in diesem Brief konnte ich keinen Sinn finden, und ich wußte immer noch nicht, wovon Tante Louisa eigentlich sprach, und glaubte auch nicht, daß Mrs. Compson es wußte.

Denn sie war nicht die Hauptperson: das war Mrs. Habersham, die uns nie besucht hatte und die Großmutter, soviel ich wußte, auch nie besucht hatte. Denn Mrs. Compson blieb nicht lange, sie verließ nicht einmal ihren Wagen, sondern blieb darin sitzen und kauerte sich gleichsam unter ihrem Schal zusammen und sah mich an und blickte dann nach der Hütte, als ob sie nicht sicher sei, was aus oder hinter der Hütte auftauchen könne. Dann begann sie, dem Negerkutscher mit ihrem Sonnenschirm auf den Kopf zu klopfen, und der Wagen mit den beiden alten Pferden davor setzte sich in Bewegung und fuhr ziemlich schnell den Fahrweg hinunter und dann die Straße zur Stadt entlang. Und als ich am nächsten Nachmittag mit dem Wassereimer aus dem Bachgrund herauf zur Quelle ging, standen fünf Ein- und Zweispänner vor der Hütte, und in der Hütte hatten sich vierzehn Frauen versammelt, die vier Meilen weit von Jefferson gekommen waren, alle in ihren Sonntagskleidern, soweit die Yankees und der Krieg sie ihnen gelassen hatten. Ihre Männer waren entweder gefallen oder halfen Vater bei seinen Unternehmungen in Jefferson. Es waren damals eben seltsame Zeiten; aber vielleicht gibt es für Frauen keine seltsamen Zeiten, sondern nur ein ununterbrochenes, gleichförmiges Etwas, das angefüllt ist von den nie endenden Torheiten ihrer Männer. Mrs. Compson saß in Großmutters Stuhl, noch immer mit dem Schirm in der Hand und unter ihrem Schal zusammengekauert, und sah aus, als ob sie endlich das Erwartete erblickt habe – und es sei wirklich der Panther gewesen. Es war Mrs. Habersham, die den Bettvorhang zurückschlug, damit die anderen hineingehen und das Bett sehen könnten, in dem Drusilla schlief, und die ihnen dann Vaters und meine Pritsche zeigte. Dann fiel ihr Blick auf mich, und sie sagte: „Und wer ist das?"

„Das ist Bayard", sagte Mrs. Compson.

„Du armes Kind", sagte Mrs. Habersham. Ich blieb erst gar nicht stehen. Aber es ließ sich nicht vermeiden, daß ich sie hörte. Es klang, als ob Mrs. Habersham die Versammlung eines Damenklubs leite, denn ab und zu vergaß sie zu flüstern. „– die Mutter sollte kommen, sollte sofort hierhergeholt werden. Aber da sie nicht da ist . . .wir, die Frauen der Gemeinde und selbst Mütter . . . Kind wahrscheinlich ausgenutzt von einem romantischen Haudegen . . . bevor ihr klar wurde, welchen Preis sie zu zahlen ... –", und Mrs. Compson sagte: „Leise,se!", und dann sagte eine andere: „Glaubt ihr wirklich –", und dann vergaß Mrs. Habersham das Flüstern ganz und gar und sagte: „Was sonst? Welcher andere Grund könnte sie veranlaßt haben, sich da unten den ganzen Tag im Wald zu verbergen und schwere Gewichte zu heben wie Holzklötze und –"

Dann machte ich, daß ich weiterkam. Ich füllte den Eimer an der Quelle und ging zum Holzplatz zurück, wo Drusilla und Ringo und Joby die Bandsäge bedienten und das Maultier mit verbundenen Augen im Sägemehl im Kreise herumging. Dann machte Joby einen Laut, und wir hielten alle ein und blickten umher und wurden gewahr, wie Mrs. Habersham, hinter deren Rücken drei andere weitgeöffnete, neugierig glitzernde Augenpaare verstohlen hervorsahen, auf Drusilla starrte, die in ihrem schmutzigen, durchschwitzten Arbeitsanzug und ihren schweren Männerschuhen mitten in den Holzabfällen stand, das schweißgebadete Gesicht und das kurzgeschnittene Haar ganz von gelblichem Sägemehl überstäubt. „Ich bin Martha Habersham", sagte Mrs. Habersham. „Ich bin eine Nachbarin, und ich hoffe, eine Freundin zu werden." Und dann fügte sie hinzu: „Sie armes Kind."

Wir schauten sie nur an; als Drusilla endlich sprach, klang ihre Stimme wie Ringos und meine, wenn Vater im Scherz etwas auf lateinisch zu uns gesagt hatte. „Bitte, Ma'am?" sagte Drusilla. Ich war nicht mehr als fünfzehn; ich wußte immer noch nicht, um was es sich handelte; ich stand einfach da und hörte zu, ohne mir viel dabei zu denken, ebensowenig wie vorher bei dem Geschwätz in der Hütte.

„Meine Verfassung?" sagte Drusilla. „Meine –"

„Ja", sagte Mrs. Habersham. „Keine Mutter, keine Frau, um ... und so in die Enge getrieben –"; dabei machte sie eine unbestimmte Handbewegung in der Richtung auf das Maultier, das nicht aufgehört hatte, im Kreis herumzugehen, und auf Joby und Ringo, die sie anstarrten, während die drei anderen hinter ihrem Rücken noch immer verstohlen Drusilla betrachteten; „– um Ihnen nicht nur unsere Hilfe anzubieten, sondern auch unser Mitgefühl."

„Meine Verfassung", sagte Drusilla. „Meine Ver . . . Hilfe und Mitge –" Dann sagte sie „Oh. Oh. Oh", blieb noch einen Augenblick stehen, und dann sah man sie fortrennen. Sie lief los wie ein Reh, das erst wegbricht und dann entscheidet, wo es hinwill; sie drehte sich gleichsam mitten in der Luft, sprang mit geöffnetem Mund leicht über die Bretter und Holzklötze, rannte auf mich zu und rief dabei „John, John!", doch nicht laut; für einen Augenblick schien sie zu glauben, ich sei Vater, bis sie aufwachte und ihren Irrtum erkannte; sie hielt an, ohne ihren Lauf zu unterbrechen, wie ein Vogel in der Luft anhält: bewegungslos und dennoch in rasender Bewegung. „Denkst du das auch?" sagte sie. Dann war sie fort. Vorne im Wald entdeckte ich ihre weit auseinanderliegenden, schnellen Fußspuren, aber als ich aus dem Bachgrund herauskam, konnte ich sie nirgends erblicken. Doch die Ein- und Zweispänner standen noch vor der Hütte, und da ich auch Mrs. Compson und die anderen Damen auf der Terrasse sitzen und in der Richtung auf den Bachgrund Ausschau halten sah, ging ich nicht dahin. Aber bevor ich die andere Hütte, in der Louvinia und Joby und Ringo wohnten, erreichte, erblickte ich Louvinia, die von der Quelle her den Hügel heraufkam und singend ihren Wassereimer aus Zedernholz trug. Dann trat sie in die Hütte, und das Singen brach kurz ab, und nun wußte ich, wo Drusilla war. Aber ich verbarg mich nicht. Ich ging zum Fenster und sah, wie Drusilla sich gerade von dem Kaminsims wegdrehte, gegen den sie sich mit dem Kopf auf den Armen gelehnt hatte, bevor Louvinia mit dem Wassereimer und mit dem Zweig eines Gummibaums in ihrem Mund und mit Vaters altem Hut über ihrem Kopftuch hereinkam. Drusilla weinte. „Das ist es also", sagte sie. „Da gehen sie zu der Sägemühle herunter und erzählen mir, daß in meiner Verfassung – – Mitgefühl und Hilfe – fremde Leute; ich habe keine von ihnen je zuvor gesehen, und es ist mir verdammt gleichgültig, was sie – Aber du und Bayard. Glaubt ihr das von mir? Daß John und ich – daß wir –“ Dann machte Louvinia eine Bewegung. Schneller, als Drusilla zurückweichen konnte, streckte Louvinia ihre Hand aus und legte sie flach auf Drusillas Leib, und dann hielt Louvinia Drusilla in ihren Armen, wie sie mich zu halten pflegte, und Drusilla weinte noch stärker. „Daß John und ich – daß wir – nachdem Gavin bei Shiloh gefallen ist – und Johns Haus abgebrannt und seine Pflanzung zerstört – sollen er und ich – er ist mit mir in den Krieg gezogen, um Yankees zu töten, nicht, um auf Frauen Jagd zu machen!“

„Ich weiß, du bis' es nich“, sagte Louvinia. „Jetz' sei still, sei still.“

Und das war ungefähr alles. Sie brauchten nicht viel Zeit, um ihr Ziel zu erreichen. Ich weiß nicht, ob Mrs. Habersham Mrs. Compson veranlaßte, Tante Louisa zu holen, oder ob Tante Louisa ihnen einfach einen Termin gesetzt hatte und dann selbst herauskam. Denn wir waren beschäftigt, Drusilla und Joby und Ringo und ich in der Sägemühle und Vater in der Stadt; wir sahen ihn nicht von frühmorgens an, wenn er wegritt, bis nachts, manchmal spätnachts, wenn er zurückkam. Es waren seltsame Zeiten damals. Vier Jahre lang hatten wir – selbst die Frauen und Kinder, die nicht kämpfen konnten – nur für eine Sache gelebt: das Land von den Yankee-Armeen zu befreien; wenn es so weit käme, dachten wir, würde alles vorbei sein. Und jetzt war es so weit gekommen, und dann hörte ich noch vor Beginn des Sommers Vater zu Drusilla sagen: „Truppen aus den Nordstaaten sind uns zugesagt worden; Lincoln selbst hat uns versprochen, uns Truppen zu schicken. Dann wird alles in Ordnung kommen.“ Und das sagte ein Mann, der vier Jahre hindurch in der ausgesprochenen Absicht ein Regiment kommandiert hatte, um die Truppen der Nordstaaten aus dem Lande zu treiben. Es schien jetzt, als ob wir uns gar nicht ergeben, sondern uns mit unseren früheren Feinden gegen einen neuen Feind vereinigt hätten, dessen Mittel wir nicht immer ergründen konnten, dessen Zwecke wir aber immer zu fürchten hatten. Daher war er den ganzen Tag in der Stadt beschäftigt. Jefferson wurde wieder aufgebaut, vor allem das Rathaus und die Geschäfte, aber es war mehr als das, woran Vater und die anderen Männer arbeiteten – etwas, was er vor Drusilla und mir und Ringo geheimhalten und um dessentwillen er uns nicht in die Stadt fahren lassen wollte. Dann machte sich Ringo eines Tages heimlich zur Stadt auf, und als er zurückkam, sah er mich an und rollte die Augen ein wenig.

„Weiß' du, was ich nich bin?" sagte er.

„Was?" sagte ich.

„Ich bin kein Nigger mehr. Ich bin abgeschaff'." Darauf fragte ich ihn, was er denn sei, wenn er kein Nigger mehr wäre, und er zeigte mir, was er in der Hand hielt. Es war ein neuer Papier-Dollar, der von dem örtlichen Vertreter des Schatzmeisters der Vereinigten Staaten, Bezirk Yoknapatawpha, Mississippi, ausgestellt und von ‚Cassius Q. Benbow, bevollmächtigter Stadthauptmann' in sauberer Kanzleischrift, mit einem großen Schnörkel darunter, unterschrieben war.

„Cassius Q. Benbow?" sagte ich.

„Ge-nau", sagte Ringo. „Onkel Cash, der Benbows ihr'n Wagen gefahr'n hat, bis er mit'n Yankees vor zwei Jahr' weggemach' hat. Er's zurück jetz' un soll Stadthauptmann von Jeffers'n wer'n. Das 's was Marster John un die andren Weißen so mit beschäftig' sin'."

„Ein Nigger?" sagte ich. „Ein Nigger?"

„Nein", sagte Ringo, „'s gib' keine Nigger nich mehr, nich in Jeffers'n un nirgends." Dann erzählte er mir von den beiden Burdens aus Missouri, die von Washington bevollmächtigt waren, die Neger zu organisieren und in die republikanische Partei hineinzubringen, und von den Bemühungen Vaters und der anderen Männer, das zu verhindern. „Is sicher“, sagte er, „der Krieg is nich vorbei. Hat jetz' ers' richtig angefangen. Früher war's so, wenn du 'nen Yankee gesehn has', has' du's gleich gewuß', weil er nie nich's andres hatt, als 'n Gewehr oder 'nen Strick von 'nem Maultier oder 'n paar Hühnerfedern in der Hand. Jetz' erkenns' du'n nich mal und statt'm Gewehr hat er jetz' 'nen Haufen von dies' Zeug in einer Hand und 'nen Hauf'n von Nigger-Wahlzetteln in der andren.“

Wir arbeiteten also und sahen Vater nur abends spät, und dann warfen Ringo und ich und sogar Drusilla manchmal nur einen Blick auf ihn und stellten ihm keine Fragen. Daher brauchten sie nicht lange, denn Drusilla war schon geschlagen; sie suchte, ohne es zu wissen, die Dinge nur hinauszuziehen, schon von jenem Nachmittag an, als die vierzehn Damen wieder in ihre Ein- und Zweispänner gestiegen und zur Stadt zurückgefahren waren, bis zu einem Nachmittag ungefähr zwei Monate später, als wir Dennys Geschrei hörten, bevor noch der Wagen durch die Einfahrt gekommen war. Auf einem der Koffer (das war's, was Drusilla überwältigte: die Koffer. Darin hatte man ihre Kleider gepackt, die sie seit drei Jahren nicht getragen hatte; Ringo hatte sie bis jetzt nie in einem Kleid gesehen) saß Tante Louisa in voller Trauerkleidung, sogar bis zur Crêpeschleife an ihrem Schirmgriff, und dabei hatte sie vor zwei Jahren, als wir in Hawkhurst waren, keine Trauerkleidung getragen, und Onkel Dennison war damals genauso tot wie jetzt. Sie fuhr bis zu der Hütte, und als sie aus dem Wagen stieg, weinte sie schon und redete genau wie ihre Briefe klangen, und wenn man ihr zuhörte, mußte man gleichsam hin- und zurückspringen, um überhaupt zu begreifen, was sie sagte:

„Ich bin gekommen, um mich noch einmal mit den Tränen einer Mutter an sie zu wenden, wenn ich auch nicht glaube, daß es etwas nützen wird, obgleich ich bis zuallerletzt gebetet habe, daß die Unschuld dieses Knaben hier verschont und bewahrt werden möge, aber was sein muß,

muß sein, und wir drei können wenigstens unsere Last zusammen tragen"; währenddem saß sie in der Mitte des Zimmers in Großmutters Stuhl, ohne ihren Schirm weggelegt noch ihre Haube abgenommen zu haben, und blickte auf die Pritsche, auf der Vater und ich zu schlafen pflegten, und dann auf die Bettdecke, die an den Dachsparren angenagelt war, um ein Zimmer für Drusilla zu schaffen, und betupfte ihren Mund mit einem Taschentuch, das die ganze Hütte mit einem Geruch wie von verblühten Rosen erfüllte. Und dann kam Drusilla in ihren schmutzbedeckten, schweren Schuhen und in ihrem durchschwitzten Hemd und Arbeitsanzug und mit von der Sonne gebleichten, von Sägemehl überstäubten Haaren von der Sägemühle herauf, und Tante Louisa warf ihr nur einen Blick zu und fing wieder an zu weinen und sagte: „Verloren, verloren. Dank sei Gott in seiner Barmherzigkeit, daß Dennison Hawk abberufen worden ist, bevor er den Anblick erleben mußte, den ich jetzt vor mir habe."

Sie war schon geschlagen. Tante Louisa zwang sie an diesem Abend, ein Kleid anzuziehen; wir sahen sie damit aus der Hütte und den Hügel herunter zur Quelle laufen, während wir auf Vater warteten. Und er kam und trat in die Hütte, wo Tante Louisa mit dem Taschentuch vor ihrem Mund noch immer in Großmutters Stuhl saß. „Das ist eine angenehme Überraschung, Miss Louisa", sagte Vater.

„Es ist nicht angenehm für mich, Oberst Sartoris", sagte Tante Louisa. „Und da schon ein Jahr vergangen ist, kann ich es wohl keine Überraschung nennen. Aber es ist noch immer ein Schreck." Also kam Vater auch heraus, und wir gingen hinunter zur Quelle und fanden Drusilla hinter einer großen Birke versteckt, wo sie sich zusammengekauert hatte, als ob sie den Rock vor Vater zu verbergen suche, selbst während er sie aufhob. „Was liegt schon an einem Kleid", sagte er. „Es bedeutet nichts. Komm. Steh auf, Soldat."

Aber sie war geschlagen, als ob in dem Augenblick, da

sie sich von ihnen das Kleid anziehen ließ, ihr Widerstand gebrochen wäre; als ob sie in dem Kleid weder sich wehren noch fortrennen könnte. Und daher kam sie nicht mehr herunter zu dem Holzplatz, und da Vater und ich mit Joby und Ringo in der Hütte schliefen, sah ich Drusilla überhaupt nicht, außer beim Essen. Und wir waren damit beschäftigt, das Holz fertigzumachen, und jetzt sprachen alle von der Wahl, und man erzählte sich, daß Vater in der Stadt den beiden Burdens vor allen Leuten gesagt habe, die Wahl werde nie stattfinden, wenn Cash Benbow oder irgendein anderer Neger als Kandidat aufgestellt werden sollte, und daß die Burdens ihm herausfordernd geantwortet hätten, er möge nur versuchen, die Wahl zu verhindern. Und zu alledem war die andere Hütte den ganzen Tag voll von Damen; man hätte meinen können, daß Drusilla die Tochter Mrs. Habershams und nicht Tante Louisas sei. Die ersten von ihnen kamen schon gleich nach dem Frühstück an, und sie blieben den ganzen Tag, so daß Tante Louisa beim Abendessen noch dasaß, angetan mit ihrer schwarzen Trauerkleidung, aber ohne die Haube und den Schirm, mit irgendeinem Stück schwarzer Strickerei in der Hand, das sie immer bei sich trug und das niemals fertig wurde, und mit dem gefalteten Taschentuch an einer leicht erreichbaren Stelle in ihrem Gürtel (aber sie aß kräftig, sie aß sogar mehr als Vater, denn es war nur eine Woche bis zur Wahl, und ich vermute, er dachte an die Burdens); und sie weigerte sich mit irgend jemandem zu sprechen außer Denny; und Drusilla versuchte zu essen, und ihr Gesicht sah angespannt und dünn aus, und ihre Augen schienen jemandem zu gehören, der das Spiel schon lange verloren hat und sich nur noch künstlich aufrechterhält.

Dann brach Drusilla zusammen; sie hatten sie bezwungen. Sie war stark und nicht viel älter als ich, aber sie hatte Tante Louisa und Mrs. Habersham das Spiel bestimmen lassen; dennoch war es ihr gelungen, beide zu schlagen, bis zu dem Tag, an dem Tante Louisa hinter ihrem Rücken ein

Spiel begann, dem sie nicht gewachsen war. Ich kam zum Abendessen nach Hause und hörte sie in der Hütte miteinander reden, bevor ich es vermeiden konnte: „Kannst du mir nicht glauben?" sagte Drusilla. „Kannst du nicht begreifen, daß ich in der Truppe nichts war als ein neuer Mann – und, was das betrifft, kein besonders tüchtiger – und daß ich seit unserer Heimkehr nur ein weiterer Mund bin, den John zu füttern hat, nur eine Kusine seiner Frau und nicht viel älter als sein eigener Sohn?" Und ich konnte Tante Louisa beinahe vor mir sehen, wie sie dasaß mit ihrer Strickkerei, die nie fortschritt:

„Willst du mir erzählen, daß du, ein junges Mädchen, ein ganzes Jahr lang Tag und Nacht mit ihm, einem immer noch jungen Mann, zusammengewesen und durch das Land gezogen bist, ohne die geringste Überwachung, ohne den geringsten Schutz vor –? Hältst du mich für ganz und gar schwachsinnig?" An dem Abend gewann Tante Louisa ihr Spiel; wir hatten uns gerade zum Essen hingesetzt, als Tante Louisa, die nur gewartet zu haben schien, bis die Bank aufhörte zu krachen, mich ansah: „Bayard, ich bitte dich nicht um Entschuldigung für das, was du hören wirst, denn auch du trägst mit an der Last, du bist ein unschuldiges Opfer, ebenso wie Dennison und ich –." Darauf blickte sie Vater an und warf sich in ihrem schwarzen Kleid, mit dem Stück schwarzer Strickerei neben ihrem Teller, in Großmutters Stuhl zurück (es war der einzige Stuhl, den wir besaßen). „Oberst Sartoris", sagte sie, „ich bin eine Frau, ich muß um etwas ersuchen, was mein Gatte, den ich verloren habe, und mein erwachsener Sohn, den ich nicht besitze, fordern würden – vielleicht mit der Pistole in der Hand. – Wollen Sie meine Tochter heiraten?"

Ich stand auf. Ich ging schnell weg; ich hörte den hellen, harten Ton, als Drusillas Kopf zwischen ihren weit ausgebreiteten Armen auf den Tisch fiel, und den Laut, den die Bank machte, als Vater auch aufstand; ich ging an ihm vorbei, während er neben Drusilla stand, die Hand auf ihren Kopf gelegt. „Sie haben dich untergekriegt, Drusilla“, sagte er.

3

Mrs. Habersham erschien am nächsten Morgen, bevor wir noch zu Ende gefrühstückt hatten. Ich weiß nicht, wie Tante Louisa es fertiggebracht hatte, sie so schnell zu benachrichtigen. Aber da war sie nun, und sie und Tante Louisa setzten den Hochzeitstag für übermorgen an. Ich vermute, sie wußten nicht einmal, daß dies der Tag war, von dem Vater gesprochen hatte, als er den Burdens sagte, daß Cash Benbow niemals zum Stadthauptmann von Jefferson gewählt werden würde. Ich vermute, sie beachteten das nicht mehr, als wenn alle Männer vereinbart hätten, daß übermorgen alle Uhren in Jefferson eine Stunde vor- oder zurückgestellt werden sollten. Vielleicht wußten sie nicht einmal, daß eine Wahl angesetzt war, daß alle Männer des Bezirks morgen mit Pistolen in ihren Taschen nach Jefferson reiten würden und daß die Burdens ihre Negerwähler schon unter Bewachung in einem Baumwollspeicher am Rande der Stadt einquartiert hatten. Ich vermute, das kümmerte Tante Louisa und Mrs. Habersham überhaupt nicht. Denn, wie Vater sagte, Frauen will es nicht in den Kopf, daß etwas richtig oder falsch oder sogar wichtig sein mag, das durch eine Menge kleiner, bekritzelter Zettel, die man in einen Kasten steckt, entschieden werden kann.

Es sollte eine große Hochzeit sein; ganz Jefferson sollte eingeladen werden, und Mrs. Habersham hatte vor, die drei Flaschen Madeira, die sie nun seit drei Jahren aufgespart hatte, mitzubringen, als Tante Louisa wieder anfing zu weinen. Aber sie begriffen jetzt schnell: sie alle streichelten Tante Louisas Hände und gaben ihr Essig zu riechen, und Mrs. Habersham sagte: „Aber natürlich. Sie arme Frau. Eine öffentliche Hochzeit, jetzt, nach einem Jahr, wäre gleich einem öffentlichen Zugeständnis von ...“ Infolgedessen beschlossen sie, es solle ein Empfang sein, denn Mrs. Habersham erklärte, ein Empfang für ein Brautpaar könne jederzeit, sogar nach zehn Jahren, abgehalten werden. Es wurde also bestimmt, daß Drusilla in die Stadt fahren, dort Vater treffen und so schnell und unauffällig wie möglich getraut werden solle, mit keinem anderen Zeugen als mir und noch jemandem, um es gesetzlich gültig zu machen; nicht einmal eine der Damen würde anwesend sein. Dann würden sie wieder nach Hause fahren, und wir würden den Empfang abhalten.

So begannen sie schon früh am nächsten Morgen mit Körben voller Eßwaren und Tischdecken und Silberzeug einzutreffen wie zu einem von der Kirche veranstalteten Abendessen. Mrs. Habersham hatte einen Schleier und einen Kranz mitgebracht, und alle halfen Drusilla beim Anziehen, doch Tante Louisa ließ Drusilla Vaters großen Reitmantel über den Schleier und sogar über den Kranz hängen; und Ringo führte die schön gestriegelten und gebürsteten Pferde heran, und ich half Drusilla aufsteigen, während Tante Louisa und alle anderen von der Veranda aus zusahen. Aber ich merkte nicht, daß Ringo fehlte, als wir losritten, und ich merkte es auch dann nicht, als ich Tante Louisa nach Denny rufen hörte, während wir den Fahrweg entlangritten. Ich erfuhr den Hergang erst später von Louvinia. Sie beschrieb, wie die Damen nach unserem Aufbruch den Tisch gedeckt und geschmückt und das Hochzeitsfrühstück schon aufgetragen und dabei das Einfahrtstor nicht aus dem Auge gelassen hätten und wie Tante Louisa immer noch nach Denny gerufen hätte; und dann hätten sie gesehen, wie Ringo und Denny, zusammen auf einem Maultier, den Fahrweg hinaufgaloppiert wären und wie Denny, mit Augen so groß wie Teller, schon von weitem geschrien hätte: „Sie hab'n sie totgeschossen! Sie hab'n sie totgeschossen!“

„Wen?“ rief Tante Louisa. „Wo bist du gewesen?“

„In der Stadt!“ schrie Denny. „Die zwei Burdens! Sie hab’n sie totgeschossen!“

„Wer hat sie totgeschossen?“ rief Tante Louisa.

„Drusilla und Vetter John!“ schrie Denny. Dann, so berichtete Louvinia, wurde Tante Louisas Stimme laut.

„Du willst mir doch nicht sagen, daß Drusilla und dieser Mann noch nicht verheiratet sind?“

Denn wir hatten keine Zeit. Vielleicht eilte es nicht so für Drusilla und Vater, aber als wir auf den Marktplatz kamen, erblickten wir den Haufen Neger, die sich, bewacht von sechs oder acht fremden weißen Männern, jenseits des Hotels eng zusammendrängten, und dann sah ich plötzlich, wie die Männer aus Jefferson, Leute, die ich kannte und die Vater kannte, über den Platz auf das Hotel zuliefen, jeder von ihnen mit der Hand an der Hüfte, wie jemand läuft, der eine Pistole in seiner Tasche trägt. Und dann sah ich, daß die Leute, die früher Vaters Abteilung gebildet hatten, sich vor der Hoteltür aufgestellt hatten und den Zugang versperrten. Und dann ließ ich mich von meinem Pferd heruntergleiten, und gleichzeitig sah ich Drusilla sich mit George Wyatt herumschlagen. Aber er hatte sie nicht zu fassen bekommen, sondern nur den Mantel gegriffen, und dann brach sie durch die Linie von Vaters Leuten und rannte auf das Hotel zu; der Kranz auf ihrem Kopf war auf eine Seite gerutscht, und der Schleier wehte hinter ihr her. Doch George hielt mich fest. Er ließ den Reitmantel fallen und hielt mich fest. „Laßt mich los“, sagte ich. „Vater.“

„Ruhig jetzt“, sagte George und hielt mich weiter fest. „John ist gerade hineingegangen, um zu wählen.“

„Aber es sind doch zwei von ihnen!“ sagte ich. „Laßt mich los!“

„John hat zwei Schuß in der Derringer-Pistole“, sagte George. „Ruhig jetzt.“

Sie hielten mich fest. Und dann hörten wir die drei Schüsse, und wir alle drehten uns um und blickten nach der

Tür. Ich weiß nicht, wie lange es dauerte. „Die beiden letzten kamen aus dem Derringer", sagte George. Ich weiß nicht, wie lange es dauerte. Der alte Neger, der bei Mrs. Holston als Türhüter diente und sogar zu alt war, um frei zu sein, steckte einmal seinen Kopf heraus und sagte „Großer Gott" und zog den Kopf schnell wieder zurück. Dann kam Drusilla mit der Wahlurne in den Händen heraus; der Kranz saß schief auf ihrem Kopf, und der Schleier war um ihren Arm gewickelt; und hinter ihr kam Vater heraus, der seine neue Biberkappe an seinem Ärmel abrieb. Und dann ertönte ein lautes Geschrei; ich konnte hören, wie sie tief Atem holten, so, wie die Yankees es auch früher gehört hatten, wenn es losging:

„Hei-ei-ei –" Aber Vater hob die Hand, und sie hörten auf. Es wurde mäuschenstill.

„Wir hörten noch einen Schuß aus einer anderen Pistole", sagte George. „Haben sie Euch getroffen?"

„Nein", sagte Vater. „Ich habe sie zuerst feuern lassen. Ihr habt es alle gehört. Ihr Leute kennt meinen Derringer und könnt darauf schwören."

„So ist es", sagte George. „Jeder von uns hat es gehört." Jetzt blickte Vater sie alle an, seine Augen gingen langsam von einem Gesicht zum anderen.

„Wünscht irgendeiner von euch mit mir über diese Sache zu reden?" sagte er. Aber es war mäuschenstill, niemand machte eine Bewegung. Der Haufen Neger, im Zaum gehalten durch die Weißen aus den Nordstaaten, stand noch genauso da wie vorher, als ich sie zuerst erblickt hatte. Vater setzte seine Mütze auf und ließ sich die Wahlurne geben und half Drusilla auf ihr Pferd und reichte ihr die Wahlurne hinauf. Dann blickte er wieder umher und sah alle von ihnen an. „Diese Wahl wird bei mir zu Hause abgehalten werden", sagte er. „Hiermit ernenne ich Drusilla Hawk zum Wahlkommissar, bis die Stimmen abgegeben und gezählt worden sind. Erhebt jemand hier Widerspruch?" Aber er gebot ihnen mit seiner Hand wieder Einhalt, bevor sie richtig loslegten. „Nicht jetzt, Leute“, sagte er. Er wandte sich Drusilla zu. „Reit nach Hause, ich werde zum Sheriff gehen und dir dann folgen.“

„Den Teufel werdet Ihr“, sagte George Wyatt. „Einige von uns werden mit Drusilla hinausreiten. Die übrigen werden Euch begleiten!“

Aber Vater wollte sie nicht mitgehen lassen. „Versteht ihr denn nicht, daß wir durch Gesetz und Ordnung für den Frieden arbeiten wollen?“ sagte er. „Ich werde Sicherheit stellen und euch dann folgen. Tut, was ich euch sage.“ Wir ritten also los; Drusilla mit der Wahlurne auf dem Sattelknopfe, ritt an der Spitze, als wir in die Toreinfahrt einbogen – wir und Vaters Leute und ungefähr einhundert andere; so ritten wir bis zu der Hütte, wo die Ein- und Zweispänner standen, und Drusilla reichte mir die Wahlurne und stieg ab und nahm die Urne wieder an sich und ging auf die Hütte zu, als sie plötzlich wie vom Blitz getroffen stillstand. Ich vermute, daß es uns beiden im gleichen Augenblick wieder einfiel und daß sogar die anderen, die Leute um uns herum, plötzlich spürten, etwas sei nicht in Ordnung. Denn ich denke, es ist so, wie Vater einmal sagte: Frauen geben nie auf, sie halten nicht nur an einem Sieg, sondern sogar an einer Niederlage fest. Daran lag es, daß wir einhielten, als Tante Louisa und die anderen Damen auf der Terrasse erschienen; und dann drängte Vater sich an mir vorbei und sprang neben Drusilla vom Pferd. Aber Tante Louisa schenkte ihm nicht einmal für eine Sekunde einen Blick.

„Du hast also nicht geheiratet“, sagte sie.

„Ich habe es vergessen“, sagte Drusilla.

„Du hast es vergessen? *Vergessen?*“

„Ich . . .“, sagte Drusilla. „Wir . . .“

Jetzt schaute Tante Louisa auf uns; sie ließ ihre Blicke an unserer Reihe von Berittenen vorbeischweifen; und sie streifte mich auch mit einem Blick, wie alle anderen, als ob sie mich nie vorher gesehen hätte. „Und wer sind die da, bitte? Dein Hochzeitszug von Vergeßlichen? Deine Brautführer zu Mord und Totschlag?"

„Sie sind gekommen, um zu wählen", sagte Drusilla.

„Zu wählen", sagte Tante Louisa. „Ah. Zu wählen. Weil du deine Mutter und deinen Bruder gezwungen hast, mit Ehebruch und Ausschweifung unter einem Dach zu wohnen, meinst du also, du kannst diese Leute dazu zwingen, in einer Wahlzelle Zuflucht vor Gewalt und Blutvergießen zu suchen? Wie? Gib mir diesen Kasten da."

Doch Drusilla rührte sich nicht, sie stand da in ihrem zerrissenen Kleid und mit ihrem zerknüllten Schleier und mit dem verbogenen Kranz, der, nur noch durch ein paar Nadeln gehalten, in ihrem Haar hing. Tante Louisa kam die Stufen herunter; wir wußten nicht, was sie vorhatte: wir saßen nur da und sahen sie die Wahlurne aus Drusillas Händen reißen und weit über den Hof werfen. „Komm ins Haus", sagte sie.

„Nein", sagte Drusilla.

„Komm herein ins Haus. Ich werde selbst nach einem Geistlichen schicken."

„Nein", sagte Drusilla. „Dies ist eine Wahl. Begreifst du nicht? Ich bin Wahlkommissar."

„Du weigerst dich also?"

„Es bleibt mir nichts anderes übrig. Ich muß." Sie sprach wie ein kleines Mädchen, das beim Spielen im Schmutz ertappt worden ist. „John sagte, daß ich –"

Da fing Tante Louisa an zu weinen. Sie stand da in ihrem schwarzen Kleid, ohne die Strickerei und zum erstenmal sogar ohne das Taschentuch, sie weinte, bis Mrs. Habersham kam und sie in das Haus zurückführte. Dann ging das Wählen vor sich. Es dauerte ebenfalls nicht lange. Sie stellten die Urne auf den Holzklotz, der Louvinia beim Waschen als Untersatz diente, und Ringo holte den Heidelbeersaft und einen alten Fenstervorhang aus Papier, aus dem sie Wahlzettel schnitten. „Alle, die dafür sind, daß der ehrenwerte Cassius Q. Benbow Stadthauptmann von Jefferson werden soll, schreiben ein Ja auf ihren Stimmzettel; die dagegen sind, schreiben Nein", sagte Vater.

„Und ich werde das Schreiben auf mich nehmen und uns etwas Zeit ersparen", sagte George Wyatt. Darauf legte er die Wahlzettel zu einem kleinen Haufen zusammen und beschrieb sie, wobei er seinen Sattel als Unterlage benutzte, und kaum daß er sie beschrieben hatte, nahmen die Leute sie ihm aus der Hand und warfen sie in die Urne, während Drusilla ihre Namen ausrief. Wir konnten Tante Louisa in der Hütte noch immer weinen hören und konnten sehen, wie die anderen Damen uns durch das Fenster beobachteten. Es dauerte nicht lange. „Ihr braucht euch nicht die Mühe zu machen, sie zu zählen", sagte George. „Sie haben alle mit Nein gestimmt."

Und das war alles. Dann ritten sie mit der Wahlurne zur Stadt zurück, während Vater und Drusilla in ihrem zerrissenen Hochzeitskleid und mit ihrem verbogenen Kranz und zerknülltem Schleier neben dem Holzklotz standen und ihnen mit den Augen folgten. Doch diesmal hätte nicht einmal Vater sie aufhalten können. Aus der Entfernung erklang ihr Geschrei schrill und dünn und abgerissen und wild, wie die Yankees es durch Rauch und Pferdegalopp hindurch immer gehört hatten:

„Hei-ei-ei, Drusilla!" riefen sie. „Hei-ei-ei, John Sartoris! Hei-ei-ei-ei!"

DUFTENDES EISENKRAUT

1

Es war gleich nach dem Abendessen. Ich hatte gerade meine Flasche Coca-Cola geöffnet und auf den Tisch neben die Lampe gestellt, als ich Professor Wilkins' Schritte auf dem Gang hörte. Dann wurde es einen Augenblick still, während seine Hand auf dem Türgriff lag, und ich hätte alles ahnen müssen. Man spricht leichthin von Vorgefühlen, aber ich hatte keine. Ich hörte seine Schritte erst auf der Treppe und dann im Gang näher kommen, aber ich dachte mir nichts dabei, denn obschon ich jetzt seit drei Jahren in seinem Hause wohnte, während ich das College besuchte, und obschon er und seine Frau mich im Familienkreis Bayard nannten, hätte er mein Zimmer ebensowenig betreten, ohne anzuklopfen, wie ich das seine – oder das ihre. Dann stieß er die Tür heftig auf, so daß sie gegen die Wand schlug; es war eine jener Gesten, mit denen oder durch die ein beinahe qualvoll standfester Erzieher der Jugend schließlich einmal gegen seine Grundsätze verstößt; er stand da und sagte: „Bayard! Bayard, mein Sohn, mein lieber Sohn."

Ich hätte es ahnen müssen; ich hätte darauf vorbereitet sein müssen. Oder vielleicht war ich auch darauf vorbereitet, denn ich erinnere mich, daß ich das Buch sorgfältig zuschloß und sogar ein Zeichen hineinlegte, bevor ich aufstand. Er (Professor Wilkins) tat irgend etwas Gleichgültiges, machte sich aufgeregt mit etwas zu schaffen; dann hatte er meinen Hut und Mantel in der Hand und reichte sie mir, und ich nahm sie, obgleich ich den Mantel nicht brauchen würde, oder ich mußte in dem Augenblick schon daran gedacht haben (die Tagundnachtgleiche lag noch nicht hinter uns), daß die Regenfälle und das kühle Wetter einsetzen würden, bevor ich dieses Zimmer wiedersähe und daß ich den Mantel auf alle Fälle vor meiner Rückkehr nötig haben würde, wenn ich überhaupt zurückkehrte; gleichzeitig ging mir der Gedanke durch den Kopf: *‚Großer Gott, wenn er es nur gestern abend getan, wenn er nur gestern abend ohne anzuklopfen die Tür krachend aufgestoßen hätte, so daß sie gegen die Wand schlug, damit ich noch hingekommen wäre, bevor es geschah, dort gewesen wäre, als es geschah, neben ihm, gleichgültig wo, wo immer er fallen und in Staub und Schmutz liegen mußte.'*

„Ihr Diener ist unten in der Küche", sagte er. Erst Jahre später erzählte er mir (jemand hat es mir erzählt; es muß Richter Wilkins gewesen sein), Ringo habe offenbar den Koch zur Seite gestoßen und sei im Haus bis in die Bibliothek vorgedrungen, wo Mr. und Mrs. Wilkins saßen, und habe ohne Einleitung und schon wieder zum Gehen gewandt gesagt: „Heute morgen haben sie Oberst Sartoris erschossen. Sagt ihm, daß ich in der Küche warte" und sei wieder aus dem Zimmer verschwunden, bevor einer von ihnen sich noch hätte rühren können. „Er ist vierzig Meilen weit geritten, und trotzdem weigert er sich, etwas zu essen." Wir gingen jetzt auf die Tür zu – die Tür, hinter der ich schon seit drei Jahren mit meiner Ahnung, mit einem Gefühl der sicheren Erwartung, wie ich jetzt wußte, gewohnt hatte und vor der das Geräusch der herannahenden Schritte laut geworden war, ohne daß ich mir dabei etwas gedacht hatte. „Wenn es nur irgend etwas gäbe, was ich tun könnte."

„Ja, Sir", sagte ich. „Ein frisches Pferd für meinen Diener. Er wird mit mir zurückreiten wollen."

„Nehmen Sie unter allen Umständen meins – das heißt, das von Mrs. Wilkins", rief er. Sein Ton blieb der gleiche, aber er rief es laut, und ich glaube, wir spürten beide in demselben Augenblick, wie komisch es war – eine kurzbeinige, breitbrüstige Stute, die genauso aussah wie eine altjüngferliche Gesangslehrerin und Mrs. Wilkins' offenen Korbwagen zog –, und das tat mir gut, wie es mir gutgetan hätte, mit einem Eimer kalten Wassers übergossen zu werden.

„Danke, Sir", sagte ich. „Es ist nicht nötig. Ich werde beim Mietstall ein frisches Pferd für ihn besorgen, wenn ich meine Stute dort hole." Es hatte mir gutgetan, denn noch ehe ich aufhörte zu sprechen, wurde mir klar, auch das sei nicht nötig, weil Ringo gewiß am Mietstall angehalten und alles geregelt hatte, bevor er zum College hinausritt, und ich wußte, daß meine Stute und ein frisches Pferd für ihn jetzt fertig gesattelt am Seitenzaun auf uns warteten und daß wir überhaupt nicht durch Oxford zu reiten brauchten. Loosh hätte nicht daran gedacht, wenn er zu mir herausgekommen wäre, er wäre gleich bis zum College, bis zu Professor Wilkins' Haus, durchgeritten, hätte seine Neuigkeit überbracht und sich dann hingesetzt und mich für alles weitere sorgen lassen. Aber nicht so Ringo.

Mr. Wilkins folgte mir, nachdem ich das Zimmer verlassen hatte. Bis zu dem Augenblick, da Ringo und ich in die heiße, dichte, stauberfüllte Dunkelheit hinausritten, die in Erwartung des verspäteten Wetterumschlags voll vibrierender Spannung war wie eine Gebärende bei einer verzögerten Geburt, war er die ganze Zeit entweder nahe bei oder gleich hinter mir, und ich wußte nie genau wo und achtete auch nicht darauf. Er suchte nach Worten, um mir auch seine Pistole anzubieten. Ich konnte ihn fast hören: ‚*O dieses unglückliche Land, noch nicht zehn Jahre vom Kriegsfieber genesen, und noch immer müssen Menschen einander umbringen, noch immer müssen wir Kains Preis in seiner eigenen Münze zahlen.*' Doch er sagte es nicht wirklich. Er folgte mir nur, er war irgendwo neben oder hinter mir, als wir die Treppe herunter zur Diele gingen, wo unter dem Kronleuchter Mrs. Wilkins auf uns wartete – eine dünne, grau aussehende Frau, die mich an Großmutter erinnerte, wahrscheinlich nicht deswegen, weil sie Großmutter glich, sondern weil sie Großmutter gekannt hatte –, ein bang erhobenes Gesicht, auf dem der Gedanke sich abmalte *Wer das Schwert nimmt, soll durch das Schwert umkommen,* wie auch Großmutter gedacht haben würde, auf das ich zuging, zugehen mußte, nicht weil ich Großmutters Enkel war und während meiner drei Jahre auf dem College in Mrs. Wilkins' Haus gewohnt und ungefähr das Alter ihres Sohnes hatte, als er vor neun Jahren in einer der letzten Schlachten getötet wurde, sondern weil ich jetzt *Der* Sartoris war. (*Der* Sartoris: das war einer der Nebengedanken, die mir, verbunden mit dem *So ist es schließlich doch geschehen,* durch den Kopf schossen, als Professor Wilkins meine Tür öffnete.) Sie bot mir kein Pferd und keine Pistole an, nicht, weil sie mich weniger gern hatte als Professor Wilkins, sondern weil sie eine Frau und so viel weiser war als irgendein Mann – sonst hätten die Männer den Krieg nicht zwei Jahre fortgesetzt, nachdem sie wußten, daß sie geschlagen waren. Sie legte ihre Hände auf meine Schultern (eine kleine Frau, nicht größer als Großmutter gewesen war) und sagte: „Grüßen Sie Drusilla und Ihre Tante Jenny herzlich von mir. Und kommen Sie bald wieder, wenn Sie können."

„Ich weiß nur nicht, wann das sein wird", sagte ich. „Ich weiß nicht, wie viele Dinge ich noch zu erledigen haben werde." Ja, sogar sie log ich an. Noch nicht eine Minute war vergangen, seit die Tür aufgegangen und gegen die Wand geschlagen war, und schon dämmerte in mir die Erkenntnis, das Bewußtsein von etwas auf, für das ich noch keine Maßstäbe hatte, außer dem einen, der sich darauf gründete, daß ich trotz meiner selbst, trotz der Art, wie ich aufgezogen worden war, und trotz meiner Herkunft (oder vielleicht wegen beidem) seit einiger Zeit spürte, zu was für einem Menschen ich mich entwickelte, und die entscheidende Probe fürchtete; ich erinnere mich, daß ich dachte, während ihre Hände noch auf meiner Schulter lagen: ‚*Wenigstens werde ich jetzt herausfinden können, ob ich der bin, der ich zu sein glaube, oder ob ich mich nur Hoffnungen hingebe; ob ich wirklich tun werde, was ich als recht erkannt habe, oder ob ich mich nur danach sehnen werde, es zu tun.*'

Wir gingen weiter zur Küche; Professor Wilkins war noch immer an meiner Seite oder hinter mir und bot mir immer noch auf verschiedenste Art die Pistole und das Pferd an. Ringo wartete auf mich; ich erinnere mich, daß mir damals einfiel, für ihn würde ich niemals *Der* Sartoris sein, ganz gleich, was jedem von uns zustieße. Er war auch vierundzwanzig, aber in einer gewissen Weise hatte er sich seit dem Tage, als wir Grumbys Leiche an die Tür der alten Baumwollpresse nagelten, noch weniger geändert als ich. Vielleicht deswegen, weil er über mich hinausgewachsen war, weil er sich damals im Sommer, als er und Großmutter den Maultierhandel mit den Yankees betrieben, so geändert hatte, daß ich seitdem mich mehr ändern mußte als er, nur um mit ihm aufzuholen. Er saß still auf einem Stuhl neben dem kalten Herd und sah auch erschöpft aus; er war vierzig Meilen geritten (einmal, entweder in Jefferson oder als er endlich allein auf der Landstraße war, hatte er geweint; Staub hatte sich in den Tränenspuren auf seinem Gesicht festgesetzt und war jetzt eingetrocknet) und würde noch vierzig mehr reiten und wollte trotzdem nichts essen; seine Augen waren vor Ermüdung etwas gerötet, als er zu mir aufblickte (oder vielleicht war es mehr als nur Müdigkeit, und ich würde also nie mit ihm aufholen); dann stand er wortlos auf und ging zur Tür, und ich folgte ihm, und Professor Wilkins bot mir immer noch das Pferd und die Pistole an, ohne es in Worten auszudrücken, und dachte immer noch (auch das konnte ich spüren): *‚Wird durch das Schwert umkommen. Wird durch das Schwert umkommen.'*

Ringo hatte veranlaßt, daß die beiden Pferde gesattelt am Seitentor standen, genau wie ich angenommen hatte – ein frisches Pferd für sich selbst und die Stute, die Vater mir vor drei Jahren geschenkt hatte und die eine Meile jederzeit in weniger als zwei Minuten und im Tagesdurchschnitt in acht Minuten zurücklegen konnte. Er war schon aufgestiegen, als mir einfiel, daß Professor Wilkins mitgekommen war, weil er mir die Hand zu schütteln wünschte. Wir schüttelten uns die Hände; ich wußte, daß er glaubte, Fleisch zu berühren, das vielleicht morgen abend kein Leben mehr in sich haben würde, und für einen Augenblick überlegte ich mir, wie es wäre, wenn ich ihn wissen ließ, was ich tun wollte, da wir darüber gesprochen hatten, daß, wenn in der Bibel irgend etwas zu finden sei, irgendeine Hoffnung, eine Verheißung des Friedens für Seine blinden und irregeführten Kinder, die Er vor allen anderen auserwählt und zur Unsterblichkeit berufen hatte, so müsse es das ‚Du sollst nicht töten' sein; und vielleicht meinte er sogar, er habe es mich selbst gelehrt, was er jedoch nicht getan hatte, was niemand getan hatte, nicht einmal ich selbst, weil es tiefer ging als irgend etwas Gelerntes. Doch ich sagte es ihm nicht. Er war zu alt, um auf diese Art genötigt zu werden; zu alt, um eine solche Entscheidung auch nur von einem allgemeinen Standpunkt aus zu verzeihen; und zu alt, um gegenüber Abstammung, Erziehung und gesellschaftlicher Stellung sich auf Grundsätze berufen zu müssen, um plötzlich gleichsam von einem Räuber im Dunkeln gestellt und erpreßt zu werden. Nur einem jungen Mann konnte man das zumuten – einem, der noch so jung war, daß seine Jugend sich ihm ohne weiteres als ein Grund (nicht als eine Entschuldigung) für Feigheit anbot.

Darum sagte ich nichts. Ich schüttelte ihm nur die Hand, und dann stieg ich auf, und Ringo und ich ritten los. Wir brauchten jetzt Oxford nicht zu durchqueren, und daher lag bald (die dünne Mondsichel am Himmel sah aus wie der Abdruck eines Stiefelabsatzes in nassem Sand) die Straße nach Jefferson vor uns, die ich zuerst vor drei Jahren mit Vater und seitdem zweimal in der Weihnachtszeit und dann im Juni und September und wieder zweimal zu Weihnachten und dann wieder im Juni und September am Anfang und Ende jedes Semesters allein auf der Stute entlanggeritten war, ohne auch nur zu spüren, daß dies der Friede war; und diesmal und vielleicht für das letztemal als jemand, der zwar nicht sterben würde (das wußte ich), aber vielleicht in aller Zukunft nie wieder seinen Kopf hochhalten könnte. Die Pferde fielen in die Gangart, die sie für vierzig Meilen beibehalten würden. Meine Stute kannte die lange Straße, die vor ihr lag, und Ringo ritt auch ein gutes Pferd, das er dank seinem geschickten Reden im Mietstall von Hilliard zu erlangen gewußt hatte, oder vielleicht dank den Tränenspuren, den Streifen getrockneten Staubes, zwischen denen seine vor Anstrengung geröteten Augen mich angesehen hatten; doch ich glaube, es lag eher an dem gleichen Charakterzug, der ihm auch damals zustatten gekommen war, als er seinen und Großmutters Vorrat an Briefköpfen mit dem Aufdruck ‚Armee der Vereinigten Staaten' immer wieder erneuerte – an einem übertriebenen Gefühl der Sicherheit, das er durch allzu langen und allzu nahen Umgang mit Weißen erworben hatte: mit der einen, die er Großmama nannte, und mit dem anderen, seinem Schlafgenossen von der Zeit an, da wir zur Welt gekommen waren, bis zu der, da Vater das Haus wieder aufgebaut hatte.

Wir sprachen nur einmal ein paar Worte und dann nichts mehr:

„Wir könnten ihm auflauern", sagte er. „Wie wir's damals

mit Grumby gemach' habn. Aber ich denk, das würd nich zu der weißen Haut passen, in der du rumläufs'."

„Nein", sagte ich. Wir ritten weiter; es war Oktober; das Eisenkraut würde noch lange nicht verblüht sein, wenn ich auch erst zu Hause erfahren sollte, daß jemand Wert darauf legte; das Eisenkraut aus dem Garten, wo Tante Jenny, die ein Paar von Vaters alten Kavallerie-Handschuhen trug, neben dem alten Joby sich an den gepflegten und sorgfältig angelegten Beeten und den Blumen mit den wunderlichen, selbst einen Duft ausströmenden alten Namen zu schaffen machte; denn obgleich wir schon Oktober hatten, war noch kein Regen gefallen, und auch der Frost war ausgeblieben, der die ersten halb warmen, halb kühlen Nächte des Altweibersommers heraufführt (oder im Gefolge hat) – die ruhende Luft war kühl und gleichsam bereit, den Flug der Gänse aufzunehmen, doch noch schwer von dem alten, heißen, staubigen Geruch von Trauben und Sassafras –, es waren Nächte wie die, in denen Ringo und ich, bevor ich ein Mann wurde und das College besuchte, um die Rechte zu studieren, mit Laternen und Äxten und groben Säcken und sechs Hunden (einem, um die Spur aufzunehmen, und fünf anderen nur zum Lautgeben, für den Lärm) Opossums in der gleichen Weide jagten, wo wir von unserem Versteck aus an jenem Nachmittag unseren ersten Yankee auf dem rotbraunen Pferd erblickt hatten und wo man nun schon ein Jahr lang das Pfeifen der Eisenbahn hören konnte, die seit langem nicht mehr Mr. Redmond gehörte und die auch Vater in irgendeinem Augenblick, zu irgendeiner Sekunde an diesem Morgen aufgegeben hatte, gleichzeitig mit der Pfeife, die er, wie Ringo sagte, rauchte und die aus seiner Hand glitt, als er fiel. Weiter ging unser Ritt, auf das Haus zu, wo er jetzt gewiß im Empfangszimmer in voller Uniform (auch mit dem Säbel an der Seite) aufgebahrt lag und wo Drusilla unter all den festlich glitzernden Kronleuchtern in ihrem gelben Ballkleid und mit dem kleinen Sproß von Eisenkraut in ihrem Haar auf mich wartete und die zwei geladenen Pistolen in der Hand hielt (ich konnte auch das vor mir sehen, ich, der ich kein Vorgefühl gehabt hatte; ich konnte sie in dem förmlich und glanzvoll ausgestatteten Zimmer, das jetzt für eine Trauerfeierlichkeit hergerichtet war, vor mir sehen: nicht groß; nicht schlank wie eine Frau, sondern wie ein Jüngling, ein Knabe; bewegungslos, in Gelb, das Gesicht ruhig, fast nachdenklich, mit ihrem einfach und streng geschnittenen Kopf, hinter jedem Ohr einen geradeliegenden Zweig von Eisenkraut, die beiden Arme im Ellbogen gebeugt, die beiden Hände hoch bis zur Schulter erhoben und darauf, nicht darin, die beiden gleichen Duellpistolen, auf jeder eine: wie das Bild einer Priesterin der geballten, geheiligten Gewalt auf einer griechischen Amphora).

2

Drusilla erzählte einmal, er hänge einem Traum nach. Ich war zu der Zeit zwanzig Jahre alt, und sie und ich gingen an Sommerabenden oft im Garten spazieren, während wir auf Vaters Heimkehr vom Eisenbahnbau warteten. Ich war nicht älter als gerade zwanzig: es war der Sommer, bevor ich mein Studium auf der Universität begann, um mein juristisches Examen abzulegen, wie Vater es wünschte; vier Jahre nach jenem anderen Sommer, jenem Tag, jenem Abend, als Vater und Drusilla den alten Cash Benbow daran gehindert hatten, im Namen der Vereinigten Staaten Stadthauptmann zu werden, und noch immer unverheiratet nach Hause zurückgekommen waren; darauf hatte Mrs. Habersham sie damals in ihren Wagen gesetzt und wieder in die Stadt gefahren, und dann hatte sie ihren Mann in seinem kleinen, dunklen Loch in der neuen Bank aufgestöbert und ihn die Bürgschaft für Vater wegen der Erschießung der beiden Carpetbagger zeichnen lassen und dann war sie selbst mit Vater und Drusilla zu dem Geistlichen gefahren und hatte dafür gesorgt, daß sie getraut wurden. Seither hatte Vater an der gleichen rauchgeschwärzten Stelle, wo das andere Haus niedergebrannt war, und über dem gleichen Kellergewölbe ein neues Haus, aber ein größeres, viel größeres, gebaut: Drusilla sagte, das Haus habe zu Vaters Traum gehört wie Aussteuer und Schleier zum Traum einer Braut. Und inzwischen war Tante Jenny zu uns herausgezogen, und daher hatten wir den Garten, wo Drusilla (sie selbst würde sich ebensowenig um Blumen gekümmert haben wie Vater, der sogar jetzt, vier Jahre nach dem Ende des Feldzugs, in der Luft des letzten Kriegsjahres zu leben schien, des Jahres, in dem Drusilla, in Männerkleidung und das Haar so kurz geschoren wie jeder andere von Vaters Leuten, dicht vor Shermans Armee her quer durch Georgia und die beiden Carolinas geritten war) die Zweige von Eisenkraut pflückte, um sie ins Haar zu stecken, weil man, wie sie sagte, allein den Duft von Eisenkraut stärker riechen könne als den Geruch von Pferden und Mannesmut, und deshalb sei er der einzige, den an sich zu tragen einen Sinn habe. Mit dem Bau der Eisenbahn hatte man damals gerade angefangen, und Vater und Mr. Redmond waren noch Partner und sogar noch Freunde, was, nach George Wyatts Meinung, für Vater gewiß einen Rekord darstellte; und er pflegte das Haus bei Tagesanbruch zu verlassen und auf Jupiter die unfertige Bahnlinie abzureiten, manchmal mit zwei Beuteln Gold am Sattel, die er am Freitag geliehen hatte, um die Leute am Samstag auszulöhnen, genau zwei Bahnschwellen vor dem Sheriff, wie Tante Jenny sagte. Wir spazierten also in der Dämmerung langsam zwischen Tante Jennys Blumenbeeten umher, und Drusilla (sie trug jetzt ein Kleid, aber sie würde immer noch die ganze Zeit in Hosen herumgelaufen sein, wenn Vater es ihr erlaubt hätte) stützte sich leicht auf meinen Arm, und ich roch das Eisenkraut in ihrem Haar, wie ich den Regen darin und in Vaters Bart in jener Nacht vor vier Jahren gerochen hatte, als er und Drusilla und Onkel Buck MsCaslin Grumbys Leiche entdeckten und dann zu Hause Ringo und mich mehr als nur schlafend fanden: geflüchtet in die Vergessenheit, die uns von Gott oder der Natur oder wer immer es sein mochte für einen Augenblick geschenkt worden war, uns, die mehr hatten vollbringen müssen, als Kindern zugemutet werden sollte, denn wenigstens in der Jugend, vor dem Erreichen eines bestimmten Alters, dürfte niemand gezwungen sein zu töten. Es war kurz nach dem Samstagabend, an dem ich ihn hatte zurückkommen und seinen Derringer reinigen und neu laden sehen, und wir hatten erfahren, daß der Getötete fast ein Nachbar, ein Mann aus dem Bergland war, der seinerzeit zu dem ersten Infanterieregiment gehört hatte, das Vater seines Kommandos entsetzte: und wir würden nie wissen, ob der Mann tatsächlich Vater berauben wollte oder nicht, weil Vater zu schnell geschossen hatte; wir wußten nur, daß er eine Witwe und mehrere Kinder hinterließ, die in einer Hütte mit Lehmfußböden in den Bergen wohnten, und daß Vater der Frau am nächsten Tag etwas Geld geschickt hatte, worauf sie zwei Tage später bei uns erschienen war, als wir zu Tisch saßen, und Vater das Geld ins Gesicht geworfen hatte.

„Aber niemand könnte ein größerer Träumer sein als Oberst Sutpen“, sagte ich. Er war in dem ersten Regiment gleich hinter Vater der Nächste im Befehl gewesen und von dem Regiment, als es Vater nach der zweiten Schlacht bei Manassas absetzte, zum Oberst gewählt worden, was Vater ihm – nicht dem Regiment – nie vergeben hatte. Dieser ganz ungebildete, kalte und grausame Mann war ungefähr dreißig Jahre vor dem Krieg ins Land gekommen; niemand wußte, woher, doch Vater sagte, man brauche ihn nur anzusehen, dann wisse man, daß er es nicht wagen werde, darüber zu sprechen. Er hatte etwas Land erworben, und wieder wußte niemand, wie ihm das gelungen war; und er erhielt von irgendwoher Geld – Vater sagte, jeder glaube, daß er es als Falschspieler auf Dampfschiffen oder als regelrechter Straßenräuber erlangt habe – und baute sich ein großes Haus und heiratete und führte das Leben eines vornehmen Herrn. Während des Krieges verlor er alles, wie jeder andere auch, und dazu noch die Hoffnung auf Nachkommenschaft (sein Sohn tötete den Verlobten seiner Tochter am Vorabend der Hochzeit und verschwand); trotzdem kehrte er nach Hause zurück und fing ganz allein an, seine Pflanzung wieder aufzubauen. Er hatte keine Freunde, die ihm etwas geliehen hätten, und niemanden, dem er etwas hinterlassen konnte, und war jetzt über sechzig Jahre alt, und trotzdem begann er, alles so wieder aufzubauen, wie es gewesen war. Die Leute sagten, er sei zu beschäftigt, um sich mit Politik oder irgend etwas anderem abzugeben, und als Vater und seine Leute die Nachtreiter organisiert hätten, damit die Carpetbagger keine aufrührerischen Gruppen unter den Negern bilden könnten, habe er sich geweigert teilzunehmen. Vater unterdrückte seinen Haß für die Dauer eines Rittes, um Sutpen selbst aufzusuchen, und er (Sutpen) kam mit einer Lampe zur Tür und bat Vater und seine Leute nicht einmal, einzutreten und die Sache zu besprechen; Vater sagte: „Seid Ihr mit uns oder gegen uns?“, und er antwortete: „Ich bin für meine Pflanzung. Wenn jeder seine eigene Farm wiederherstellte, würde das Land schon für sich selber sorgen“, und Vater forderte ihn auf, die Lampe herauszubringen und auf einen Baumstumpf zu stellen, so daß sie beide genug Licht hätten, um schießen zu können, und Sutpen weigerte sich. „Niemand könnte mehr an einem Traum hängen als er.“

„Ja. Aber sein Traum ist einfach Sutpen. Johns Traum ist anderer Art. John denkt an das ganze Land, das er auf die Füße zu stellen versucht, damit jeder, der darin wohnt, nicht nur Leute seiner Art oder aus seinem Regiment, sondern alle, Schwarze und Weiße und die Frauen und Kinder hinten im Bergland, die nicht einmal Schuhe haben – verstehst du nicht?“

„Aber wie kann ihnen zugute kommen, was er für sie tun will, wenn sie – wenn er –“

„Einige von ihnen getötet hat? Wahrscheinlich denkst du

an die beiden Carpetbagger, die er erschießen mußte, um damals die erste Wahl abhalten zu können?"

„Sie waren Menschen. Menschliche Wesen."

„Sie waren Leute aus den Nordstaaten, Fremde, die hier nichts zu suchen hatten. Sie waren Piraten." Wir spazierten weiter; mein Arm spürte ihr Gewicht kaum; sie reichte mir gerade bis zur Schulter. Ich war immer etwas größer gewesen als sie, sogar damals in Hawkhurst, als wir in der Nacht dem Vorbeizug der Neger auf der Landstraße lauschten, und sie hatte sich seitdem nur wenig verändert – es war derselbe knabenhaft feste Körper, derselbe schmale, unerbittlich strenge Kopf mit dem grausam gestutzten Haar, so, wie ich ihn vom Wagen aus über die Flut toll gewordener, singender Neger sich hatte erheben sehen, als wir das Ufer hinunter in den Fluß glitten – der Körper nicht schlank wie der einer Frau, sondern wie der eines Knaben. „An einem Traum hängen ist kein geringes Wagnis, Bayard. Ich weiß es; ich hatte einmal einen. Ein Traum ist wie eine geladene Pistole mit gespanntem Hahn: wenn er lang genug anhält, wird jemand dabei zu Schaden kommen. Aber wenn es ein guter Traum ist, ist er das wert. Es gibt nicht viele Träume in der Welt, aber eine Menge Menschenleben. Und ein Menschenleben, oder zwei Dutzend –"

„Sind überhaupt nichts wert?"

„Nein. Überhaupt nichts. – Da, ich höre Jupiter. Wetten, wer zuerst am Haus anlangt?" Sie lief schon los, die Röcke, die sie ungern trug, waren beinahe bis zum Knie hochgehoben, und ihre Beine darunter rannten wie Knabenbeine.

Damals war ich zwanzig. Seitdem waren vier Jahre vergangen; ich hatte drei Jahre lang die Universität besucht, und in zwei Wochen würde ich für das Schlußjahr und für das Examen nach Oxford zurückreiten. Es war im letzten Sommer, im August; Vater hatte gerade Redmond bei der Wahl zum Staatsparlament geschlagen. Der Bau der Eisenbahnlinie war beendet, und Vater und Redmond hatten ihre Teilhaberschaft schon vor so langer Zeit aufgelöst, daß die meisten Leute sich ihrer als Partner gar nicht erinnert hätten, wenn nicht die Feindschaft zwischen den beiden bekannt gewesen wäre. Ursprünglich hatte es noch einen dritten Teilhaber gegeben, aber jetzt wußte fast niemand mehr seinen Namen; er und sein Name waren in dem wütenden Streit untergegangen, der zwischen Vater und Redmond ausgebrochen war, fast noch bevor sie die erste Schiene gelegt hatten – zwischen Vaters gewaltsamer, rücksichtsloser Befehlshaberei und Herrschsucht (es war seine Idee gewesen, er hatte zuerst an die Eisenbahn gedacht und später Redmond als Teilhaber hineingenommen) und einen Charakterzug Redmonds (er war kein Feigling, sonst hätte sich Vater nicht mit ihm zusammengetan, wie George Wyatt sagte), der ihn befähigte, sich von Vater soviel bieten zu lassen, wie er sich bieten ließ, auszuhalten und wieder auszuhalten, bis etwas (nicht sein Wille und nicht sein Mut) in ihm entzweibrach. Während des Krieges war Redmond nicht Soldat gewesen, sondern hatte für die Regierung in irgendeiner Sache, die Baumwolle betraf, gearbeitet; es wäre ihm möglich gewesen, dabei Geld für sich selbst herauszuschlagen, aber er hatte es nicht getan, wie jedermann wußte und wie auch Vater wußte, und doch ließ Vater nicht ab, ihn damit zu sticheln, daß er kein Pulver gerochen habe. Es war unrecht von Vater, und er erkannte es selbst, als es schon zu spät für ihn war einzuhalten, gerade wie es für einen Trinker an einem bestimmten Punkt zu spät wird aufzuhören, obgleich er sich selbst verspricht, daß er es tun will und vielleicht auch daran glaubt, daß er es möchte oder könnte, aber es ist schon zu spät. Endlich kam es so weit (sie hatten beide alles, was sie an Hypotheken aufbringen oder sonst leihen konnten, hineingesteckt, damit Vater die Linie auf und ab reiten und die Arbeiter und die Frachtbriefe für die Schienen im allerletzten Augenblick zahlen konnte), daß sogar Vater einsah, einer von ihnen müsse gehen. Daher (sie sprachen dabei nicht miteinander; Richter Benbow nahm sich der Sache an) kamen sie zusammen und einigten sich darauf, daß einer von ihnen Käufer oder Verkäufer sein solle, wobei sie einen Preis festsetzten, der im Vergleich zu ihren Einlagen lächerlich gering war, von dem aber jeder von ihnen annahm, daß der andere ihn nicht aufbringen könne – wenigstens Vater behauptete, Redmond habe geglaubt, Vater könne ihn nicht erschwingen. Redmond willigte in den Preis ein und fand heraus, daß Vater das Geld hatte, und davon nahm, wie Vater meinte, die Sache ihren Ausgang, doch Onkel Buck McCaslin sagte, Vater könne nicht einmal an einem Schwein, geschweige denn an einer Eisenbahn einen Mitbesitz gehabt haben, ohne die Geschäftsbeziehung entweder als geschworener Feind oder als lebenslänglicher Freund seines Partners aufzulösen. So trennten sie sich, und Vater baute die Linie zu Ende. Um diese Zeit verkauften ihm einige Leute aus den Nordstaaten, als sie sahen, daß er den Bau durchführen werde, auf Kredit eine Lokomotive, die er nach Tante Jenny benannte und auf deren Führerstand eine silberne Ölkanne sich befand, auf der Tante Jennys Name eingraviert war; und im letzten Sommer kam der erste Zug in Jefferson an; die Lokomotive war mit Blumen geschmückt, und Vater im Führerstand ließ auf der Dampfpfeife Pfiff auf Pfiff ertönen, als er an Redmonds Haus vorbeifuhr; und auf dem Bahnhof wurden Reden gehalten, und es gab noch mehr Blumen und dazu eine Flagge der Konföderierten und Mädchen in weißen Kleidern mit roten Schärpen und eine Kapelle, und Vater stand vorne auf der Lokomotive und machte eine deutliche und vollständig unnötige Anspielung auf Mr. Redmond. Das war es. Er konnte ihn nicht in Ruhe lassen. George Wyatt kam gleich nachher zu mir und erzählte es mir. „Recht oder unrecht", sagte er, „wir hier und die meisten anderen Leute in diesem Bezirk wissen, daß John recht hat. Aber er müßte Redmond in Ruhe lassen. Ich weiß, was ihm fehlt: er hat zu viele Menschen töten müssen, und das ist schlimm für einen Mann. Der Oberst ist tapfer wie ein Löwe, das wissen wir alle, aber Redmond ist auch kein Feigling, und es hat keinen Zweck, einen mutigen Mann, der einen Fehler gemacht hat, dafür immer wieder und wieder büßen zu lassen. Kannst du nicht einmal mit ihm sprechen?"

„Ich weiß nicht", sagte ich. „Ich will es versuchen." Aber ich hatte keine Aussichten. Das heißt, ich hätte mit ihm sprechen können, und er hätte mich auch angehört, aber er wäre nicht imstande gewesen, das Geringste davon in sich aufzunehmen, weil er gleich von der Lokomotive herunter sich in den Wahlkampf für das Staatsparlament gestürzt hatte. Vielleicht wußte er, daß Redmond, um sein Ansehen zu wahren, nichts anderes übrigblieb, als sich gegen ihn aufstellen zu lassen, obgleich ihm (Redmond) klar sein mußte, daß er gegen Vater keine Chance hatte, nachdem der Zug bis Jefferson gekommen war; es kann auch sein, daß Redmond seine Kandidatur schon angemeldet und Vater sich gerade deswegen hatte aufstellen lassen; ich erinnere mich nicht mehr genau. Jedenfalls bewarben sie sich beide; es war ein bitterer Kampf, in dem Vater fortfuhr, Redmond zu verunglimpfen, ohne jeden Grund und ohne Notwendigkeit, da sie beide davon überzeugt waren, daß es ein überwältigender Sieg für Vater sein würde. Und es wurde auch einer, und wir meinten, nun sei er befriedigt. Vielleicht dachte er das selbst, wie der Trinker glaubt, daß er über das Trinken weggekommen sei. Es war am Nachmittag dieser Wahl, als Drusilla und ich in der Dämmerung im Garten spazierengingen, und ich erwähnte etwas von dem, was George Wyatt mir erzählt hatte, und sie ließ meinen Arm los und drehte mich so, daß ich ihr gegenüberstand, und sagte: „Das von dir? Von dir? Hast du Grumby vergessen?"

„Nein", sagte ich. „Ich werde ihn nie vergessen."

„Das wirst du auch nicht. Ich werde dich nicht lassen. Es gibt Schlimmeres als Töten, Bayard. Es gibt Schlimmeres als Getötetwerden. Manchmal meine ich, das Schönste, was einem Mann zustoßen kann, ist, etwas zu lieben, am besten eine Frau, gut und fest, fest, fest, und dann jung zu sterben – das Schönste, weil er an etwas geglaubt hat, an das er glauben mußte, und weil er gewesen ist, was er sein mußte (mußte? – wollte).“ Dabei sah sie mich auf eine Art an, wie sie es noch nie getan hatte. Ich wußte in diesem Augenblick nicht, was es bedeutete, und sollte es erst später erfahren; keiner von uns beiden ahnte damals, daß Vater zwei Monate später tot sein würde. Ich spürte nur, daß sie mich ansah wie nie zuvor und daß der Duft des Eisenkrauts in ihrem Haar hundertmal stärker geworden zu sein schien und daß er in der Dämmerung, die etwas in ihrem Schoß barg, wovon ich nie geträumt hatte, die ganze Luft erfüllte. Dann sprach sie: „Küß mich, Bayard.“

„Nein. Du bist Vaters Frau.“

„Und acht Jahre älter als du. Und außerdem deine entfernte Kusine. Und ich habe schwarzes Haar. Küß mich, Bayard.“

„Nein.“

„Küß mich, Bayard.“ Ich beugte mein Gesicht zu dem ihren hinunter. Aber sie bewegte sich nicht. Sie stand da mit leicht zurückgelehntem Oberkörper und sah mich an; jetzt war sie es, die „Nein“ sagte. Ich schlang meine Arme um sie. Dann drückte sie sich an mich, sie schmolz, ganz wie eine Frau schmilzt; sie hatte die Arme mit den Gelenken, die kräftig genug waren, Pferde im Zaum zu halten, um meine Schultern gelegt und preßte mein Gesicht an das ihre, bis sie mich nicht länger zu halten brauchte; vor meinen Augen stand das Bild der Frau von dreißig Jahren, das Symbol der alten, ewigen Schlange, und ich dachte an das, was Männer über sie geschrieben haben, und erkannte den unüberbrückbaren Abgrund zwischen allem Leben und allem Schreiben – daß, wer kann, handelt, und wer es nicht kann und tief genug leidet, weil er es nicht kann, darüber schreibt. Dann ließ sie mich los, ich konnte sie wieder sehen, ich sah, wie ihre Augen in dem geneigten Gesicht mich mit einem dunklen, unerforschlichen Blick betrachteten; ich sah, wie sie ihre Arme, die sie vorher fast mit der gleichen Bewegung auf meine Schultern gelegt hatte, emporhob, als ob sie die leere und förmliche Geste aller Versprechung wiederholen wollte, damit ich sie nie vergäße; die Ellbogen waren im Winkel nach außen gebeugt, während ihre Hände nach den Zweigen von Eisenkraut in ihrem Haar griffen, und ich stand gerade aufgerichtet und regungslos vor ihrem leicht gesenkten Kopf mit dem kurzgeschnittenen, ausgezackten Haar, vor dem starren und sonderbar förmlichen Winkel der bloßen, im Dämmerlicht schwach schimmernden Arme, als sie den Zweig nahm und in das Knopfloch meiner Jacke steckte; und ich dachte daran, daß der Krieg versucht hatte, alle Frauen ihres Alters und ihrer Klasse in den Südstaaten in den gleichen Typ umzuprägen, und daß es ihm nicht gelungen war – wohl malte sich in ihren Augen das gleiche Leiden, die gleiche Erfahrung (Drusillas und Tante Jennys war fast dieselbe gewesen, nur hatte Tante Jenny mit ihrem Mann noch ein paar Nächte zugebracht, bevor man ihn auf einem Munitionswagen nach Hause schaffte, während Gavin Breckbridge nur Drusillas Verlobter war), aber darunter hatte jede von ihnen sich ihr eigenes, unverbesserliches Selbst bewahrt: anders als so viele Männer, die aus Kriegen zurückkommen und dann auf staatlichem Grund und Boden hausen wie ebenso viele Ochsen, entmannt und ohne anderen Lebensinhalt als den einer gemeinsamen Erfahrung, die sie miteinander teilen und die sie nicht vergessen können und nicht zu vergessen wagen, sonst wäre im gleichen Augenblick ihr Leben zu Ende; und wenn nicht jeder von ihnen aus alter Gewohnheit auf seinen Vornamen hörte, könnte man sie fast gegeneinander auswechseln.

„Jetzt muß ich es Vater sagen“, meinte ich.

„Ja“, antwortete sie. „Du mußt es ihm sagen. Küß mich.“ Und alles war wieder wie zuvor. Nein: es konnte zweimal, tausendmal sein und war doch nie dasselbe: die Wirkung der ewigen, symbolischen dreißig Jahre auf einen jungen

Mann, einen Jüngling, jedesmal stärker empfunden und das schon Empfundene verstärkend, endgültig unwiederholbar, jedesmal die Erinnerung getrennt von dem Erlebnis und das Erlebnis der Erinnerung vorauseilend; die Geschicklichkeit, die nicht ermüdet, das Wissen, das von Übersättigung unberührt bleibt, die Gewandtheit der verborgenen Muskeln, zu führen und zu lenken, so, wie in Hand und Arm die Kraft schlummerte, Pferde zu führen und zu lenken; sie trat zurück, sie wandte sich schon um, sie sah mich nicht an, sie hatte mich die ganze Zeit nicht angesehen und schritt schon eilig in die Dämmerung hinaus, als sie sprach. „Sag es John, sage es ihm heute abend."

Das wollte ich auch. Ohne zu zögern, ging ich ins Haus zurück und dann in Vaters Arbeitsraum; ich schritt vor bis zur Mitte des Teppichs, bis zu der nicht angezündeten Feuerstelle – ich weiß nicht, warum ich es tat –, und stellte mich dort in steifer Haltung hin wie ein Soldat, die Augen geradeaus über Vaters Kopf ins Leere gerichtet, und sagte „Vater" und stockte dann. Denn er hörte mich nicht einmal. Er sagte „Ja, Bayard?", aber er hörte mich nicht, obgleich er untätig hinter seinem Pult saß, unbeweglich wie ich, aber in sich versunken, nicht starr wie ich; seine Hand, die eine erloschene Zigarre hielt, lag auf dem Pult, und neben ihr standen eine Flasche Kognak und ein volles, nicht angerührtes Glas; er schien sich ruhig und nachdenklich von irgendeinem Triumphgefühl einhüllen zu lassen, denn am späten Nachmittag war die letzte Nachricht von seinem überwältigenden Wahlsieg eingetroffen. Deswegen wartete ich bis nach dem Abendessen. Wir gingen in das Eßzimmer und blieben nebeneinander stehen, bis Tante Jenny eintrat und dann Drusilla in ihrem gelben Ballkleid erschien und gerade auf mich zukam und mir einen durchdringenden, unergründlichen Blick zuwarf, bevor sie an ihren Platz ging und darauf wartete, daß ich den Stuhl für sie abrückte, während Vater Tante Jenny den gleichen Dienst erwies. Er hatte sich inzwischen aufgerafft, aber er sprach selbst nicht viel, sondern saß am Kopf des Tisches und antwortete Drusilla, als sie mit einer Art von fiebrigem, feurigem Überschwang redete; in seinen gelegentlichen Erwiderungen lag der gewohnte höfliche und unduldsame Stolz, der in letzter Zeit etwas Streitsüchtiges angenommen hatte, als ob die bloße Teilnahme an den hitzigen und inhaltslosen Redeschlachten eines Wahlkampfs nachträglich aus ihm, der seiner Natur nach alles andere war als das, einen Anwalt gemacht hätte. Dann erhoben sich Drusilla und Tante Jenny und ließen uns allein, und er sagte zu mir „Warte", obgleich ich keine Anstalten gemacht hatte zu gehen; dann schickte er Joby eine von den Flaschen Wein holen, die er von New Orleans mitgebracht hatte, als er zuletzt dort gewesen war, um sich das Geld für die Abzahlung seiner ersten privaten Eisenbahnanleihen zu besorgen. Dann stand ich wieder da in der Haltung eines Soldaten und sah in Augenhöhe über seinen Kopf hinweg, während er vom Tisch halb abgewandt auf seinem Stuhl saß; er war in den letzten Jahren etwas dicker geworden, aber nicht viel, und er hatte einige graue Haare bekommen, doch der Bart war so dunkel wie immer; auf seinem Gesicht lag die unechte Gespanntheit streitsüchtiger Anwälte, und die unduldsamen Augen hatten sich in den letzten beiden Jahren mit einem durchsichtigen Schleier überzogen, gleich den Augen fleischfressender Tiere, die dahinter hervor auf eine Welt schauen, wie kein sinnendes Auge sie jemals erblickt oder vielleicht nicht zu erblicken wagt; diese verschleierten Augen sind mir oft bei Männern aufgefallen, die zuviel getötet haben, die so viel getötet haben, daß sie nie mehr allein sein werden, solange sie leben. Ich sagte wieder „Vater", und dann erzählte ich es ihm.

„Was?" sagte er. „Setz dich." Ich setzte mich, ich blickte ihn an, ich sah, wie er beide Gläser füllte, und diesmal merkte ich, daß es etwas Schlimmeres war als nicht Zuhören: was ich zu erzählen hatte, kümmerte ihn nicht einmal. „Dein Rechtsstudium macht gute Fortschritte, wie Richter

Wilkins mir sagt. Es freut mich, das zu hören. Bis jetzt habe ich dich in meinen Unternehmungen nicht nötig gehabt, aber in Zukunft werde ich dich brauchen können. Was praktisch zu tun war, um meine Ziele zu erreichen, habe ich geschafft; darin konntest du mir nicht helfen; ich habe mich bei meinem Handeln davon leiten lassen, was die Lage des Landes und die Zeit verlangten, und dafür warst du zu jung, und ich wollte dich behüten. Aber jetzt beginnen die Zeiten und die Lage sich zu ändern; es wird eine Periode der Konsolidation, der juristischen Kniffeleien und sicher auch der üblen Tricks kommen, denen ich allein hilflos wie ein Kind gegenüberstehen würde, während du, bewandert in den Gesetzen, wie du bist, deine Sache – unsere Sache – durchfechten kannst. Ja, ich habe mein Ziel erreicht, und jetzt werde ich mit einer kleinen moralischen Reinigung beginnen. Ich habe es satt, Menschen zu töten, ganz gleich, aus welchem Zwang und mit welcher Absicht. Morgen, wenn ich in die Stadt gehe und Ben Redmond sehe, werde ich unbewaffnet sein.“

3

Wir kamen kurz vor Mitternacht zu Hause an, da wir auch nicht durch Jefferson hatten reiten müssen. Bevor wir in die Toreinfahrt einbogen, konnte ich die Lichter, die Kronleuchter sehen – in der Vorhalle, dem Empfangszimmer und dem anderen Zimmer, das Tante Jenny (ohne Mühe, vielleicht sogar, ohne es sich vorgenommen zu haben) selbst Ringo den Salon zu nennen gelehrt hatte; das Licht fiel nach außen über den Säulengang und schien zwischen den Säulen durch. Dann erblickte ich die Pferde, den schwachen Schimmer von Leder und glitzernden Schnallen auf den dunklen Silhouetten und dann auch die Männer – Wyatt und die anderen aus Vaters alter Abteilung; ich hatte ganz vergessen, daß sie da sein würden. Es war mir entfallen, und ich erinnerte mich, daß ich, müde und von der Anstrengung erschöpft, wie ich war, bei mir dachte: *‚Jetzt muß es also heute abend schon sein. Ich werde nicht einmal bis morgen Zeit haben, um mit dem Widerstand anzufangen.‘* Vermutlich hatten sie eine Wache aufgestellt, denn sie schienen sofort zu wissen, daß wir auf dem Fahrweg waren. Wyatt kam mir entgegen, ich hielt die Stute an, und vom Pferd herunter konnte ich ihn und die anderen sehen, die sich in der merkwürdig förmlichen, an Geier erinnernden Haltung, wie Männer im Süden sie in solchen Lagen anzunehmen pflegen, ein paar Meter hinter ihm aufgestellt hatten.

„Nun, mein Junge“, sagte George.

„War es –“ sagte ich. „War er –“

„Es ist alles mit rechten Dingen zugegangen. Es war von vorne. Redmond ist kein Feigling. John trug wie immer die Derringer-Pistole unter seinem Ärmelaufschlag, aber er rührte sie nicht an, er griff nicht einmal nach ihr.“ Ich hatte gesehen, wie er es sonst machte, er hatte es mir gezeigt: die Pistole (sie war kaum länger als zehn Zentimeter) lag flach oberhalb seines linken Handgelenks, wo sie durch eine Art Klammer, die er selbst aus Draht und einer alten Uhrfeder angefertigt hatte, festgehalten wurde; dann hob er beide Hände zugleich, kreuzte sie und feuerte die Pistole unter seiner linken Hand ab; es sah beinahe so aus, als ob er vor seinem eigenen Blick verbergen wolle, was er tat: wenn er jemanden tötete, schoß er ein Loch in den Ärmel seiner Jacke. „Aber jetzt willst du wohl ins Haus gehen“, sagte Wyatt. Er trat etwas zur Seite, dann sprach er noch einmal: „Wir werden dir diese Sache abnehmen, irgendeiner von uns. Ich.“ Ich hatte die Stute noch nicht in Bewegung gesetzt und den Mund noch nicht zu einer Antwort aufgetan, als er schon eilig weitersprach, als ob er alles, was er und was ich sagen würden, vorher geprobt hätte und meine Antwort wüßte und selbst nur so beiläufig spräche, wie man beim Betreten eines Hauses seinen Hut abnimmt oder einen Fremden in der Unterhaltung mit Sir anredet: „Du bist jung, nur ein junger Bursch, und hast keine Erfahrung in diesen Dingen. Und dann sind da noch die beiden Damen drüben im Haus, an die du denken mußt. Er würde es ganz sicher verstehen."

„Ich denke, ich kann die Sache selbst erledigen", sagte ich.

„Natürlich", sagte er; in seiner Stimme lag keine Überraschung oder irgend etwas Besonderes, weil er auch dies schon vorher geprobt hatte: „Ich glaube, wir alle wußten, daß du so sprechen würdest." Dann trat er zurück; es war beinahe so, als ob er und nicht ich die Stute angetrieben hätte weiterzugehen. Mit der gleichen öligen Förmlichkeit, die etwas Gefräßiges an sich hatte, folgte mir die ganze Gruppe. Dann sah ich im Licht, das durch die offene Tür und durch die Fenster wie auf eine Theaterszene fiel, Drusilla in ihrem gelben Ballkleid auf der obersten Stufe der Vordertreppe stehen, und selbst aus der Entfernung glaubte ich das Eisenkraut in ihrem Haar riechen zu können; sie stand bewegungslos da, dennoch ging etwas von ihr aus, das lärmender war, als die beiden Schüsse gewesen sein mochten – etwas Gefräßiges (auch bei ihr) und Leidenschaftliches. Dann schien ich, obwohl ich abgestiegen war und jemand die Stute am Zügel genommen hatte, immer noch im Sattel zu sein und mich selbst zu beobachten, wie ich die Szene betrat, die sie, gleich einem zweiten Schauspieler, ins Leben gerufen hatte, während Wyatt und die anderen im Hintergrund den Chor bildeten und die ölige Förmlichkeit zur Schau trugen, die Männer aus dem Süden im Angesicht des Todes zeigen – ein römischer Festtag, aber als Ausgeburt eines aus nebligen Ländern stammenden Protestantismus, von dem er in dieses Land verpflanzt worden ist, wo heftigste Sonnenglut und wilde Schwankungen zwischen eisiger Kälte und tödlicher Hitze eine gegen beide unempfindliche Rasse erzeugt haben. Ich ging die Treppe hinauf und näherte mich der regungslosen, kerzengeraden, gelben Gestalt, die mir nur eine Hand entgegenstreckte, ohne sich sonst zu bewegen; wir standen nebeneinander und sahen auf den gedrängten Haufen der anderen herunter; hinter ihnen, am Rande des Lichtscheins, der aus den hellerleuchteten Fenstern und der Türöffnung kam, waren auch die Pferde in dichter Reihe aufgestellt, und eines von ihnen stampfte und wieherte und rasselte mit dem Zaumzeug.

„Ich danke euch, Gentlemen“, sagte ich. „Meine Tante und meine – Drusilla danken euch. Es ist nicht nötig, daß ihr noch hierbleibt. Gute Nacht.“

Man hörte ein Gemurmel, als sie sich umwandten. George Wyatt blieb stehen, drehte sich um und blickte mich an. „Morgen?“ sagte er.

„Morgen.“

Dann setzten sie sich in Bewegung, sie trugen ihre Hüte in der Hand und gingen sogar da draußen, auf dem schweigenden, nachgiebigen Erdboden, auf Fußspitzen, als ob auch nur einer von denen, die im Haus wachten, versuchen würde zu schlafen, oder als ob schon jemand dort schliefe, den sie aufwecken könnten. Dann waren sie fort, und Drusilla und ich drehten uns um und durchquerten den Säulengang; ihre Hand lag leicht auf meinem Handgelenk, aber jene dunkle und leidenschaftliche Gefräßigkeit strömte wie mit elektrischen Schlägen durch sie auf mich über; ihr Gesicht, ihr Kopf mit dem zackig geschnittenen Haar und mit einem Zweig Eisenkraut hinter jedem Ohr lag an meine Schulter gelehnt; ihre Augen blickten in fiebriger Ekstase zu mir empor. Wir gingen in den Vorraum, durch den ihre Hand mich sanft geleitete, und betraten das Empfangszimmer. Da erkannte ich sie zum erstenmal – die Veränderung, die der Tod bedeutet –, nicht, weil Vater jetzt nur noch wie ein Stück Gips war, sondern weil er hingestreckt dalag. Aber ich schaute noch nicht nach ihm hin, denn ich wußte, daß es mir den Atem verschlagen würde, wenn ich hinsähe. Ich ging auf Tante Jenny zu; sie hatte sich von ihrem Stuhl erhoben, hinter dem Louvinia stand. Sie war Vaters Schwester; größer, aber nicht älter als Drusilla; ihr Mann war ganz zu Anfang des Krieges bei Fort Moultrie durch eine Granate einer feindlichen Fregatte getötet worden, und dann hatte sie sich von Carolina aufgemacht und bei uns Zuflucht gesucht. (Ringo und ich hatten sie mit dem Wagen an der Tennessee-Kreuzung abgeholt. Es war im Januar, bei kaltem, klarem Wetter; die Radspuren waren vereist, und wir kehrten erst kurz vor Dunkelheit zurück; Tante Jenny saß mit einem Schirm aus Spitzen neben mir auf dem Bock, und Ringo lag auf dcm Wagenboden und hielt einen Eßkorb im Arm, worin sich außer zwei Flaschen altem Sherry und den zwei Jasminzweigen, die im Garten jetzt zu Büschen geworden waren, einige farbige Glasscheiben befanden, die sie aus ihrem und Vaters und Onkel Bayards Geburtshaus in Carolina gerettet hatte und die Vater ihr zu Gefallen in eines der fächerförmigen Oberfenster des Salons hatte einbauen lassen. Als wir damals auf das Haus zufuhren, ging Vater – der von seiner Arbeit an der Eisenbahn schon nach Hause gekommen war – die Stufen hinunter, hob Tante Jenny aus dem Wagen und sagte: „Nun, Jenny", und sie sagte: „Nun, Johnny" und begann zu weinen.)

Sie stand da und sah mich an, als ich näher kam; sie hatte das gleiche Haar, die gleiche gerade Nase und auch die gleichen Augen wie Vater, aber ihr Blick war nicht unduldsam, sondern gesammelt und sehr weise. Ohne ein Wort zu sprechen, legte sie ihre Hände auf meine Schultern und küßte mich. Dann sagte Drusilla, als ob sie mit peinvoller Ungeduld auf das Ende einer leeren Zeremonie gewartet hätte, mit einer Stimme, die so hell, ungerührt, gleichmäßig, silbern und triumphierend klang wie eine Glocke: „Komm, Bayard."

„Wäre es nicht besser, ihr gingt jetzt zu Bett?" sagte Tante Jenny.

„Ja", sagte Drusilla mit der gleichen verzückten, silbrigen Stimme. „O ja. Es wird noch viel Zeit zum Schlafen geben." Ich folgte ihr, und wieder geleitete sie mich sanft mit ihrer

Hand. Jetzt betrachtete ich ihn. Alles war genauso, wie ich es mir vorgestellt hatte – der Säbel, die Federn und das übrige –, doch mit dem unabänderlichen Unterschied, der Verwandlung, die ich wohl erwartet, aber nicht in mein Bewußtsein aufgenommen hatte, so, wie man etwas essen kann, das der Magen sich nicht sogleich einverleiben will; mit grenzenlosem Schmerz und Kummer blickte ich auf das vertraute Antlitz hinunter – auf die Nase, das Haar, die Lider, die sich über den unduldsamen Augen geschlossen hatten – auf das Gesicht, das ich, wie mir jetzt klarwurde, zum erstenmal in meinem Leben ruhig und entspannt sah – auf die leblosen Hände, die mit den unsichtbaren Flekken unnütz vergossenen Bluts (das war sicher einmal vorgekommen) nun still dalagen und in ihrer Schlaffheit so unbeholfen erschienen, daß man ihnen die unheilvollen Taten nicht zutraute, deren Last er gewiß Tag und Nacht mit sich herumgetragen und vielleicht gerne endlich von sich abgeworfen hatte – auf diese merkwürdigen, von Natur plump geformten Gebilde, mit denen die Menschen trotzdem so viel zu vollbringen gelernt haben, soviel mehr, als ihnen bestimmt war oder vergeben werden konnte; jetzt war das Leben aus ihnen entflohen, an dem sein unduldsames Herz so heiß gehangen hatte; und als ich hinsah, fühlte ich, daß mir im nächsten Augenblick der Atem vergehen würde. Drusilla mußte wohl schon zweimal etwas gesagt haben, bevor ich sie hörte und mich umwandte; zugleich nahm ich wahr, wie Tante Jenny und Louvinia uns beobachteten; Drusillas Stimme, die jetzt zu mir drang, hatte nicht mehr den fühllosen Ton einer Glocke, sie war zu einem tiefen, leidenschaftlichen Geflüster geworden, das in dem stillen, von Todesluft erfüllten Zimmer verklang: „Bayard“. Sie stand mir ganz nah gegenüber, und wieder schien der Duft des Eisenkrauts in ihrem Haar hundertmal stärker zu werden, als sie mir die beiden Duellpistolen – eine in jeder Hand – hinhielt. „Nimm sie, Bayard“, sprach sie in dem gleichen Ton, in dem sie im vorigen Sommer „Küß mich“ gesagt hatte, und drückte mir dabei die Pistolen schon in die Hand, während sie mich mit brennender, gieriger Begeisterung ansah und mit versagender, verheißungsvoll glühender Stimme zu sprechen fortfuhr: „Nimm sie. Ich habe sie für dich aufgehoben. Ich gebe sie dir. Oh, du wirst mir danken, du wirst dich an mich erinnern, weil ich eine Macht, die angeblich nur Gott zusteht, in deine Hände gelegt – weil ich, was dem Himmel gehört, genommen und dir gegeben habe. Fühlst du sie, die langen treuen Läufe, unfehlbar wic die Gerechtigkeit, die Hähne (du hast sie abgedrückt), schnell wie die Vergeltung, die beiden Waffen, so schlank und unwiderstehlich und verhängnisvoll wie die körperliche Gestalt der Liebe?“ Noch einmal sah ich, wie sie die Arme nach außen und aufwärts bog und die beiden Eisenkrautzweige schneller, als das Auge folgen konnte, mit zwei Griffen aus ihrem Haar löste; und schon steckte sie mir einen davon an und zerdrückte den zweiten in ihrer anderen Hand und sprach mit der gleichen leidenschaftlichen Stimme, die nicht lauter war als ein Geflüster, unaufhaltsam weiter: „Hier. Einen davon gebe ich dir, du sollst ihn morgen tragen (er wird nicht verwelken); den anderen werfe ich weg, so –“ und dabei ließ sie die zerdrückte Blüte auf den Boden fallen. „Ich sage mich davon los. Ich sage mich für immer vom Eisenkraut los; ich habe seinen Duft gerochen, der stärker war als die Ausströmung mutiger Taten; mehr wollte ich nicht. Jetzt laß mich dich ansehen.“ Sie trat einen Schritt zurück und blickte mich starr an – das Gesicht verzückt, die tränenlosen Augen fiebrig glänzend und verzehrend. „Wie schön du bist; weißt du es? Wie schön: du bist jung, du darfst töten, du darfst Rache nehmen und den Feuerstrahl des Himmels, der Luzifer zerschmetterte, in deinen bloßen Händen halten. Nein; *ich*. Ich habe ihn dir gegeben; ich habe ihn in deine Hände gelegt; oh, du wirst mir danken, du wirst dich an mich erinnern, wenn ich tot bin, und dir als alter Mann sagen: ‚Ich habe alles gekostet.‘ –Sicher wird es die rechte Hand sein, nicht?“ Sie machte eine Bewegung; ehe ich ahnte, was sie tun wollte, hatte sie meine rechte Hand ergriffen, die eine der Pistolen hielt, und sich niedergebeugt und die Hand geküßt, bevor ich ihre Absicht begriff. Dann erstarrte sie plötzlich, während sie noch gebückt, gleichsam mit wildem Frohlocken über die eigene Erniedrigung dastand und während meine Haut noch ihre heißen Lippen und heißen Hände spürte, die ganz leicht, wie abgestorbene Blätter, auf ihr lagen und doch eine dunkle, für immer zum Unfrieden verdammte, leidenschaftliche Kraft auf sie überströmen ließen. Denn Frauen sind weise – eine leichte Berührung mit Lippen oder Händen macht sie wissend, ja hellsichtig, und was sie erspüren, fließt unmittelbar in ihr Herz, ohne erst den Umweg über das langsame Gehirn zu nehmen. Sie hatte sich jetzt aufgerichtet und starrte mich mit leeren Augen an; aber in ihren Zügen malte sich eine unerträgliche, fassungslose Bestürzung; es schien mir, daß ich eine ganze Minute dastand und darauf wartete, daß wieder Leben in ihre Augen käme, während Tante Jenny und Louvinia uns beide beobachteten. Ihr Gesicht war aschfahl, und ihre Lippen, die sie etwas geöffnet hatte, waren so blaß wie die hellrosa Gummiringe, mit denen Frauen Konservengläser verschließen. Dann spiegelte sich in ihren Augen das bittere, brennende Empfinden, verraten zu sein. „Mein Gott, er will nicht –", sagte sie. „Er will nicht – Und ich habe seine Hand geküßt", flüsterte sie entsetzt, *„ich habe seine Hand geküßt!"* Sie begann zu lachen, das Lachen wurde stärker und stärker, es klang wie ein Schrei und blieb dennoch Lachen, und während sie vor Lachen schrie, legte sie ihre Hand über den Mund, um es zu ersticken, aber das Lachen drang zwischen ihren Fingern durch, als ob sie etwas erbräche, und über ihre Hand weg sah sie mich mit Augen an, in denen ungläubiges Erstaunen über den Verrat lag.

„Louvinia!" sagte Tante Jenny. Beide traten zu ihr. Louvinia umfaßte und stützte sie, und Drusilla wandte ihr Gesicht Louvinia zu.

„Ich habe seine Hand geküßt, Louvinia!“ rief sie. „Hast du es gesehen? *Ich habe seine Hand geküßt!*“ Wieder wurde ihr Lachen stärker und stärker, bis es wie ein Schrei klang und dennoch Lachen blieb, und noch immer versuchte sie, es mit ihrer Hand zurückzudämmen, wie ein kleines Kind, das sich zuviel in den Mund gestopft hat.

„Bring sie nach oben“, sagte Tante Jenny. Doch die beiden gingen schon auf die Tür zu; Louvinia trug Drusilla beinahe. Das Lachen wurde schwächer, je näher sie der Tür kamen, als ob es seine Kraft aufspeichere, um den größeren Raum der leeren, hellerleuchteten Diele mit einem neuen Ausbruch füllen zu können. Dann erstarb es; Tante Jenny und ich hatten uns nicht vom Platz bewegt, und ich spürte schon, daß ich nach Atem zu ringen begann. Ich konnte es fühlen, wie man ein Erbrechen kommen fühlt – als ob nicht genug Luft im Zimmer, im Haus oder sonst irgendwo unter dem drückend heißen, wolkenbehangenen Himmel wäre, als ob die Lungen in dieser Atmosphäre des verzögerten Wetterumschlags nicht atmen könnten. Jetzt war es Tante Jenny, die zweimal „Bayard“ rufen mußte, bevor ich sie hörte. „Du wirst nicht versuchen, ihn zu töten. Gut so.“

„Gut so?“ sagte ich.

„Ja. Gut so. Richte dich nicht nach Drusilla, diesem armen, hysterischen Mädchen. Und richte dich nicht nach ihm, Bayard, denn er ist jetzt tot. Und richte dich nicht nach George Wyatt und den anderen, die morgen früh auf dich warten werden. Ich weiß, daß du keine Furcht hast.“

„Aber was kommt dabei Gutes heraus?“ sagte ich. „Was kommt dabei Gutes heraus?“ Jetzt konnte ich das Keuchen kaum zurückhalten; ich unterdrückte es im letzten Augenblick. „Ich muß mit mir selber weiterleben, das ist es.“

„Dann ist es nicht nur wegen Drusilla? Nicht nur seinetwegen? Nicht nur wegen George Wyatt und Jefferson?“

„Nein“, sagte ich.

„Versprichst du mir, daß wir noch einmal miteinander reden, bevor du morgen in die Stadt gehst?“ Ich sah sie an, für eine Sekunde sahen wir uns in die Augen. Dann legte sie ihre Hände auf meine Schultern und küßte mich und ließ mich wieder los, alles gleichsam in einer einzigen Bewegung. „Gute Nacht, mein Sohn", sagte sie. Dann war auch sie verschwunden, und jetzt brauchte ich es nicht mehr zurückzuhalten. Ich wußte, daß ich ihn gleich betrachten würde und daß es dann nicht mehr zurückzuhalten wäre. Dann blickte ich wirklich nach ihm hin und fühlte, wie ich endlich, nach einem Augenblick der Beklemmung, wieder zu atmen begann, und es schoß mir durch den Kopf, daß ich vielleicht „Adieu, Vater" hätte sagen sollen, aber daß ich es nicht tat. Statt dessen ging ich quer durch das Zimmer zum Klavier und legte vorsichtig die Pistolen darauf, während ich noch immer das Keuchen zu unterdrücken suchte, damit es nicht zu früh hörbar würde. Dann war ich draußen auf der Veranda und blickte (ich weiß nicht, wieviel Zeit verstrichen war) durch das Fenster und sah Simon auf einem Schemel neben ihm hokken. Während des Krieges war Simon sein Bursche gewesen, und als sie nach Hause kamen, steckte auch Simon in einer Uniform – im Rock eines gemeinen Soldaten der konföderierten Armee mit dem Stern eines Yankee-Generals darauf. Diese Uniform hatte er jetzt angezogen, da auch Vater in der seinen dalag, und so hockte er neben ihm auf dem Schemel, aber in seinen Augen standen keine Tränen, die ein Weißer stets so leicht und vergeblich vergießt und die ein Neger nicht kennt; er saß nur bewegungslos mit etwas herunterhängender Unterlippe da; einmal hob er seinen Arm und berührte den Sarg mit seiner schwarzen Hand, die spröde und zerbrechlich aussah wie ein paar dürre Zweige, dann ließ er den Arm wieder sinken; ein andermal drehte er den Kopf, und ich sah seine geröteten Augen ohne Blinzeln in ihren Höhlen kreisen wie die Augen eines in die Enge getriebenen Fuchses. Jetzt überwältigte es mich; ich begann zu keuchen, wie ich da stand, und dann brach es durch – der Kummer, der Gram und die

Verzweiflung, aus der die tragische, stumme und empfindungslose Starrheit hervorwächst, die alles, alles ertragen kann.

4

Nach einiger Zeit hielten die Nachtvögel, die Ziegenmelker, mit ihrem Trillern ein, und ich hörte den ersten Morgenvogel, eine Spottdrossel. Auch sie war die ganze Nacht nicht still gewesen, aber jetzt, bei Anbruch des Tages, wurde aus ihrem verschlafenen, verträumten Geflöte ein Gesang. Dann fielen sie alle ein mit ihrem Gezirpe – die Sperlinge vom Stall her, die Drossel in Tante Jennys Garten, und auf der Wiese hörte ich eine Wachtel singen. Im Zimmer wurde es jetzt hell, aber ich stand nicht sofort auf. Ich blieb noch mit den Armen unter dem Kopf auf dem Bett liegen (ich hatte mich nicht ausgezogen), und von meiner Jacke, die auf einem Stuhl lag, drang der Duft von Drusillas Eisenkraut schwach zu mir her; ich beobachtete, wie das Licht heller wurde und sich rosig färbte, als die Sonne höher stieg. Bald darauf hörte ich Louvinia über den Hof in die Küche gehen; ich hörte, wie sie die Tür aufmachte und dann ihren Stoß Ofenholz mit Gepolter in den Kasten warf. Bald würden die ersten von ihnen eintreffen und auf ihren Ein- und Zweispännern den Fahrweg heraufkommen, aber noch nicht gleich, weil sie zunächst versuchen würden herauszufinden, was ich vorhätte. Daher war es ganz still im Hause, als ich die Treppe herunter zum Eßzimmer ging, man hörte nur das Schnarchen Simons, der wahrscheinlich immer noch auf seinem Schemel saß. Aber ich sah mich nicht nach ihm um, sondern stellte mich an das Fenster des Eßzimmers und trank den Kaffee, den Louvinia mir brachte, und ging dann zum Stall; ich merkte, wie Joby mich von der Küchentür aus beobachtete, als ich über den Hof ging, und wie Loosh, der mit einer Striegelbürste in der Hand im Stall stand, hinter Betsys Kopf hervor seinen

Blick zu mir erhob; nur Ringo sah mich überhaupt nicht an. Dann striegelten wir Jupiter. Ich war nicht sicher, ob wir es ohne Schwierigkeiten tun könnten, weil Vater immer zuerst in den Stall gekommen war und ihn mit seiner Hand berührt und ihn geheißen hatte stillzuhalten, und dann hielt Jupiter immer still, als ob er aus Marmor (oder richtiger aus heller Bronze) gemacht sei, während Loosh ihn striegelte. Aber er hielt auch für mich still, obschon ein wenig unruhig. Dann waren wir damit fertig, und es war fast neun Uhr, und bald würden die ersten von ihnen eintreffen, und ich rief Ringo zu, Betsy zu nehmen und vor das Haus zu führen.

Ich kehrte zum Haus zurück und ging zur Diele. Seit einer ganzen Weile hatte ich das Keuchen zurückhalten können, aber es saß noch in mir und wartete darauf, hervorzubrechen, es gehörte zu der Veränderung, die eingetreten war, als ob der Tote die ganze Luft, die er in seinen selbstgebauten vier Wänden eingeschlossen und für sich beansprucht und verlangt hatte, aber jetzt nicht länger brauchte, mit sich genommen hätte. Tante Jenny mußte wohl gewartet haben; sie kam sofort aus dem Eßzimmer leise auf mich zu. Sie war fertig angezogen, und ihr Haar lag glatt an wie Vaters Haar, und darunter sahen ihre Augen hervor, die anders waren als Vaters Augen, weil sie nicht unduldsam, sondern nur gesammelt und ernst und (sie war auch weise) stählern blickten. „Willst du jetzt gehen?“ sagte sie.

„Ja.“ Ich sah sie an. Ja, sie zeigte kein Mitleid, Gott sei Dank. „Ich möchte, daß man gut von mir denkt, das mußt du verstehen.“

„Ich verstehe es“, sagte sie. „Selbst wenn du dich den ganzen Tag über auf dem Heuboden im Stall versteckst, verstehe ich es.“

„Vielleicht sollte sie wissen, daß ich gehe, daß ich auf alle Fälle vorhatte, in die Stadt zu gehen.“

„Nein“, sagte sie. „Nein, Bayard.“ Wir sahen einander an. Dann sagte sie still: „Nun gut. Sie ist wach.“ Ich stieg die

Treppen hinauf. Ich ging gleichmäßig und nicht schnell, denn wenn ich schnell gegangen wäre, würde das Keuchen wieder angefangen haben, oder ich hätte auf einem Treppenabsatz oder oben für eine Sekunde einhalten müssen, und dann wäre ich nicht weitergegangen. Ich schritt also langsam und ruhig durch den Vorraum auf ihre Tür zu, klopfte an und trat ein. Sie saß am Fenster; sie hatte etwas Loses und Weiches übergeworfen, wie sie es morgens in ihrem Schlafzimmer zu tragen pflegte, aber nichts an ihr erinnerte an einen Morgen im Schlafzimmer, denn sie hatte kein langes Haar, das über die Schultern fiel. Sie saß da und blickte auf und sah mich mit ihren fiebrig glänzenden Augen an, und mir fiel ein, daß ich immer noch den kleinen Eisenkrautzweig in meinem Knopfloch trug, und plötzlich begann sie wieder zu lachen. Das Lachen schien nicht aus ihrem Mund zu kommen, sondern wie Schweiß aus allen Poren ihres Gesichts hervorzubrechen, begleitet von schrecklichen, schmerzhaften Zuckungen, wie man sie bei unstillbarem, quälendem Erbrechen hat – ihr ganzes Gesicht war davon ergriffen, mit Ausnahme der Augen, dieser glänzenden, ungläubigen Augen, mit denen sie mich trotz ihres Lachens ansah, als ob sie nicht ihr, sondern einem anderen gehörten, als ob sie wie zwei unbewegliche Stückchen Teer oder Kohle auf dem Boden eines von brodelnder Substanz erfüllten Gefäßes lägen: „Ich habe seine Hand geküßt! *Ich habe seine Hand geküßt!*" Dann kam Louvinia herein, Tante Jenny mußte sie wohl gleich hinter mir hergeschickt haben; wieder ging ich mit langsamen, stetigen Schritten, um das Keuchen noch zurückzuhalten, die Treppe hinunter, an deren Fuß Tante Jenny unter dem Kronleuchter in der Diele stand, wie am Tag vorher Mrs. Wilkins in ihrem Haus in der Stadt. Sie hielt meinen Hut in ihrer Hand. „Selbst wenn du dich den ganzen Tag im Stall versteckt hieltest, Bayard", sagte sie. Ich nahm den Hut; sie sagte ruhig und freundlich, als ob sie zu einem fremden Gast spräche: „In Charleston habe ich eine ganze

Reihe von Blokadebrechern getroffen. In ihrer Art waren sie Helden, weißt du – nicht, weil sie den Zusammenbruch der Konföderation aufzuhalten suchten, sondern sie waren heldenhaft in dem Sinn, in dem David Crockett oder John Sevier es in den Augen von Knaben oder von törichten jungen Mädchen wohl gewesen sind. Einer von ihnen war ein Engländer. Er hatte dort nichts zu suchen, aber das Geld lockte ihn, wie sie alle. Wir sahen in ihm einen zweiten David Crockett, denn damals hatten wir alle vergessen, was Geld bedeutete, was man mit Geld anfangen konnte. Er schien ein Mann von Stande gewesen zu sein oder mit vornehmen Leuten verkehrt zu haben, bevor er seinen Namen gewechselt hatte, und sein ganzer Wortschatz bestand aus sieben Worten, obschon ich zugeben muß, daß er ganz gut damit auskam. Die ersten vier Worte waren: ‚Für mich Rum, bitte', und wenn er den Rum bekommen hatte, benutzte er die anderen drei, um über ein Champagnerglas hinweg zu irgendeinem Kleid mit gekräuseltem oder tiefem Brustausschnitt zu sagen: ‚Mast- und Spierenbruch.' Mast- und Spierenbruch, Bayard."

Ringo wartete an der Vordertreppe mit Betsy auf mich. Auch jetzt sah er mich nicht an, und als er mir die Zügel reichte, hatte sein Gesicht einen finsteren, ja niedergeschlagenen Ausdruck. Aber er sagte kein Wort, und ich drehte mich nicht nach ihm um. Und tatsächlich kam ich im letzten Augenblick; am Einfahrtstor traf ich die Equipage, die den Compsons gehörte, und General Compson lüftete seinen Hut, als wir uns begegneten, und ich zog den meinen. Bis zur Stadt waren es vier Meilen, aber ich hatte noch nicht zwei zurückgelegt, als ich die Hufschläge hinter mir hörte, doch ich sah mich nicht um, weil ich wußte, daß es Ringo war. Er kam auf einem der Wagenpferde herangeritten, und als er neben mir war, blickte er mich für einen Moment voll an; auf seinem Gesicht lag finstere Entschlossenheit, seine geröteten, rollenden Augen sahen mich eine Sekunde lang trotzig an; dann ritten wir zusammen weiter.

Jetzt waren wir in der Stadt, auf der langen, schattigen Straße, die zum Marktplatz mit dem neuen Gerichtsgebäude führte. Es war elf Uhr: in dieser Stunde zwischen Frühstück und Mittag befanden sich nur Frauen auf der Straße, die mich vielleicht nicht erkannten oder wenigstens ihre Schritte nicht plötzlich mitten im Gehen anhielten, als ob ihre Beine den überraschten Blick ihrer Augen und das Stocken ihres Atems ausdrückten; das geschah erst, als wir den Platz erreichten, und dann hatte ich nur den einen Gedanken: ‚Wenn ich mich doch unsichtbar machen könnte, bis ich die Treppe erreiche, die zu seinem Büro führt, und die Stufen hinaufgehe.‘ Aber es gelang mir nicht, ich war nicht unsichtbar. Als wir an das Holston-Haus heranritten, merkte ich, wie die vielen Füße, die unter dem Geländer der Galerie hervorsahen, sich auf einmal in Bewegung setzten und geräuschlos die Treppe herunterkamen, aber ich blickte nicht hin, ich hielt Betsy an und wartete, bis Ringo abgestiegen war, dann stieg ich auch ab und gab ihm die Zügel zu halten. „Warte hier auf mich“, sagte ich.

„Ich komme mit dir“, sagte er leise; wir standen da, während sie uns immer noch wachsam beobachteten, und flüsterten miteinander wie zwei Verschwörer. Dann erkannte ich den Umriß einer Pistole unter seinem Hemd; es war vermutlich Grumbys Pistole, die uns damals, als wir ihn erschossen hatten, in die Hände gefallen war.

„Nein, das wirst du nicht tun“, sagte ich.

„Ich werde es doch tun.“

„Nein, das wirst du nicht.“ Dann ging ich in der heißen Mittagssonne über die Straße; ich spürte nur den Geruch des Eisenkrauts, das ich auf meiner Jacke trug, als ob es das ganze blendende Licht eingefangen und die ganze aufgestaute, brennende Glut des zu langen Sommers in sich eingesammelt und aufgespeichert hätte, so daß ich mich in einer Duftwolke von Eisenkraut bewegte, wie man sich in einer Wolke von Zigarrendampf bewegt. Dann stand George Wyatt neben mir (ich weiß nicht, wo er hergekommen war), und ein paar Schritte hinter ihm sah ich fünf oder sechs andere von Vaters alten Leuten stehen; George legte seine Hand auf meinen Arm und zog mich in einen Torweg, wo ich vor den gespannten Blicken ihrer gierigen Augen geschützt war.

„Hast du die Derringer-Pistole bei dir?" sagte George.

„Nein", sagte ich.

„Gut", sagte George. „Es ist gefährlich, an den verzwickten Dingern herumzufingern. Niemand als der Oberst konnte jemals richtig mit einer umgehen; ich habe es nie fertiggebracht. Also nimm diese andere. Ich habe sie heute morgen ausprobiert und weiß, daß sie in Ordnung ist. Hier." Er war schon dabei, die Pistole in meine Tasche zu stecken, und dann widerfuhr ihm das gleiche wie Drusilla am Abend vorher, als sie meine Hand küßte – etwas, das sich durch Berührung unmittelbar seinem einfachen Sinn mitteilte, ohne daß er überhaupt zu denken brauchte: mit der Pistole in der Hand trat er plötzlich zurück, sah mich mit seinen farblosen, entsetzten Augen an und flüsterte mir mit einer vor Wut fast versagenden Stimme zu: „Wer bist du denn? Trägst du den Namen Sartoris? Beim Himmel, wenn du ihn nicht tötest, werde ich es tun." Jetzt war es nicht ein drohendes Keuchen, es war ein fürchterliches Verlangen, zu lachen, in ein Lachen auszubrechen wie Drusilla, und zu sagen: ‚Genauso hat Drusilla gesprochen', aber ich tat es nicht. Ich sagte:

„Ich werde diese Sache erledigen. Haltet euch raus. Ich brauche keine Hilfe." Dann besänftigte sich sein wilder Blick nach und nach, wie eine Lampe, die man herunterschraubt.

„Nun denn", sagte er und steckte die Pistole wieder in seine Tasche. „Vergib mir, mein Junge. Ich hätte wissen müssen, daß du niemals etwas begehen könntest, was John seiner Ruhe berauben würde. Wir werden dir folgen und am Fuß der Treppe warten. Und denk daran: er ist ein tapferer Mann, aber seit gestern morgen sitzt er ganz allein in seinem Büro und wartet auf dich, und seine Nerven sind aufs äußerste gespannt."

„Ich werde daran denken", sagte ich. „Ich brauche keine Hilfe." Ich schritt schon voran, als ich mich plötzlich zu meiner eigenen Überraschung sagen hörte: „Mast- und Spierenbruch."

„Was?" sagte er. Ich gab keine Antwort. Dann überquerte ich den Platz, der unter der heißen Sonne lag; sie folgten mir, aber nicht dichtauf, so daß ich sie erst hinterher wiedersah; ich fühlte um mich herum in der Entfernung die stillen Blicke der Leute, die auch noch nicht näher kamen, sondern wartend stehenblieben, wo sie waren, vor den Geschäften und vor der Tür des Gerichtsgebäudes. Ich ging mit gleichmäßigen Schritten weiter, und der Duft des Eisenkrauts, der jetzt durchdringend war, hüllte mich ganz ein. Dann kam ich in den Schatten, aber ich hielt nicht an, ich warf nur einen Blick auf das kleine, verblichene, an die Hauswand genagelte Schild, auf dem ‚B. J. Redmond, Rechtsanwalt' stand, und begann die Treppen hinaufzusteigen, die hölzernen Stufen, die durch die schweren Stiefel aufgeregter, in Rechtsstreitigkeiten verwickelter Bauern abgenutzt und von ausgespucktem Tabak beschmutzt waren, und dann weiter durch den dunklen Gang bis zu der Tür, auf der wieder der Name ‚B. J. Redmond' stand. Ich klopfte einmal an und öffnete die Tür. Er saß hinter seinem Pult; er sah nicht viel größer aus als Vater, aber dicker, wie ein Mann wird, der die meiste Zeit auf seinem Stuhl sitzt und den Leuten zuhört; er war reinlich rasiert und trug ein frisch gewaschenes Hemd. Obschon er einem Rechtsanwalt glich, hatte er nicht das Gesicht eines Rechtsanwalts – es war viel hagerer, als es seinem Körper entsprach, und angespannt (und tragisch, gewiß, ich weiß das jetzt), und unter der Glätte seiner vor kurzem sauber und gleichmäßig rasierten Züge zeigte sich seine Erschöpfung. Er bedeckte eine Pistole, die er flach vor sich auf das Pult gelegt hatte, locker und ohne auf etwas zu zielen mit seiner Hand. Es roch nicht nach Alkohol, nicht einmal nach Tabak in dem ordentlichen, sauberen, düsteren Zimmer, obschon er ein Raucher war, wie ich wußte. Ich blieb nicht stehen. Ohne Schwanken ging ich auf ihn zu. Von der Tür bis zum Pult waren es nicht mehr als sieben oder acht Meter, aber ich ging wie in einem Traum, in dem es weder Zeit noch Entfernung gab, als ob das bloße Gehen ebensowenig eine Bewegung durch den Raum sein sollte wie Redmonds Dasitzen. Keiner von uns sprach. Wir schienen beide zu wissen, welche Worte fallen und wie vergeblich sie sein würden; daß er hätte sagen können: „Geh aus dem Zimmer, Bayard. Geh fort, Junge" und darauf: „Dann zieh. Ich will dich zuerst ziehen lassen" – und daß alles sich gleichgeblieben wäre, als ob er kein Wort gesagt hätte. Also sprachen wir nicht; ich ging nur ohne Schwanken auf ihn zu, als er die Pistole vom Pult erhob. Ich hielt sie im Auge, ich konnte ihren schräg gehaltenen, gleichsam perspektivisch verkürzten Lauf sehen, und ich wußte, daß er mich nicht treffen würde, obgleich seine Hand nicht zitterte. Ich ging auf ihn und auf die Pistole zu, die er in seiner festen Hand hielt; ich hörte keine Kugel. Vielleicht hörte ich nicht einmal den Knall des Schusses, wenn ich mich auch an den plötzlichen orangefarbenen Schein und den Rauch erinnerte, die sich von dem Weiß seines Hemdes abhoben wie damals von Grumbys schmutzigem Waffenrock; noch immer beobachtete ich den schräg gerichteten, perspektivisch verkürzten Lauf, der, wie ich wußte, nicht auf mich gerichtet war, und dann sah ich den zweiten orangefarbenen Schein und den Rauch, und auch diesmal hörte ich die Kugel nicht. Dann blieb ich stehen; jetzt war es geschehen. Ich sah, wie die Pistole sich ruckweise wieder dem Pult näherte, wie er sie losließ, beide Hände auf das Pult legte und sich zurücksetzte. Ich betrachtete sein Gesicht und spürte, was für ein Gefühl es war, Atem holen zu müssen, wenn es nirgends Luft gab. Er stand auf, wobei er mit dem Kopf eine seltsame, duckende Bewegung machte, und schob seinen Stuhl mit zuckender Hand zurück. Während er seinen Kopf noch immer zur Seite duckte und einen Arm ausstreckte wie ein Blinder und sich mit der Hand auf das Pult stützte, als ob er nicht allein stehen könne, drehte er sich nach der Wand hin um, nahm seinen Hut vom Garderobenständer und tappte mit noch immer geducktem Kopf und ausgestreckter Hand an der Wand entlang, ging an mir vorbei bis zur Tür und aus dem Zimmer. Er war ein tapferer Mann, niemand konnte das abstreiten. Er stieg die Treppe auf die Straße hinunter, wo George Wyatt und die sechs Leute von Vaters früherer Abteilung warteten und wo auch die anderen Männer jetzt zusammenzulaufen begannen; mit erhobenem Kopf und aufgesetztem Hut schritt er mitten durch sie hindurch (wie man mir später erzählte, rief einer von den Leuten ihm zu: „Habt Ihr den Jungen auch erschossen?") und ging, ohne ein Wort zu sprechen, den Blick starr geradeaus gerichtet und ihnen den Rücken zukehrend, weiter bis zum Bahnhof. Dort bestieg er ohne irgendein Gepäck den Zug nach Süden, der eben eingelaufen war, und verließ Jefferson und Mississippi und kehrte nie zurück.

Ich hörte ihre Füße erst auf der Treppe, dann im Gang und dann im Zimmer, aber ich blieb noch einige Zeit (nicht sehr lange natürlich) hinter dem Pult sitzen, wie er dort gesessen hatte; die flach daliegende Pistole fühlte sich unter meiner Hand noch warm an, und meine Hand wurde zwischen der Pistole und meiner Stirn langsam empfindungslos. Dann hob ich den Kopf; das kleine Zimmer war voll von Leuten. „Mein Gott!" schrie George Wyatt. „Du hast ihm die Pistole entrissen und ihn dann verfehlt, *zweimal* verfehlt?" Dann gab er selbst die Antwort – er hatte den gleichen Instinkt für gewaltsames Handeln wie Drusilla, aber in seinem Fall verband sich damit echte Menschenkenntnis: „Nein, das ist es nicht. Du bist hier hereingekommen, ohne auch nur ein Taschenmesser bei dir zu haben, und hast ihn dich zweimal verfehlen lassen. Großer Gott im Himmel." Er drehte sich um und rief laut: „Macht, zum

Teufel, daß ihr hier herauskommt! Du, White, reitest sofort zu der Farm von Sartoris und sagst den Leuten da, daß alles vorüber und daß er unversehrt ist. Reit los!" Darauf verschwanden sie; nach einem Augenblick war nur noch George da und starrte mich mit seinem kalten, düsteren Blick an, der eine Einbildungskraft verriet, die nichts mit gedanklicher Überlegung zu tun hatte. „Nun, bei Gott", sagte er, „– willst du etwas zu trinken haben?"

„Nein", sagte ich. „Ich bin hungrig, ich habe heute noch nichts gegessen."

„Das kann ich mir denken, wenn du heute morgen mit dem Vorsatz aufgestanden bist, das zu tun, was du getan hast. Komm, wir gehen zu dem Holston-Hotel."

„Nein", sagte ich, „nein. Nicht dahin."

„Warum nicht? Du hast nichts getan, weswegen du dich schämen mußt. Ich selbst hätte es nicht so gemacht. Ich hätte auf alle Fälle wenigstens einmal auf ihn geschossen. Aber das ist nun deine Art, sonst hättest du nicht so gehandelt."

„Ja", sagte ich. „Ich würde wieder so handeln."

„Der Teufel soll mich holen, wenn ich es so machen würde. – Willst du mit mir nach Hause gehen? Dann können wir etwas essen und später hinausreiten, um noch zur Zeit bei dem –" Aber das konnte ich auch nicht tun.

„Nein", sagte ich. „Ich bin eigentlich doch nicht hungrig. Ich denke, ich werde nach Hause reiten."

„Willst du nicht warten und mit mir hinausreiten?"

„Nein. Ich mache mich jetzt auf den Weg."

„Hier wirst du jedenfalls nicht bleiben wollen." Er sah sich noch einmal im Zimmer um, in dem der Geruch des jetzt nicht mehr sichtbaren Pulverdampfes noch zu spüren war und die heiße, stickige Luft durchsetzte. Er blinzelte ein wenig mit seinen durchdringenden, kalten, gar nicht nach innen gewandten Augen. „Nun, bei Gott", sagte er wieder. „Kann sein, daß du recht hast, vielleicht ist in deiner Familie schon genug getötet worden, ohne daß du –.

Komm." Wir verließen das Zimmer. Ich wartete am Fuß der Treppe auf Ringo, der bald mit den Pferden herbeikam. Wieder ritten wir über den Platz. Unter dem Geländer der Galerie des Holston-Hotels sahen jetzt (es war zwölf Uhr) keine Füße mehr hervor, aber vor der Tür standen einige Männer, die ihre Hüte zogen, und auch ich lüftete meinen Hut und ritt mit Ringo weiter.

Wir beeilten uns nicht. Es wurde ein Uhr, vielleicht sogar später; die Equipagen und Wagen würden jetzt bald vom Marktplatz abfahren. Daher verließ ich die Straße, als wir an den Weidegrund kamen; ich blieb auf der Stute sitzen und versuchte das Gittertor zu öffnen, ohne abzusteigen, bis schließlich Ringo vom Pferd stieg und es öffnete. Wir ritten in der brennenden Sonnenglut quer über die Weide; ich hätte das Haus jetzt sehen können, aber ich blickte nicht hin. Dann kamen wir in den drückenden, dichten Schatten der Bachniederung; die alten Pflöcke lagen noch in dem Buschwerk, wo wir den Pferch gebaut hatten, um die Yankee-Maultiere zu verstecken. Jetzt hörte ich das Wasser rauschen, und dann konnte ich das Sonnenlicht darauf spielen sehen. Wir stiegen ab. Ich legte mich auf den Rücken: ich dachte: *‚Nun kann es meinetwegen wiederkommen.'* Aber es kam nicht wieder. Beinahe im gleichen Augenblick, als ich daran dachte, schlief ich ein. Ohne zu träumen, schlief ich fast fünf Stunden, aber mein eigenes Weinen, ein heftiges Weinen, das sich nicht unterdrücken ließ, weckte mich auf. Ringo hockte neben mir; die Sonne war untergegangen, doch hörte man irgendwo noch einen Vogel singen und von unserem kleinen Bahnhof her das Pfeifen des Abendzuges und das kurze, abgerissene Puffen der anfahrenden Lokomotive. Nach einer Weile ließ das Weinen allmählich nach, und Ringo füllte seinen Hut am Bach mit Wasser und brachte es mir, aber anstatt es zu nehmen, ging ich selbst zum Wasser hinunter und wusch mein Gesicht.

Im Weidegrund war es noch ziemlich hell, obgleich die

Ziegenmelker schon laut wurden, und als wir das Haus erreichten, ertönte in den Magnolien der verschlafene, verträumte Nachtgesang einer Spottdrossel, und wieder sah der Mond aus wie der Abdruck eines Stiefelabsatzes in nassem Sand. In der Diele brannte nur ein einziges Licht; es war also vorüber, wenn ich auch den Geruch der Blumen noch immer stärker riechen konnte als den Duft des Eisenkrauts, das ich im Knopfloch trug. Ich hatte ihn nicht mehr angeschaut. Ich wollte es tun, bevor ich das Haus verließ, aber dann tat ich es nicht, ich hatte ihn nicht noch einmal gesehen, und alle Bilder, die wir von ihm besaßen, waren schlecht, denn ein Bild vermochte ihn im Tode ebensowenig festzuhalten, wie das Haus seinen Körper hätte bewahren können. Aber ich brauchte ihn nicht noch einmal zu sehen, weil er zugegen war und immer zugegen sein würde; das hatte Drusilla vielleicht gemeint, als sie sagte, daß sein Traum nicht etwas war, was zu seiner Person gehörte, sondern etwas, was er uns hinterlassen hatte und was wir nie vergessen könnten, ja, was sogar seine körperliche Gestalt annehmen würde, wenn einer von uns, ob schwarz oder weiß, die Augen schlösse. Ich ging in das Haus hinein. Im Salon war es dunkel; nur durch das westliche Fenster, in dem sich Tante Jennys farbige Glasscheiben befanden, fiel der letzte Nachglanz des Sonnenlichts. Ich war im Begriff, die Treppe hinaufzugehen, als ich sie neben dem Fenster sitzen sah. Sie rief mich nicht an, und ich sprach Drusillas Namen nicht aus, ich ging nur zur Tür und stand da. „Sie ist fort", sagte Tante Jenny. „Sie ist mit dem Abendzug nach Montgomery zu Dennison gefahren." Denny war jetzt seit etwa einem Jahr verheiratet; er wohnte in Montgomery und studierte die Rechte.

„Ich verstehe", sagte ich. „Dann hat sie also nicht –" Aber das war überflüssig, denn Jed White mußte vor ein Uhr angekommen sein und ihnen alles erzählt haben. Und außerdem gab Tante Jenny keine Antwort. Sie hätte mir eine Lüge erzählen können, aber sie tat es nicht, sondern sagte:

„Komm her." Ich ging zu ihrem Sessel. „Knie nieder. Ich kann dich nicht sehen."

„Soll ich die Lampe anzünden?"

„Nein. Knie nieder." Ich kniete neben dem Sessel nieder. „Du hast also einen wunderschönen Samstagnachmittag gehabt, nicht wahr? Erzähl mir davon." Dann legte sie ihre Hände auf meine Schultern. Ich sah, wie sie die Hände langsam erhob, als ob sie versuchte, sie zurückzuhalten. Dann fühlte ich sie auf meinen Schultern, als hätten sie ein eigenes Leben und bemühten sich, etwas zu tun, was sie verhüten, verhindern wollte. Dann gab sie es auf, oder vielleicht war sie nicht stark genug, denn die Hände kamen näher und nahmen meinen Kopf ganz fest zwischen sich, und plötzlich sprangen ihr die Tränen aus den Augen und überströmten ihr Gesicht, so, wie das Lachen sich auf Drusillas Gesicht verbreitet hatte. „O ihr verdammten, verdammten Sartoris!" sagte sie.

Als ich über die Diele ging, wurde im Eßzimmer das Licht angezündet, und ich konnte hören, wie Louvinia den Tisch für das Abendessen deckte. Das Licht erhellte die Treppe ganz gut. Doch auf der oberen Diele war es dunkel. Ich sah ihre Tür offenstehen (in der unverkennbaren Art, wie eine Tür offensteht, wenn niemand mehr in dem Zimmer wohnt), und dann wurde mir klar, daß ich nicht geglaubt hatte, sie sei wirklich fortgegangen. Ich sah gar nicht in das Zimmer hinein. Ich ging zu meinem eigenen Zimmer und betrat es. Und dann dachte ich eine ganze Zeitlang, es sei das Eisenkraut auf meiner Jacke, dessen Duft ich roch, bis ich quer durch das Zimmer ging und auf das Kissen hinunterblickte, auf dem es lag – und der einzelne kleine Zweig (ohne hinzusehen, pflückte sie immer ein halbes Dutzend von ihnen ab, und sie waren jedesmal gleich lang und waren fast alle gleich geformt, als ob sie mit der Maschine ausgestanzt worden wären) füllte das Zimmer, die Dämmerung, den Abend mit seinem Duft, dem einzigen, wie sie sagte, der kräftiger war als der Geruch von Pferden.

ANMERKUNGEN

5 *Vicksburg* – Mit der Einnahme der Stadt Vicksburg, Mississippi, während des amerikanischen Bürgerkrieges (1861–1865) fiel das Mississippi-Tal endgültig in die Hände der Unionstruppen (Juli 1863)

7 *Corinth* – Stadt in Mississippi; war während des Bürgerkrieges strategisch wichtiger Eisenbahnknotenpunkt; wurde im Mai 1862 von den Unionstruppen eingenommen

8 *General Van Dorn* – Earl Van Dorn (1820–1863); absolvierte die Militärakademie West Point und nahm an den Ausrottungskriegen gegen die Indianer teil. War im Bürgerkrieg General der konföderierten Armee

General Pemberton – John Clifford Pemberton (1814–1881); General der konföderierten Armee; ergab sich in Vicksburg den Unionstruppen unter General Grant

Grant – Ulysses Simpson Grant (1822–1885); absolvierte die Militärakademie West Point und wurde 1864 Oberbefehlshaber der Unionstruppen. Versuchte 1862 vergeblich, Vicksburg einzunehmen; im Juli 1863 gelang es ihm nach langer Belagerung, die Konföderierten zur Übergabe zu zwingen. Der beliebte, fähige Heerführer wurde später Präsident der Vereinigten Staaten (1869–1877)

16 *Forrest* – Nathan Bedford Forrest (1821–1877); General der Konföderierten; später Anführer des ersten, unmittelbar nach dem Bürgerkrieg gegründeten Ku-Klux-Klan

16 *Morgan* – John Hunt Morgan (1825–1864); Kavallerieoffizier der konföderierten Armee, der vor allem zwischen 1862 und 1863 durch überraschende Überfälle auf Eisenbahnlinien und Nachschubdepots den Unionstruppen Schaden zufügte

Barksdale – William Barksdale (1821–1863); General der Konföderierten; war von 1853 bis zum Ausbruch des Bürgerkrieges Mitglied des amerikanischen Kongresses

Gap – kurz für Cumberland Gap (Cumberland-Paß); natürliche Passage durch die Berge, wo die Bundesstaaten Virginia, Kentucky und Tennessee aneinanderstoßen; während des Bürgerkrieges von strategischer Bedeutung

Run – Abkürzung für Bull Run (vgl. Anmerkung zu *Manassas*, S. 17)

17 *Cokes Kommentar zu Littleton* – Der bedeutende englische Rechtsgelehrte Sir Edward Coke (1552–1634) verfaßte einen Kommentar zu „Tenures", das erste und grundlegende Werk über die feudalen Besitzverhältnisse von Sir Thomas Littleton (1422–1481)

Josephus – Flavius Josephus (37 u. Z. – um 98 u. Z.); jüdischer Geschichtsschreiber. Verfaßte u. a. die „Geschichte des jüdischen Krieges", „Jüdische Altertümer" und eine Autobiographie

Jeremy Taylor – (1613–1667); englischer Geistlicher und Theologe; verfaßte zahlreiche stilistisch glänzende Werke, u. a. „The Rule and Exercises of Holy Living" (1650)

M. A. – Master of Arts (Magister der philosophischen Fakultät); hoher akademischer Grad an englischen Universitäten

F. R. S. S. – wahrscheinlich Abkürzung für Fellow of the Royal Statistical Society (= Mitglied der Königlichen Gesellschaft für Statistik)

Walter Scott – Sir Walter Scott (1771–1831); schottischer Romancier und Dichter, Begründer des historischen Romans in Großbritannien. Seine Werke erfreuten sich in den amerikanischen Südstaaten großer Beliebtheit

Fenimore Cooper – James Fenimore Cooper (1789–1851); Begründer des historischen Romans in den Vereinigten Staaten; wurde vor allem als Verfasser der „Lederstrumpf"-Romane berühmt

Dumas – Alexandre Dumas (1802–1870); französischer Romancier, der mit historischen Abenteuerromanen (z. B. „Die drei Musketiere", 1849) populär wurde

Manassas – Kleinstadt in der Nähe von Washington. Dort fanden während des Bürgerkrieges zwei große Gefechte statt (am 21. Juli 1861 und vom 20. bis 31. August 1862), die nach einem nahe gelegenen kleinen Fluß auch als Schlachten von Bull Run bezeichnet werden. Beide Begegnungen entschieden die Südstaatler für sich

23 *General Sherman* – William Tecumseh Sherman (1820–1891); General der Unionstruppen; eroberte 1864 Atlanta, brannte die Stadt nieder

und begann im November seinen berüchtigten Zerstörungsfeldzug nach Savannah am Atlantik. Er unterstützte General Grant bei der Eroberung von Vicksburg

48 *Virginny* – umgangssprachliche Variante von Virginia

49 *Stonewall Jackson* – Spitzname von Thomas Jonathan Jackson (1824–1863), eines Generals der Konföderierten. Seine Brigade stand in der ersten Schlacht von Manassas wie eine „Mauer" (von engl. stone wall)

65 *Joe Johnston* – Joseph Eggleston Johnston (1807–1891); General der Konföderierten; Gegenspieler von General Sherman im Feldzug von Atlanta, das 1864 von Shermans Truppen erobert und niedergebrannt wurde

83 *Shiloh* – Schlachtfeld in der Nähe von Savannah, Tennessee, wo am 6. und 7. April 1862 eine der blutigsten Schlachten des Bürgerkrieges stattfand

90 *Atlanta* – Die Hauptstadt Georgias war ein wichtiges Fernmelde- und Nachschubzentrum der Konföderierten; wurde am 2. September 1864 von den Unionstruppen unter General Sherman eingenommen und dem Erdboden gleichgemacht

Chattanooga – Stadt in Tennessee, die im Bürgerkrieg große strategische Bedeutung hatte und in der Chattanooga Campaign (September bis November 1863) hart umkämpft war. Der Erfolg der Unionstruppen öffnete Shermans Armee den „Marsch zum Meer"

113 *Smith* – Andrew Jackson Smith (1815–1897); General der Unionstruppen im amerikanischen Bürgerkrieg

116 *Abe Lincoln* – Abraham Lincoln (1809–1865); Präsident der Vereinigten Staaten von 1861–1865, Oberkommandierender der Unionstruppen, Verfasser der „Proklamation der Befreiung der Negersklaven"

135 *Davis* – Jefferson Davis (1808–1889); Politiker und Anhänger der Sklaverei, wurde im Februar 1862 zum Präsidenten der konföderierten Staaten ernannt und blieb bis Ende des Bürgerkrieges im Amt

Lee – Robert E. Lee (1807–1870), General der Konföderierten. Wurde gegen Ende des Bürgerkrieges zum Oberkommandierenden ernannt

146 *Vendée* – Im westfranzösischen Departement Vendée erhoben sich die royalistisch gesinnten, katholischen Bauern (1793–1796) gegen die Französische Revolution. Die Rebellion, die 500000 Opfer forderte, wurde von Regierungstruppen blutig niedergeschlagen

177 *Carpetbagger* – von Südstaatlern benutzte diffamierende Bezeichnung für alle Politiker aus den Nordstaaten, die während der Rekonstruktionsära am Wiederaufbau der Südstaaten beteiligt waren. Unter den Carpetbaggers gab es engagierte Männer, die sich für die Schwarzen einsetzten und Reformen durchführten. Viele waren jedoch Kriegsge-

winnler und in korrupte politische und wirtschaftliche Machenschaften verwickelt

209 *die beiden Carolinas* – gemeint sind die Südstaaten North Carolina und South Carolina

210 *Derringer* – kurze Pistole mit großem Kaliber

211 *Nachtreiter* – Bezeichnung für Mitglieder einer berittenen Terroristenbande, deren Aktionen sich insbesondere gegen die Schwarzen richteten

224 *Fort Moultrie* – Befestigungsanlage auf Sullivans Island am Hafeneingang von Charleston, South Carolina, die Ende des Jahres 1860 von amerikanischen Truppen aufgegeben wurde. Truppen des gerade von der Union abgefallenen Staates South Carolina besetzten sie und räumten sie erst im Februar 1865

233 *Blockadebrecher* – Die Häfen der Konföderation wurden während des Bürgerkrieges von der Marine der Union blockiert. Konföderierte Blockadebrecher schafften Nahrungsmittel, Versorgungsgüter und Munition heran. Gegen Ende des Krieges wurde die Blockade wirkungsvoller, sie trug wesentlich zur siegreichen Beendigung des Krieges bei

David Crockett – (1786–1836); Politiker aus Tennessee, der von seinen Anhängern als legendäre Waldläufergestalt bewundert wurde

John Sevier – (1745–1815), in Tennessee ansässiger Politiker; nahm an Kämpfen gegen die Indianer und am Unabhängigkeitskrieg (1775 bis 1783) teil; wurde zum ersten Gouverneur von Tennessee (1796–1801) gewählt und war später Kongreßmitglied (1811–1815)

INHALT

WILLIAM FAULKNER

In gleicher Ausstattung erschienen bei Volk und Welt:

LICHT IM AUGUST

EINE LEGENDE

GRIFF IN DEN STAUB

DAS DORF, DIE STADT, DAS HAUS
(Trilogie)

DIE SPITZBUBEN

DER SPRINGER GREIFT AN

DÜRRER SEPTEMBER
Ausgewählte Kurzprosa 1925–1939, herausgegeben von Hans Petersen

DER BÄR
Ausgewählte Kurzprosa 1940–1955, herausgegeben von Hans Petersen

SCHALL UND WAHN

ALS ICH IM STERBEN LAG

ABSALOM, ABSALOM!

DIE FREISTATT/REQUIEM FÜR EINE NONNE

SARTORIS